魔石傳記

獲得魔物力量的我是最強的！

結城涼
插畫 成瀬ちさと

1

maseki gurume
mamono no chikara wo tabeta ore ha saikyou!

Kadokawa Fantastic Novels

contents

maseki gurume
mamono no chikara wo tabeta ore ha saikyou!

序章

——僅僅一夜之間便成了他國的王儲。

擁有這種經驗的人，一定只有他了吧。

「朕宣布立你為王儲！」

如果沒見過，根本就不會聽說自己有這位祖父。

自從這位祖父說完這句話的那天以來，他的生活產生巨大變化。

生為某伯爵家的長子，明明被判斷無法成大器而廢嫡立庶，竟成了別的國家——無可匹敵之大國的王儲，他根本作夢也沒有想到。

而這樣的他，現在正在王城中隨著兩位大人行走。

一行人的目標位於城堡的下層，他走在去取得**某樣物品**的途中。

（真的是無論看哪裡都太寬敞了吧……）

閃耀在天花板的水晶燈。

走廊是潔白且富有光澤的石頭所打造，讓人感覺到其高貴的品味。

「陛下、公主殿下，還有……殿下，向三位請安。」

「啊，是……謝謝妳……」

踏在柔軟的地毯上，擦身而過的傭人向他們低頭致意。

他還不習慣被稱為殿下。

臉上略微浮現苦笑，一個聲音自右側傳來。

「——艾因，習慣在王城裡的生活了嗎？」

聲音的主人是艾因的祖父，也是這個國家的國王——其名為辛魯瓦德。

話雖如此，或許是因為來到王城的時日還不久，艾因的回應毫無霸氣。

「那個……爺爺？我來到王城也才過大概兩週而已……」

艾因臉上浮現苦笑回答辛魯瓦德。

「嗯……經你這麼一說，確實是如此啊。」

辛魯瓦德撫摸長長的鬍子點了點頭，搖動著奢華的披風移動他高壯的身體。

「沒問題的，艾因。你馬上就會習慣。」

另一個聲音從辛魯瓦德反方向傳來。這次是音色如鈴鐺般的女性。

穿出禮服的美麗，她露出宛如聖女的笑容低頭看著艾因。

「母親……對不起，那個……因為和之前的宅邸相比，級別實在差太多了……」

「呵呵，今後你都會在王城生活，不需要擔心喲。」

「沒錯，正如**奧莉薇亞**所言。」

艾因聽到母親……奧莉薇亞這麼說，便拿城堡和以前的宅邸做了比較。

（唔嗯～用「異世界」一詞完全符合形容。）

以前住的宅邸畢竟是伯爵家的房子，也有相應的寬敞空間——但是王族和貴族的等級差得相當遠。

不僅如此，艾因現在住的國家，也遠比出生的故鄉之國要強大許多。

回想這些事實後，他果然對於現在的立場多少有一些異樣感。

（本來毫無價值的我，現在卻獲得了有價值的評價……嗯，人生真的不知道會發生什麼事呢。）

——現在為了得到新的力量，艾因正前往王城的下層。

「嗯，看到了……那就是寶物庫。」

三人的目的地是王城的寶物庫。

……裡面究竟沉睡著多麼厲害的寶物呢？

艾因吞了吞口水，視線看向聳立在正前方的巨大門扉。

在長長的走廊盡頭，僅有這扇門豎立在這裡。

石造的門上有幾個鑰匙孔，艾因察覺那些是魔具。

「將成為我新力量的東西，就在那裡面對嗎？」

他感覺自己的情緒漸漸高昂，詢問走在身旁的辛魯瓦德。

辛魯瓦德帶著奇妙的表情點點頭，望著寶物庫的門接著說：

「寶物庫裡沉睡著……只要手握長劍，即是最強之人——**杜拉罕的魔石**。」

艾因再次吞了吞口水，專注地聽著他的話語。

「那是數百年前被擊敗的魔王親信，也是無人能比的劍之王者，甚至流傳著他曾劈開天空等等的傳說……那是真正怪物的力量結晶。」

杜拉罕的魔石似乎是其中一樣極品國寶。

不過，艾因認為這就算稱為祕寶也不奇怪。

寄宿其中的力量十分強大，若是被魔物吸收了其力量，肯定會轉變為凶惡的存在。

（那樣的東西要化為我的力量，沒有比這個還要更令人安心了。）

若在正常情況下，寄宿在魔石中的魔力對人體來說是劇毒。

也就是說，艾因要用和正常人類相差甚遠的方法來獲得非人的力量。

而做得到這一點的，就算世界再怎麼寬闊，應該也只有艾因一人。

艾因每前進一步，便會聽到自己的心跳因為興奮而加速。

那魔石之中究竟蘊含了多麼強大的力量呢？他的心完全被這樣的好奇所占據。

「──那麼，朕就來打開寶物庫的門吧。」

辛魯瓦德佇立在門前說了一句話後，手伸向門扉中央一帶。

「門、門竟然……！」

以伸出的手為中心，四散各處的鑰匙孔產生反應。

原本不規則排列的鑰匙孔，竟然慢慢地動起來，形成縱書一直線。

此時發出了宛如石臼磨動的聲音，通往寶物庫的門緩緩打開。

就在艾因呆愣地望著眼前的情景時，奧莉薇亞開口詢問辛魯瓦德：

「父王，杜拉罕的魔石在哪裡呢？」

「別急……在那邊。」

聽見她如此興奮的聲音，辛魯瓦德半帶無奈地指了指方向。

接著，她拉著艾因走進寶物庫。

（嗚哇……收藏的全都是很厲害的東西呢。）

話雖如此，他也難以找到適當話語形容它們到底厲害在哪裡。

金銀財寶或是寶劍等物品雖然很好形容，但是這個寶物庫中也收藏了魔石等物品。
其中特別吸引他目光的，果然還是放置於艾因前方的東西吧。
那就是杜拉罕的魔石嗎？白色的石台到處鑲嵌著金子以及寶石。
這般石台上，威風地供奉著特別的存在。
「既黑卻又帶著蒼藍……？」
他的眼中映照魔石的模樣——宛如黑色鑽石的魔石，中心有著蒼藍霧氣蠢蠢欲動。
他注視著眼前的魔石，一旁的辛魯瓦德則提醒奧莉薇亞。
「……奧莉薇亞，可別碰到魔石啊。」
「當然。應該說父王也是。」
考慮到對身體的影響，兩人進行了以上對話。
艾因走到台座前方，仍舊沒有把視線從杜拉罕的魔石上移開。
接著艾因和辛魯瓦格交談幾句，便伸出了手。
他將手伸向供奉在台座上的杜拉罕魔石，拿起魔石後吐出一口氣並全神貫注。
要得到新的力量。為此要用只有自己能使用的方法，來吸收魔石的力量。
「——杜拉罕的魔石一定會成為你的力量。我甚至一直在想……說不定這顆魔石就是為此存在。」
接收到奧莉薇亞充滿慈愛的微笑，艾因用力地點了點頭。
他將意識專注於掌心，就在準備要吸收魔石時，聽到了一個不可思議的聲音，然而那道聲音並不屬於另外兩人。大概是聽錯了吧。艾因放棄思考。
「那麼，我要開始了。」

他嚥下口水，將所有感覺全交付掌心。

漸漸地，全身的感官愈發敏銳，魔石彷彿開始有體溫般溫暖起來。

接著……在艾因開始吸收魔石時，發生了新的騷動。

（等等……為什麼？現在……到底是怎麼——唔！）

杜拉罕的魔石宛如擁有自己的意志一般。

不同於艾因的意志，簡直就像是魔石主動將力量灌注進來——就是這種感覺。

——就在這個時候。

「唔——這、這是……唔？」

以艾因掌心緊握的魔石為中心，一股要爆炸般的壓迫感擴散開來。

「奧莉薇亞，快躲到朕後面——唔！」

「父、父王……唔！」

辛魯瓦德舉起強壯的手臂保護著奧莉薇亞向後退一步。

另一方面，艾因感覺到的卻不過是讓瀏海輕輕飄動的微風罷了。

魔石露出雷電般的光芒，和強烈的風融合形成漩渦後，艾因全身被蒼藍與暗黑的霧緊緊包覆。

（不不不——這沒問題嗎？）

違反自己的意思，杜拉罕的魔石不斷將力量傳給艾因。

霧漸漸被身體吸收，與此同時有種類似萬能的感覺開始寄宿到全身。

「艾因！若是感覺到異常就馬上放開手！」

這是艾因第一次聽到辛魯瓦德的怒吼，不過這聲喝斥是出自擔憂。

顯露的光芒轉為紫色雷電，與蒼黑之霧一同包覆住他。

「我、我知道！但是……唔！」

就算他想要放手，魔石也像是緊緊吸附住他似的，不肯放開。

然而不知是否感受到艾因的不安，魔石開始釋放出溫暖。

（——好像……沒問題嗎……？）

強烈的光以及風壓漸漸平息，包覆艾因的霧瞬間消失。

最後只留下有如閃電般纏繞他全身的光芒。

而就連這些光也在閃爍了幾秒後，便像被身體吸收一樣消聲匿跡。

「這……結束了對吧……？」

「……是啊，父王，似乎結束了呢。」

宛如戰爭過後，突然來臨的平靜襲捲三人。

艾因緩緩地將魔石放回台座，並轉向靠近他的兩人。

「不好意思，好像讓二位替我擔心了……」

如此說道的艾因握了握雙手掌心進行確認，隨後臉上浮現充滿成就感的表情。

「好像成功了。全身上下都充滿了以往沒有的充實感。」

彷彿連五感都被更新一般，有種重生的感覺。

兩人明明還很擔心剛才的情況，艾因的態度卻挺隨意的。

辛魯瓦德鬆了一口氣，露出充滿皺紋的笑容放聲大笑。

「哈～哈哈哈哈～！也是呢！畢竟你可是吸收了傳說魔物的力量啊！」

「呵呵……父王說得沒錯。艾因真是的，又變得更加出色了呢。」

奧莉薇亞用手遮著嘴微笑，緩緩地站到艾因身旁。

她輕輕摸了摸艾因的頭，並緊緊將他抱在胸前。

被她疼愛了一陣子後，艾因為了展現自己變得多強大，從懷裡掏出一張卡。

（不過話說回來，杜拉罕的魔石竟然是咖啡味啊……雖然是很美味啦。）

艾因全身都感受到那濃郁的香氣和濃醇的口感。

那是飄盪著莫名高級感，又能讓人感到祥和的味道。

「杜拉罕的甲冑是使用魔力和技術誕生出來的逸品。說不定艾因現在也能夠使用那種力量！」

聽到辛魯瓦德的話，他感到十分興奮，雙眼發光地看向卡片。

望著數值狀態變成過於強大的數字，他不禁自然地露出笑容。

接著，艾因的腦中突然掠過自己來到王城前的生活——在那被廢嫡立庶的伯爵家。

（在弟弟確定會成為下任當家時，我還想過不知道會怎麼樣呢。）

一直到今天這個時刻為止，發生了許多事呢。他如此沉浸於感傷之中。

——這大起大落的人生開端，果然要從與神的邂逅開始說起吧。

那還真是位親切的神呢……他久違地回憶起當時的對話。

不完美轉生

這裡是哪裡？自己又為什麼會在這裡？他一點頭緒也沒有。
在充滿白光的空間中，神如此告訴他：
「汝的死因實在太可憐，所以下段人生，就用必出Rare的轉蛋來決定吧！」
他的前世稀有度似乎只有Normal，所以這可以說是特殊待遇。
「我的死因……嗎？」
別說是死因了，他記得的僅有一般常識，完全不記得自己究竟度過了何種人生。
不過在來到這個世界的當下，會像這樣喪失記憶似乎是理所當然的事。
「汝或許多少也會想起一點事吧？不過那份依戀只要出了這個空間就會漸漸消失。」
「原來如此，端看作者方便啊。」
好了，那麼那個所謂的死因究竟是什麼呢？他看向神，湧出了強烈的興趣。
「汝的死因是……失血過多。當時汝正在下廚，卻被突然出現的蟲嚇到——」
他生前似乎非常害怕昆蟲，在受到極大驚嚇後便向後倒去。
由於倒下的速度過猛，飛出去的菜刀刺進咽喉。
汝還挺乾脆地就這麼死去了——並沒有特別描述之後的內容，神只是如此說道。
「再蠢也該有個限度啊——！」

喜歡做料理的他，用的一定是品質非常好的菜刀吧——神補充道。

「啊哈哈哈……！老身也是第一次看到那種死因！」

神張嘴大笑。就盡情笑我吧！他不禁抱頭懊惱。

「事情就是這樣，汝去別的世界享受嶄新人生吧。」

聽到「別的世界」讓他感到懵懂，完全不知道這是什麼意思。

「汝不用在意。那麼，說到要轉什麼樣的轉蛋——」

神說基本能力會變高，且外貌也會出現正面影響。

再加上若是運氣好，不只是貴族，甚至也有可能轉生成王族。

（嗯，淺顯易懂呢。）

可以打從出生就理解自己的天賦，轉生或許意外地是件值得接受的事情。

「事不宜遲，馬上開始吧！」

咚——！神從衣服中拿出隨處可見的轉蛋機。

他不禁感慨：「神明大人，真虧祢能從那嬌小的身軀裡拿出來呢。」

因為神的容貌是年幼的女性，也就是所謂的幼女，因此他露出一臉讚嘆。

「來，汝趕快轉吧！」

他受到催促，不禁心跳加速地伸出手，一鼓作氣扭動轉把。

看到一顆金色的轉蛋滾出來，他張大了嘴看向神，然而——

「不用那麼興奮，這裡面裝的全都是金色的轉蛋。」

「這不是讓我白高興一場嗎！」

神彷彿在嘲笑似的玩弄他。他則是大吼中摻雜著嘆息。

重振士氣後打開轉蛋，轉蛋的結果寫在一張紙上。

「是ＳＲ呢！」

會是有錢人家嗎？還是說可能會變成王族？他不禁開始幻想。

緊接著，看了看寫在後面的內容。

「呃……咦？這、這是什麼……？」

他感到疑惑，因為寫在紙上的並非關於貴族或是王族的內容。

【毒素分解ＥＸ】──只是大大地記載著這幾個字。

「這個是技能。後面還有ＥＸ對吧？不是很好嗎？」

那又怎樣──他想如此回嘴。

「汝會非常耐毒喔，無論是什麼樣的毒或是菌類都能……一擊必殺！」

光是這樣聽下來，他能理解這是個很厲害的能力，但若要問這技能吸不吸引人，還真完全不誘人。

好不起眼喔。他在心裡嘆了口氣後，頭上浮出問號──所謂的技能到底是什麼啊？

「話說回來，所謂的技能是……？我要去的世界又是……？」

「嗯嗯，是正統派奇幻世界。」

「意思是……有魔物或有魔法存在的那種？」

神開始闡述那是什麼樣的世界。

那裡存在著數值狀態、魔物，以及最精華的……魔法。

感覺像是在打遊戲，他感到興奮起來。隨後卻又因為毒素分解ＥＸ這不起眼的力量影響了心情。

「嗯？紙張背面不是有寫『將會作為伯爵家的長子轉生』嗎？」

神看了看他的手邊，視線移向他還沒讀到的部分。

「啊，真的耶……唔～嗯，若是這樣應該算在及格線吧。」

「真是的，汝這說話不加修飾的態度還是和**以前**一樣呢。」

神這麼說道，然而他不記得那所謂以前的事情。

雖然對神擺出這種態度或許有些過分，但是他自然而然地就是會變成這種語氣。

「不好意思，看來我似乎就是這種人。」

因為這突如其來的事件，他的態度有些過於隨便了。稍微反省了一下。

「話說回來，除了我以外還有轉生的人嗎？」

「不在汝附近，或許在徒步要花費數年的距離處會有。畢竟太近也會釀成問題吧？」

仔細一想，若有個超級作弊級的轉生者在自己附近，那還真的是可怕得不得了。

他不禁拍拍胸脯放下心來。

「然後，汝將會從嬰兒時期再次重來……嗯，時間差不多到了呢。」

接著，神看起來依依不捨地宣告時刻。

「我終於要迎向輝煌的人生了……神明大人，拜託了！」

「好好好，那麼……祝福汝有美好的人生。」

神的臉上浮現笑容，並讓他的腳下出現發光的漩渦。一陣「嗡嗡……」聲響迴盪在周遭。

「好啦！去吧去吧！再見啦！」

這結尾也真是突然。

神以充滿慈愛與母性光輝的眼神，目送他直到消失為止。

「……呼，這樣就告一段落了呢。」

神一臉滿足地自言自語，沉浸在無法言喻的餘韻當中。

雖然這是理所當然的事，不過神至今為止目送了許多人離開。

這次也和以往相同，但這僅限於——「目送」這件事情而已。

「老身達成了一個願望啊。那麼……今天就悠閒地度過吧。」

女神懷念地喃喃說道。

祂意味深長地暗自竊笑，身體不禁因充實感打顫。

「終於**成功將汝喚回**老身的世界了。光是這點就已十分滿足。」

他並不知道，自己和這位神的邂逅絕不是偶然。

「老身應該要說『歡迎回來』才對呢……好了，那就再讓老身見識一次汝的生存方式吧。」

神的話語中存在真相，但那不過是唯有神才知道的故事罷了。

——時間究竟過了多久呢？

透進窗戶的光線讓他感到刺眼，便甦醒過來。

（怎麼說呢？我這樣就經歷完一項老套……十分常見的轉生畫面了。）

他察覺到——

一位梳著豔麗褐髮的美麗女性正抱著他。

「呵呵……真是好孩子呀，**艾因**。」
艾因——這就是他的新名字。
所以說，抱著他的女性應該就是他的母親。
（這樣啊……我平安轉生成功了呢。）
至於聽得懂語言這件事，一定是轉生的特典吧。他決定這麼思考。
「呼嗚……嗚哇！嗚哇啊啊！」
突然，他的身體感到蠢蠢欲動，自然而然地大聲哭了出來。
雖然這對嬰兒來說很普通，但是會違反意志忍不住哭出來這一點，實在令人不悅。
「哎呀呀……怎麼了？是肚子餓了嗎？」
她安撫了艾因一段時間，而他靜靜凝視著眼前看起來感覺是母親的女性。
（嗯，真是——不像母親。）
這是價值觀的問題。
不知道是不是因為有前世的經驗，這人實在令人難以認為是母親。
硬要說的話，比較近似於年齡差較大的姊姊那種感覺。
但是，她看向艾因那充滿慈愛的視線，還有輕撫著後背那溫暖的手。
這一切都確實是珍視艾因的體現，其舒服的程度也難以言喻。
（……好了，這嶄新的人生，我就努力看看吧。）

◇◇◇

艾因自轉生以來，已經過五年歲月。

他誕生的國家名為海姆，是大陸第一的大國。

他所在的勞登哈特家統治的領地，是十分鄰近都城的大陸第一——這麼說也不為過——的港都，對都城的影響力也很強大。

——然而艾因的心境卻很複雜。

他呈現大字形躺在自己房間的床上，不禁上氣不接下氣地喃喃說道：

「這、這個不行……缺點也太大了啦……」

他的呼吸急促，甚至連說話都很困難。

要說到為什麼會變成這個樣子，是因為他嘗試了那個不起眼的技能。

「……站、站不起來。」

毒素分解——雖然不起眼，但機會難得就來試試吧。

艾因這麼想著，便開始尋找毒物。然而這種東西按理來說不可能會存在於身邊。於是他想起神曾經說過的話。

當時有說技能對菌類也通用，既然這樣，那黴菌之類的應該也可以拿來測試吧？他這麼想。

所以就將在房子外找到的、緊緊黏附在樹上的黴菌削下並帶回來。然而——

「我、我沒聽說……竟然會變成這樣子……」

手腳麻痺、過於強烈的疲勞感襲來，還感覺到強烈的頭痛陣陣抽痛。
其實痛苦的程度強大到他甚至失去意識，一直到幾分鐘前才醒來。
因為他分解了菌，所以黴菌消失了——但是在那之後，他便立即陷入這個狀況。
「……這種難用得要死又不起眼的技能，不會有人得到還開心啦……」
完全是沒人要的技能。
雖然大約過了一小時後，他身體狀況便漸漸恢復過來，但是有這樣的副作用實在難以使用。
艾因伸手拿起放在桌上的杯子，努力把水喝完。
「我知道了……以後就不要用這個技能吧。」
頭痛尤其劇烈。
儘管現在幾乎已經平復下來，不過他再也不要特地召來頭痛。
——話說回來，艾因的災難還不只這些。
除了技能以外，還有某件令他辛苦的事。
「……呼。」
總算躺上了床，他開始回想那所謂的辛勞。
「和弟弟強過頭的技能相比，我的技能實在搬不上檯面啊……」
雖然貴為長子，艾因已經放棄下任當家的寶座。
「哥哥是毒素分解ＥＸ，弟弟是**聖騎士**……呃，我的人生從開頭就很慘耶。」
艾因有一位小他一歲的弟弟。
若只是這樣倒是沒什麼關係，然而弟弟與生俱來的技能，有著「聖騎士」這般華麗的名字。

這讓他覺得根本從一開始便勝負已分。

「我累了，來讀書吧……」

說完這句話，他從床旁邊的桌上，拿起一本從母親那裡借來的書。

艾因最近只要有閒暇時間，就會在自己房間的沙發上熱衷於閱讀。

這原本是學習常識的手段，不過最近漸漸變成了興趣。

「……這是什麼？龍？也太大了吧！」

他現在閱讀的是圖鑑，畫在紙上的則是被稱為魔物的存在。

艾因攤開的頁面上，描繪著遨遊海中的巨大龍姿。

他被那身影比船還大上好幾倍的插畫狠狠驚呆了。

「不不不……有這麼大的魔物嗎？不是古老傳說之類的？靠我的技能根本就沒辦法對付吧……」

他光是用在一個黴菌上就落得如此下場，根本不可能戰鬥。

這下實在前途多舛啊。艾因深深地嘆了口氣。

「——啊！中午過後約好要和父親大人進行訓練！」

早知道會變成這樣，就不該測試毒素分解的力量。

艾因稍微有點後悔。他躺上床，努力讓自己多少恢復一點體力。

——雖然僅能休息幾十分鐘，但疲勞意外地好像恢復了。艾因想辦法提振心情，接著前往中庭。

在進行了一段時間的揮劍訓練後，站在他隔壁的男人開口說道：

「你握劍的方式似乎開始有模有樣了呢。」

「是……是的！」

他的名字是羅卡斯，既是艾因的父親，也是擔任海姆王國大將軍一職的男人。

精悍的面孔加上高挑的身高，還有那強壯的體格令人印象深刻。

（畢竟我沒能獲得好技能，得努力點才行……！）

額頭浮起大粒汗珠，艾因繼續重複揮劍練習。

縱使喘息不斷，他仍拚命地不斷進行練習動作。

不知道這是否是SR的特典，他對於努力並不會感到辛苦。

「呼！喝啊……！」

經過了幾分鐘……十幾分鐘。他在羅卡斯的眼皮下不斷練習揮劍。

接著，就在手臂差不多開始出現肉眼可見的顫抖——

「……你開始展露疲憊了，休息幾分鐘吧。」

「呼……是的……！」

聽到羅卡斯要他休息，艾因便坐到地上。

不只是手臂周圍，他的腿和腰似乎都很疲勞，讓他感覺到一陣陣無力。

他擦去額頭的汗珠，正回復自己的疲累時，大概是看到訓練暫時停止，一名女性靠近了羅卡斯。

「——羅卡斯大人，現在能占用您一點時間嗎？」

「嗯？卡蜜拉啊，怎麼了嗎？」

（是卡蜜拉姨母啊……）

雖然他稱呼對方為姨母，不過她並不是艾因的親生母親，而是羅卡斯的第二夫人。

「抱歉打擾休息。那個……是關於**格林特**的事情……」
「格林特怎麼了嗎？」
「是的，那孩子也已經四歲，我想差不多也可以開始訓練了。」
兩人口中的格林特，是小艾因一歲的弟弟。
他是卡蜜拉的兒子，和艾因只有一半的血緣關係。
並且還擁有和艾因不同的力量。
「那孩子是天生具備聖騎士技能的男孩。為了海姆王國的將來，也為了勞登哈特家……我想，現在時機已經成熟了吧？」
其技能在海姆王國，過去也僅有數人擁有，據說是十分寶貴的技能。
可以說和身為兄長的艾因不同，弟弟格林特獲得了不辱武術名門的能力。
「是啊……其實我也是這麼想的。」
卡蜜拉語畢，羅卡斯重重地點頭。他的心中充滿了對格林特的期待。
「艾因，我有事情要和卡蜜拉商量。很抱歉，不過今天的訓練就到這裡結束。」
（啊……嗯。雖然我就覺得你會這麼說，但你也太容易被牽著鼻子走了吧？）
他確實開始感到疲憊，這種結尾卻也無法讓他感到暢快。
艾因站起身來向羅卡斯低頭致敬，接著看向卡蜜拉。
「我明白了。也在此向卡蜜拉姨母請安。那麼，先失陪了。」
「嗯，也祝福你。請你今後也要為了將來的格林特好好加油喔。」
是是是。艾因在心裡表露厭煩。

剛剛的話語中也意味著下任當家將會是弟弟格林特。

「沒有錯，艾因。你今後必須付出比他人多一倍的努力。」

羅卡斯沒有責備卡蜜拉，接著對艾因說道。

從他的角度來看，是因為對格林特抱有過強的期待，導致對艾因的對應變得太過隨意。

（雖然父親並不是壞人……但該說是太容易順著形勢走嗎？就是太過順從卡蜜拉姨母的話了……）

話雖如此，對於在價值上輸給弟弟這件事，他當然也懷抱了放棄的心態。

不過，唯有廢嫡立庶這件事，希望能不要發生。他在心裡不禁半開玩笑這麼想。

「是，我今後也會持續努力——那麼，失陪了。」

最後說完這句話，艾因離開了現場，並為了沖去汗水前往浴室。

——好了，在和羅卡斯分開後，艾因洗過熱水澡，便在書庫獨自消磨晚餐之前的空閒時間。

占滿整面牆壁的書架十方莊嚴，艾因坐上擺在書庫的椅子，面向書桌看著打開的書本。

艾因這孩子的性格，十分勤勉且不失努力。

比如可以時常在羅卡斯的訓練中見到他拚命努力的模樣，還有時常閱讀的身影——他出入書房的身姿，就傭人的角度來看，也留下了十分良好的印象。

因此有好幾個人看好他的將來。但他偶爾也會一不小心做過頭。

就像今天，在已經過了好幾個小時之後，艾因終於回過神來。

用來抄寫書本的紙張，不知不覺間竟用完了。

「——糟糕了。」

堆疊在書桌上的好幾疊紙，已完全成了小山。

要說為什麼會變成這樣，是因為他一頭熱地進行鑽研，從中途開始便樂在其中。

他的理解力快到令人無法理解。這恐怕是轉生的特典吧。

因此書桌上堆滿了好幾疊紙，其分量有好幾本書的厚度。這是五歲孩童根本不可能書寫的量。

「少爺——差不多可以吃晚餐了……哎呀，您又在抄書了嗎？」

前來造訪的是宅邸的管家。

他看到艾因的努力，露出慈祥的眼神看向他。

「是、是啊，我剛剛正好結束。」

雖然這些純粹是他鑽研的成果，不過看起來像在抄寫書本也是莫可奈何的事。

「真是太出色了。不只是訓練，您在學問上也盡了如此非凡的努力……」

艾因臉上浮現苦笑。

他確實是有付出努力，但不知道其中是不是有轉生特典的影響，這讓他感到害臊。

「您將來一定會是學者……不，只要歷經每日的努力，一定連將軍也能……」

和羅卡斯或卡蜜拉不同，管家給予艾因肯定的評價。

艾因給人的良好印象，以及努力不懈的一面。

顯而易見地，這些特點使他在僕役之間頗受歡迎。

「雖然是希望可以當上啦……不過實在說不準呢。」

他想在某些地方表現自己的價值。

理所當然地懷抱著這份意志，他對管家給予的話感到開心。

「我肚子餓了，今天就先讀到這裡吧。」

艾因最後如此回答，便為了吃晚餐離開了書庫。

「……嗯嗯，我也去告訴其他傭人，少爺在書庫裡造了座紙山吧。」

管家一臉高興地說道，望著書桌上的小山好一陣子。

◇◇◇

從隔天開始，羅卡斯變得以弟弟格林特的訓練為優先。

羅卡斯只傳達了指示給艾因後，就前往別的地方專注地訓練格林特。

接著在那之後過了一星期，指示開始減少；過了兩個星期，訓練菜單固定成只有揮劍；到了第三個星期，甚至一直到訓練結束，羅卡斯都沒有來露面。

（——要怎麼做才能獲得父親的認同，並讓卡蜜拉姨母刮目相看呢？）

某天傍晚，艾因一邊想著這些事，一邊削著木頭製作木劍。

要說為什麼自己在削木頭，是因為他至今已經揮斷過好幾把木劍了。

今天也在差不多接近傍晚時，木劍從根部斷成了兩半。

……完全不知道是怎麼回事。

儘管的確因為艾因全神貫注地在練習揮劍，帶給木劍的負擔著實沉重。

話雖如此，木劍是小孩的力氣能輕易折斷的嗎？他感到疑惑，也因此這陣子每天都很辛苦。

「……太奇怪了吧？總覺得只有雕刻技術愈來愈進步。」

伯爵家的長子自己雕塑木劍。

雖然他也想當成是玩笑，不過在完成木劍後卻也感到十分滿意。

不知是否因為至今做了無數木劍，到了現在已具備相當不錯的木雕技術。

甚至還能拿剩餘的木材，雕塑出小小的木雕熊呢。

「……還雕得出熊來，我可真厲害。」

我到底在幹嘛啊？即便心底也有這樣的想法，不過意外地也覺得很快樂。

他將木雕熊收進懷裡，拿著雕塑好的木劍起身。

「嗯……去洗澡好了。」

今天也流了一身汗啊——雖然沒有導師，只有他自己一人。

如今他揮舞木劍的聲響也漸漸產生變化，開始發出破風般的聲音就是所謂進步的證明吧。

艾因感受到些許成就，徑直走向宅邸。

——在這個世界，燒熱水必須使用某樣道具。

那工具被稱為魔具，其中運用了存在於魔物體內被稱為魔石的素材。

魔具便是以寄宿魔石之中的魔力為動力燒熱水，但他覺得這根本就是熱水器。

洗過熱水澡後漫步在走廊，望著開始下山的太陽光輝，沐浴在窗戶吹拂而來的風中。

接著，一名年邁的傭人來到身子轉涼的艾因身邊。

「少爺，洗澡水的溫度如何？」

「嗯，今天的洗澡水也很溫暖喔。」

他露出無邪的笑容回答。傭人也笑著拿出某樣東西。

「那真是太好了。那麼，這個請您稍候再享用吧。要對當家保密喲。」

傭人遞給他的是包在紙中的幾塊餅乾。

羅卡斯不允許他吃正餐之外的點心，所以傭人才會偷偷地交給他。

「……在僕役之間，有許多人十分看好少爺的將來，所以——」

大家都在為我著想呢。艾因在心中默默感謝。

「謝謝妳——啊，那麼作為回禮，請收下這個吧。」

艾因拿出空閒時間雕塑的小熊，遞給傭人。

「這是我閒暇時間雕的，若是不嫌棄就收下吧。」

他自己都覺得成品很不錯。

這樣的完成度，就算放在伴手禮店販售也一點都不奇怪。

「哎呀哎呀……真是可愛！我就感激不盡地收下了……！」

她看起來很高興地露出了笑容，小心翼翼地將木雕熊收進懷裡。

「話說回來……」接著她以這句話做為開場白，向艾因說出某項情報。

「若您有時間，要不要去拜訪夫人的房間呢？方才我端茶過去時，夫人說差不多要結束了。」

原來如此，真是聽到了件好事啊。這下艾因決定好接著要往哪裡去了。

「知道了，那麼我現在就去看看。」

「好的，那麼——若還有任何事，還請傳喚我。」

傭人這次終於離開艾因身旁。

（嗯……雖然說是母親，確實也是母親啦，不過果然還是很難呢。）

到頭來，艾因對母親的感覺也和以前想過的一樣——感覺比較近似於年齡有點差距的姊姊。

唉，也沒什麼關係啦。他隨意地歸納結論。

「好，去母親房裡看看吧。」

他興致高昂地邁出步伐，一臉喜悅地朝著她的房間前進。

母親的房間就在艾因房間不遠之處。

由於艾因是在自己房間門前的走廊乘涼，所以距離她的房間並不是那麼遠。

「——母親，您在嗎？」

叩叩叩。他敲了敲門，出聲向房裡搭話。

他知道母親人在，而搭話的用意在於確認現在方不方便打擾。

「歡迎。來吧，快進來吧。」

一邊說著一邊現身的女性，就是艾因口中的母親——名為奧莉薇亞的女性。

她今天也用充滿慈愛的眼神看向艾因，看到他的到來也露出喜悅的表情。

「聽說您在工作，已經不要緊了嗎？」

「沒問題喔。就算我有工作，陪伴艾因的時光還是最重要的啊。」

相處了五年下來，艾因了解的就是她對艾因的溫柔永無止盡。

她會無條件地肯定艾因並灌溉愛給他，因此會對她抱持好感也是理所當然的事。

我想讓大家刮目相看——這份意志，就是為了不讓名為奧莉薇亞的女性感到悲傷。

「……嗯，有剛洗完澡的溫暖香氣呢。」

她將艾因抱進懷裡，手繞到後背輕撫著。

被她這樣抱著，便會鮮明地回憶起自己五年前曾被她抱在懷裡的時光。

接著，奧莉薇亞領著艾因來到房間中央的沙發坐下。

「你每一天都非常努力呢。呵呵……真是好孩子。」

聽到她毫不吝嗇的稱讚，艾因稍微有些害臊。

看向坐在身旁的奧莉薇亞，她稍稍低著頭，微笑地望著艾因。

「母、母親現在在做些什麼工作呢……？」

為了甩開害臊，他改變話題向她提問。

「我才剛整理好委託給商人和冒險家的工作報告，所以正好在想該怎麼辦呢……」

原來如此，沒聽懂。他歪了歪頭。

那恐怕是作為貴族，在上位者工作的一環吧。

「您拜託了什麼工作呢？」

「我在找東西喔，但那東西在非常難找的地方，所以光靠我是找不到的。」

——是什麼樣的東西呢？

雖然他有興趣，但畢竟是工作上的事，所以不深究。

「這份工作只有我一個人在進行，所以要做的事情有點多。」

「咦……是和父親無關的公務嗎？」

光是和商人及冒險家來往，應該就會產生很多必須交涉的事務。
（簡直就像是手腕高明的總裁呢，不愧是大商會出身的千金。）
正因為有這樣的血統，才會培養出工作能力如此幹練的她吧。
那獨自一人完成許多工作的身影，甚至可說有種帥氣感。
艾因對奧莉薇亞的強烈認知，就是她是位工作能幹的女性。
畢竟貴為伯爵家第一夫人，必然也擁有相應的才華。

◇◇◇

「話說回來，我昨天給你的書有趣嗎？」
「非常有趣！書裡面有那個……非常大的龍……！」
艾因的話語中充滿了興奮。
他的一舉一動都如此惹人憐愛。奧莉薇亞用充滿慈愛的目光望向他。
（真的是可愛又乖巧的孩子。）
奧莉薇亞在心中呢喃，與他一同感到喜悅。
「魔物會吞噬魔石成長茁壯，所以才會出現像艾因看到的那種巨大的龍喔。」
魔物會以人類做不到的方法，成長得很強大。
感覺到身旁傳來仰望自己的視線，奧莉薇亞知道他很享受自己說出來的話。
「我如果吃了魔石，會不會也能變強啊……」

聽見他的話，奧莉薇亞露出呆愣的表情，接著下一瞬間，便彷彿在安慰艾因似的溫柔說道：

「……沒事的，我知道艾因非常努力。艾因一定……不，是絕對能夠成長得很出色，所以你不用擔心喔。」

奧莉薇亞以充滿確信的聲色訴說，筆直地望著兒子的雙瞳。

艾因被那強韌美麗的雙眼吸引，靜靜地與她視線交錯。

「啊哈哈……會、會不會說得太誇張了啊？」

看見他笑得一臉不好意思，奧莉薇亞立刻搖頭。

「不，才沒那回事呢。因為艾因對我來說，是比任何人都還重要的存在啊。」

不過美中不足的是會不小心太過專注。奧莉薇亞最後補充說道。

無論艾因是什麼樣子，她都會全數接納並灌注愛情。她美麗的表情充滿了這般柔情。

「艾因會成為強大的人，甚至勝過老爺喔。」

她伸出手，摸摸坐在一旁艾因的頭。

「呃……這個就……誰知道呢？」

「呵呵……艾因是這麼可愛又努力，可是比任何人都還要出色喔。」

她到底在說什麼啊？看見艾因露出這種表情，她便闡述其理由。

「就算獨自一人也會努力進行訓練，還抄寫了很多書籍努力鑽研知識。像艾因這麼乖巧的孩子，要上哪兒去找呢？」

稱讚過頭了吧？

這已經超越羞恥的等級，讓他開始有些相信了。

「——艾因這麼棒，就給你一樣禮物吧。」

突然如此說道的她站起來走向書桌。

接著拿著一張手掌大小的卡片回到艾因身旁。

遞出那張卡片，讓艾因緊緊握住。

「你一直很期待它送來吧？其實就在剛剛送到了喔。」

聽到她這麼一說，艾因的視線落到卡片上，接著察覺到那是什麼。

「唔——這個是……母親！」

他的聲音興奮地提高，對著奧莉薇亞露出訝異的表情。

聽見心愛的艾因聲音中充滿喜悅，奧莉薇亞只是滿足地點了點頭。

「來，既然好不容易寄到了，我們就來看看吧。」

奧莉薇亞急躁地催促。

聽著她的催趕，艾因定睛望向寫在卡片上的文字。

艾因．勞登哈特

【身　分】勞登哈特家長子

【體　力】55

【魔　力】41

【攻擊力】22

【防禦力】21

【敏捷性】25
【技　能】毒素分解EX／修練的贈禮

在這個世界，可以使用特別的魔具來進行技能和數值的診斷。
只不過，在出生時能知道的僅有技能，要等長大之後才會製作卡片。
「這就是**狀態分析卡**啊……！」
「呵呵，還好有催促他們趕工，能讓你這麼高興真是太好了。」
奧莉薇亞溫柔地摸著艾因的頭。艾因感到內心有些騷動，浮現出笑容。
「謝謝您……呃、咦？話說回來，這個數字究竟是……」
和同年代的孩子相比，這些數值究竟是什麼程度呢？就在他這麼想時，奧莉薇亞察覺到他的疑問。
「體力方面，像艾因這個年齡的孩子……平均大約是十左右。」
他很訝異平均值出乎意料地低，這也代表他的數字已很高。
「因為艾因很努力，才能變得如此強大喔。」
有奧莉薇亞的稱讚，讓他覺得一切怎麼樣都好了。
雖然或許也有轉生特典的影響，不過他付出努力也是事實。
「咦？這裡寫『修練的贈禮』……這是什麼？」
正當他沉浸於喜悅中時，忽然發現陌生的文字。
「那個啊，就是艾因努力的證明喔。是神明給你的認證。」
「──咦？」

「這是讓你的身體不受病痛影響，且不易疲憊的技能喔。」

艾因很不符平時作風地——話雖如此，他也還是個五歲兒童——露出了鬆懈的表情。

「……你默默做了很多努力，我也是非常清楚喔？」

她有些悲傷地如此說道。

儘管並不是歷經了好幾年，但是，艾因不斷持續著訓練。

說不定神給他的待遇很好——艾因在心中如此思考。

（所以，艾因就由我……）

另一方面，奧莉薇亞在心中下定了很大的決心，隨後搖搖頭改變表情。

她不想讓他看見自己帶有負面情緒的臉。

「因為艾因很努力，我才有辦法努力工作啊。所以說，我們一起加油好嗎？」

「……是！」

接著——叩叩叩。

「請進。」聽見敲門聲，奧莉薇亞回應後，遞餅乾給艾因的傭人便出現在兩人眼前。

「打擾了，小的來轉達尊夫人的傳話。」

她帶著有些複雜的神色前來，說有話要轉達。

「婆婆找我？」

這麼晚了，不知道有什麼事？她一臉疑惑地望著傭人。

「……就在剛才，御用商人來拜訪宅邸，尊夫人說……希望您能幫她挑選紅茶。」

「唉……原來如此。她不找傭人，而是指定要我去做啊。」

無話可說。真的是打從心底沒有話好說了。

「好像是這樣沒錯……尊夫人似乎認為您的眼光比傭人可信，因此……」

「母親，這是我的錯對吧……非常抱歉。」

祖母時常將「你是配不上我們家族的長子」這句話掛在嘴邊，並對艾因非常冷漠。

不知是否因為這層影響，她對奧莉薇亞也會露出若有似無、彷彿霸凌一般的態度。

「——這樣剛好呢，其實我正好想和艾因一起出門。所以在出門前，我們先去幫婆婆選紅茶吧。」

奧莉薇亞之所以按捺不住，是因為看見了艾因露出悲痛的神情。

「帥氣的騎士大人，你願意陪我一起走嗎？」

兩人的互動令人感到溫馨。她的舉動很明顯是在體貼艾因。

不過，只要看見她的表情馬上就能了解，她確實也很期待和艾因出門。

「那當然！請讓我陪同吧！」

「呵呵……那麼，我們先去會客室看看紅茶吧。」

瞥了眼面露歉意的傭人，奧莉薇亞和艾因站了起來。

傭人低頭致意，奧莉薇亞在與傭人擦身而過時，說了一句「別在意」隨後離開了房間。

來到走廊，那符合伯爵家寬敞又氣派的裝潢映入眼簾。

兩人手牽著手穿過走廊，走下階梯。

「我們快點選完吧，不然和艾因出門的時間可會減少呢。」

「反正她只拜託要選紅茶而已……應該沒問題的。」

兩人最終抵達了御用商人來訪時使用的一間會客室。

跟在敲了敲門的奧莉薇亞身後，艾因也踏入會客室。

「讓您久等了，這邊是這次的商品……勞、勞登哈特夫人……唔！」

只有一位商人在房裡等待。他的體格良好，還蓄著有品味的鬍子，讓人印象深刻。

看見奧莉薇亞進來讓他感到詫異，靜靜地站起來低頭致意。

「我來選婆婆的紅茶。能請你讓我看看你帶來的商品嗎？」

「是……是的！立刻讓您挑選！」

他雖然慌張，卻也留意不讓自己失禮，並打開了幾個包包。

從包包裡拿出幾個放在瓶裡的紅茶。

接著奧莉薇亞拉著艾因的手，坐到商人的面前。

「嘿咻……咦？這個是……？」

一坐下來，艾因便被擺放在桌上的商品吸引目光。

那是個拳頭大小，如水晶般透著些微黃色的物品。

「這是魔石……嗎？」

「您說得沒錯。這是魔具用的便宜貨，您可以拿起來看看沒有問題喔。」

聽到商人收斂推銷的聲音，艾因便順從他的好意拿起了魔石。

不知為何有股甜美的香氣圍繞在魔石周遭。

「若是昂貴的魔石，寄宿其中的魔力就會帶給人類負面影響，不過這個是500G的魔石，所以您用手拿也不會有問題。」

哦……艾因理解後，便舉起魔石讓燈光透了過來。

半透明的魔石宛如寶石般閃閃發亮。

奧莉薇亞在一旁確認紅茶的種類，艾因便趁這個時候詢問關於魔石的問題。

「如果是要用來燒熱水，一個月需要用掉多少魔石呢？」

「若是平民家庭，我想只要有3000G就足夠了。」

原來如此，就差不多跟瓦斯費一樣啊。聽到意外便宜的價格，他感到很訝異。

「您對魔石有興趣嗎？若您不嫌棄，這顆魔石就贈送給您吧。」

不知是否因為是便宜貨，商人相當慷慨。

他原本想客套拒絕，但機會難得便收下了。

「高級的魔石也能用來裝飾。也因為可供儀式或是用來施展魔法，所以也有魔石被奉為國寶喔。」

哦……艾因點著頭聽著，保持沉默的奧莉薇亞便開口：

「──好了，那麼這次就購買這三樣吧。」

接著確認好紅茶種類的奧莉薇亞似乎決定了品項，用手指了指裝著紅茶的玻璃罐。

「明白了。那麼我就將紅茶交給貴府僕役。」

聽完他的回話，奧莉薇亞站起身。

她的腳步輕盈，其理由除了能和艾因外出之外別無他選。

「艾因，那麼我們走吧。」

「啊，是……我知道了！」

如此回答的艾因便拿著飄散甜美香氣的魔石向商人點頭致意。

商人則一直低著頭，直到看不見艾因與奧莉薇亞離去的身影為止。

「和艾因兩人出遊真讓人期待呢！」

「我也是，母親。」

話語中透露真心的喜悅，兩人離開了會客室。

此時，艾因正準備要將收下的魔石收到口袋裡——

「……不過話說回來，這個魔石有種聞起來很甜的香氣呢。」

簡直就像是蜂蜜。不過這氣味實在是太濃郁了。

他不禁將魔石湊到眼前，伸出舌頭輕輕地舔了舔。

「唔……好甜！」

簡直像是用砂糖與蜂蜜細心熬煮後，那般深層的甜味充斥在口腔之中，讓他十分驚訝。

「什麼？艾因，怎麼了嗎？」

察覺艾因發出的聲音，奧莉薇亞一臉不可思議地轉頭。

不想讓她認為自己很貪吃，艾因連忙裝出笑容。

「沒、沒有！什麼事都沒有！」

回過神來，魔石已失去了顏色。

這是為什麼呢？艾因不可思議地想，隨後將它藏到口袋裡不讓人發現。

「呵呵……艾因真是奇怪呢。來，我們出去吧。」

「好、好的！現在就過去！」

於是，這一天他好好地享受了和奧莉薇亞外出的時光。

不用多說，今天一天當然讓他感覺自己度過一段十分快樂且珍貴的時光。

艾因・勞登哈特
【身　分】勞登哈特家長子
【體　力】57（2UP）
【魔　力】41
【攻擊力】22
【防禦力】21
【敏捷性】26（1UP）
【技　能】毒素分解EX／修練的贈禮

距離舔了魔石那天後過了幾個月，艾因持續不斷地歷經許多努力。
他無法容忍連奧莉薇亞都被輕視——這份意志十分強烈，讓他想拿出點成果。
艾因今天也一大早就在揮劍，不過他卻因為某個異變浮現苦笑。
「——不，這果然還是很奇怪啊！」
木劍斷了。嗯，畢竟這種情況已經發生很多次，所以也算是習慣了，但這次卻有些不同。
「能用木劍劈開鐵製的盔甲？原來如此，這裡是這種世界——那怎麼可能嘛！」
他面對穿著鐵製盔甲，拿來當作敵人的假人做揮劍練習。
可能會有人嫌老套吧，但這比單純練習揮劍還要能轉換心情。
然而那套盔甲就在剛剛竟然被艾因用木劍劈開了。
雖然木劍同時也碎裂四散，不過這一點他不怎麼在意。
「……呃，嗯。是金屬疲勞之類的……吧？」
即便口中說了這樣的詞，他一點也不了解詳細原理。
艾因認為大概是金屬產生了劣化，便搔了搔太陽穴邁開步伐。
回過神來，他運動身體的時間超出了原本預定的時長，於是感到有些著急。
「唔……要是再不準備，可能會遲到吧。」

他必須提早洗澡，做好外出準備。
今天要在都城舉行一場宴會。
這是場貴族孩童公開亮相的活動，這幾天來艾因都很期待，不知道這場宴會究竟是什麼樣子。
他帶著比平時輕盈的步伐回到宅邸。
——在艾因離去後，和他擦身而過的傭人來到訓練場打掃。
「……哎呀？這個盔甲是……有被用什麼東西劈開的痕跡……」
金屬疲勞、劣化。
經過傭人確認，盔甲上絕對沒有那樣的痕跡，且殘留著銳利的刀口。
雖然傭人感到不可思議，還是將盔甲與破碎的木劍一同丟棄。

◇◇◇

艾因結束訓練後過了幾個小時，勞登哈特家的人們乘坐兩輛馬車前往都城。
前方的馬車有羅卡斯與第二夫人卡蜜拉，再加上格林特三人乘坐。
跟在後面的馬車，則乘坐了艾因與奧莉薇亞兩人。
路途上，艾因將方才閱讀的書本擺放在膝蓋上。
他看了看坐在隔壁的奧莉薇亞，她的表情十分陰鬱。
（這也沒辦法，畢竟說好要由格林特擔任下任當家……）
反對這件事的只有奧莉薇亞一人，因此這件事情一下子就成了定論。

對於他們完全不尊重長子的態度，她當時表示十分憤怒。

然而看到結果依舊沒有改變，她感到失望、無語、悲傷——在眾多情感的折磨下，奧莉薇亞變得比先前更加投入委託給商人和冒險家的工作之中。

並且很堅持空閒時間要用來和艾因共度時光。

（雖然我也覺得……有點空虛啦。）

被奧莉薇亞稱讚並獲得她的認同。光是這樣，他就覺得十分幸福了。

面對會澈底肯定他、愛他的奧莉薇亞，他不可能不親近她。

（而且我也很討厭連母親都被蔑視。得想想辦法，讓父親他們對我刮目相看。）

他在心中懷抱如此強烈的意念，並決定今後要更加努力。

話說回來——從馬車窗戶向外看，不只是景色，就連人群漫步的模樣看起來都讓人耳目一新。

他們是被稱為冒險家的人們。艾因覺得他們自由的樣子看起來十分快樂。

「我也能像他們一樣前往各種地方嗎？」

這對貴族長子來說是無緣的話題，不過既然當家的寶座已決定要由弟弟繼承，那他就說得出口了。

「如果是艾因，一定能經歷許多旅行。」

沒想到竟然會獲得贊同。聽見奧莉薇亞的話，他感到內心有些許波瀾。

「不過和魔物戰鬥太危險了，唯獨這點會讓我擔心。」

雖然想靠和魔物戰鬥一夕致富也很有冒險家的作風，但這對艾因來說有點困難。

（既然這樣，我想去找漂亮的寶石來送給母親……）

不將重點放在戰鬥上，而是往尋求冒險這條路發展。

艾因這麼想著，用手輕撫剛剛還在閱讀的書本封底。

「——話說回來，你剛剛在讀什麼書呢？」

「啊，這個是……我在書庫找到的，很常見的故事書。」

從英雄傳說到童話中時常出現的戀愛故事，他喜歡的類型十分廣泛。

而他現在正在讀的書也是，講述身為公主的主角被他國王子所吸引——這樣的內容。

王子那有點做作的台詞，讀著讀著讓他意外地也覺得有趣。

「正好到很讓人興奮的場景。兩人在花田幽會，王子還說：『公主，還請妳收下這枚戒指。』我現在正讀到這個地方。」

幽會的兩人拉近距離，真是浪漫的一大場景。

即使台詞老套，不過出現在故事裡的王子可真厲害啊……他甚至感到有些許嚮往。

「就我的角度來看，艾因遠遠比那個王子還要出色喔。」

……母親也比登場的公主還要美麗喔。他甚至想這麼回應。

但是，此時害臊的心情勝過了勇氣。

「……我會加油。」

艾因了解到比起自己說出這樣的台詞，聽別人對自己說這樣的台詞反而更加害臊。

奧莉薇亞望著艾因這樣的側臉，愉悅地眯起了雙眼。

兩人就這樣和樂地享受了到都城為止的路途。

場景更換到前方的馬車，艾因的弟弟格林特蹙起眉頭開口：

「父親？還沒有到嗎……？」

遺傳母親的豔麗金髮，再加上和艾因同樣遺傳自羅卡斯的精悍面孔。

格林特有著這樣的容貌，卻露出符合年齡的不滿神情。

他已對長時間的馬車路途感到厭煩，無趣地大聲嚷嚷著。

「格林特，還要大約兩個小時，再稍微忍耐一下吧。」

羅卡斯面帶無奈地責備格林特。

「後面的馬車那麼安靜，要是格林特沒有耐心，豈不是很丟臉嗎？」

卡蜜拉用挑釁的語氣提起艾因。

比自己還要拙劣的哥哥——格林特一想到自己被拿來和這樣的兄長做比較，便展現激動的模樣。

「唔——！我、我才不要輸給哥哥！」

對他來說，光是自己被拿來和天生技能不起眼的艾因比較便感到厭惡。

羅卡斯臉上浮現苦笑，卡蜜拉則露出高興的笑容。

「這麼說起來，格林特，在出門前你不是收到了信嗎？」

「是的！其實是我的狀態分析卡寄到了！」

身為母親的卡蜜拉不可能不知道內容。她用拍馬屁的方式對格林特說道：

「哎呀，真是厲害！那你能讓父親和母親看看嗎？」

格林特應卡蜜拉的話語，從懷裡掏出狀態分析卡。

格林特．勞登哈特
【身　分】　勞登哈特家次子
【體　力】　120
【魔　力】　94
【攻擊力】　35
【防禦力】　41
【敏捷性】　33
【技　能】　聖騎士

「做得很棒！這數值狀態比十二歲成年人還要高啊！不愧是聖騎士！」

看了狀態分析卡後，羅卡斯連同卡蜜拉一起緊緊抱住格林特。

「哇……哇啊——父親！」

看到瘋狂稱讚自己的羅卡斯，格林特不禁高興得全身發顫。

「不僅限於技能，未來聖騎士的名號一定也會升格成你的職業。並且只要再更加磨練自我，就能夠晉級到聖騎士的高階職位吧。」

格林特雙眼發光地望著羅卡斯。

「那高階職位就叫做天騎士——」

天騎士法術優異，據說其耐力簡直可說是有如城堡般堅毅，只要他們揮舞長劍便能瞬間消滅敵軍，是騎士中的騎士……羅卡斯如此闡述。

格林特帶著閃亮的眼瞳點著頭，並在雙親面前高聲大喊：「我一定會當上！」

最後，卡蜜拉不禁暗自竊笑，心情好得彷彿獲得勝利一般。

這不僅是因為她的孩子擠下了長子獲得下任當家之位，也因為羅卡斯老是只關注格林特一人，因而顯得艾因十分滑稽。

「對了，格林特！要嫁給你的孩子一定也會感到很開心吧？」

「……沒有問題嗎？那個……我果然很緊張……」

「別擔心，如果她看不上格林特，那麼海姆的男孩就全都入不了她的眼。那位千金肯定也會迷上格林特。」

聽到羅卡斯的話，有了勇氣的格林特緊緊握住手。

「話說回來，羅卡斯大人。關於將成為格林特未婚妻的千金莎禯小姐她……」

「妳是想問她是位什麼樣的千金嗎？」

卡蜜拉點頭。

看到她的反應，羅卡斯繼續說下去：

「她是布魯諾侯爵家的獨生女——今年六歲，大了格林特兩歲。不過她已經是位以器量宏大獲得讚賞，頭腦十分聰慧的千金。」

「那還真是美好啊！能和如此出色的女性訂下婚約，真是太好了呢，格林特。」

羅卡斯談論的名為莎禯的女性，即將成為格林特的未婚妻。

格林特年僅四歲——雖然還差幾個月就五歲了，這樁婚約在貴族中也算是早的。

卡蜜拉之所以不知道關於她的詳細情報，是因為這樁婚約是由羅卡斯主導。

也就是身為夫人的卡蜜拉沒怎麼插嘴，全權交給他負責。

「今天的公開亮相，就是要宣布下任當家將會是格林特，以及與莎禮小姐訂下婚約的事。格林特，你可要抬頭挺胸啊。」

受到羅卡斯的打氣，格林特抬起頭。

「是！父親！」

「羅卡斯大人，請別忘了在發表之前讓兩人先打過照面啊？」

本來的主角是艾因，然而這一事實卻已被抹殺乾淨，現在完全變成格林特是主角。

對於把長子晾在一旁，並獲得高階貴族未婚妻這一事實，卡蜜拉在心中暗自竊喜。

……好了，距離都城還有一點路程。

期待在卡蜜拉的心中膨脹，羅卡斯則繃緊了神經。

另一方面，格林特想著將要初次見面的未婚妻，緊緊握住了自己的手。

他一邊沉浸在些微的緊張感中，一邊雙眼發光地看向窗外的景色。

◇◇◇

黃昏之時，勞登哈特家的人們抵達了作為今日宴會會場的貴族宅邸。

下了馬車的艾因看見聳立在遼闊領地中的宅邸，不禁感到驚嘆。

（……真是壯觀的庭園啊。）

穿過了門，映照在艾因眼裡的是許多各色花朵，以及排列整齊的樹木。美麗而莊重的庭園呈現在眼前，可以看得出園丁的技術十分高超。

「真是遼闊呢。」

「呵呵……這裡可是海姆僅只一位的大公爵宅邸呀。」

接著羅卡斯踏著散漫的步伐靠近正在聊天的兩人。

「奧莉薇亞、艾因，今天在公開亮相前要先進行見面會。」

聞言的奧莉薇亞和艾因露出訝異的表情看著羅卡斯。

「老爺，您說的見面會究竟是指什麼事呢？」

「要與格林特的未婚妻莎穠小姐以及其家人見面。」

「……我知道未婚妻的事情，但還是第一次聽說有見面會呢？」

聽著他們的對話，艾因不禁抽動臉頰。

雖然他知道自己被冷落，甚至連奧莉薇亞也遭受到相似的待遇，但是……

（這麼重要的事情都會事先說吧……大概是有意隱瞞就是了。）

「嗯？我應該有拜託卡蜜拉轉告你們……好吧，她應該是忘記說了吧？」

別這麼隨便就了結這件事啊！羅卡斯的態度讓艾因心生吐槽念頭。

但是他在奧莉薇亞的面前拚命忍下衝動。

奧莉薇亞似乎也懷抱相同的感想，用冰冷的視線注視著羅卡斯。

「唉……就當她是忘了說吧。所以呢？你要我和艾因也去打招呼？」

「沒錯，第一夫人和長子也在場，若你們兩人沒來打招呼可就失禮了。」

「……是啊，我想也是呢。」

儘管這是理所當然的事，奧莉薇亞的心情怎麼可能好。

她罕見地露出帶刺的態度回應羅卡斯。

「布魯諾侯爵家的人們已經在等了。」

語畢，羅卡斯的視線轉向某個方向。

那裡佇立著一位壯年男子，在他的身旁有位年幼女孩。兩人身後一步之遙，有位打扮時髦的壯年女性帶著笑容陪同。

「——明白了。那麼只要我和艾因也參加見面會就行了吧？」

「打完招呼之後，你們就在宅邸的大廳等我們吧。避免讓對方小姐感到緊張。」

羅卡斯嘴上這麼說，然而讓艾因兩人去打招呼真的有意義嗎？

聽到他要兩人打完招呼後馬上離席，艾因的心中充滿憤慨。

「請吧，隨您的意。」

幾乎要無話可說的奧莉薇亞，嚴厲地回應羅卡斯。

另一方面，似乎覺得就這件事來說對她感到很抱歉，羅卡斯看起來很尷尬地雙手抱胸。

隨後又馬上開口，喚來卡蜜拉和格林特兩人。

「卡蜜拉、格林特，過來這裡。」

兩人順應羅卡斯的呼喊，馬上移動到他身邊。

卡蜜拉露出某種勝利的驕傲表情，另一方面，格林特則受到要和未婚妻見面一事所影響，表現出緊張的神情，始終靜不下來。

最後羅卡斯整理好領口，威風地走在家人前頭。

「艾因，稍微忍耐一下喔？」

「……我不在意，沒問題的。」

奧莉薇亞悄聲說出體貼艾因的話，但艾因反而比較想顧慮奧莉薇亞。

「要注意可別失禮了。艾因、格林特。」

「是！作為父親的孩子，我不會做出有辱其名的行為！」

格林特有朝氣地回應羅卡斯的話。

就四歲的孩子來說，還真是老成的對應。

「布魯諾侯爵，讓你久等了。」

「喔喔！這不是勞登哈特伯爵嗎！哪裡，辛苦你們遠道而來啊！」

布魯諾侯爵梳著整潔的紅色頭髮與鬍子，身穿質料相當好的服飾。

他高聲回應前來的羅卡斯，兩人用力握了手。

「事不宜遲，我來向你介紹。這邊兩位是我的妻子——」

「——久未問候，布魯諾侯爵。」

首先是奧莉薇亞向侯爵打招呼。

她用手輕提禮服的裙襬並低頭致意，那動作美到簡直要讓庭園的花自慚形穢。

「初次見面，我是第二夫人卡蜜拉。這次有幸獲得貴千金與犬子格林特的良緣，打從心底感謝。」

接在她後面開口的卡蜜拉，則比奧莉薇亞還要多話。

（嗯嗯，雖然兩個兒子相比我的才華輸了，但是母親的美貌獲得壓倒性勝利呢。）

這番話多少有些沒出息，不過他在心中十分驕傲地竊喜。

「接著，這邊是長子艾因。而這邊則是次子格林特。」

羅卡斯伸長手，輕輕推了兩人的後背。

兩人簡單地說了句「初次見面」並深深地低頭打招呼。

「謝謝你們這麼有禮貌。我是艾德・布魯諾。我們的宅邸建立在都城，而我本身擔任法務大臣一職——還請不吝賜教。」

法務大臣啊，真厲害呢。艾因聽到侯爵的頭銜，露出驚訝的神情。

接著居於一步之後的女性向前。

「我是夫人奈可蘭。一直很期待能夠迎接今天的到來呢。」

「……最後是我們的獨生女莎穠呢。來，打聲招呼吧。」

見面會的主要客人，布魯諾侯爵家千金……莎穠向前一步。

「初次見面，我是莎穠・布魯諾。」

名為莎穠的千金，身穿可愛的禮服低下了頭。

嬌豔美麗的**紅髮**梳到肩膀附近，微微上揚的雙眼讓人覺得可愛。

不過明明是初次見面，那笑容卻讓人莫名感覺冰冷。

（雖然可愛啦……該怎麼說呢？）

那種情感實在難以表述，然而，她神祕的笑容卻留在心裡無法抹去。

抬起頭來的她與艾因對上眼。不管怎麼看都是位普通的少女啊……

「——呵呵。」

接著她對著艾因微笑。

這一點讓格林特感到不悅自然是不用說，艾因則回以禮貌的笑容。

「說到海姆必定會提到的大將軍羅卡斯大人，還有未來有望成為天騎士的格林特大人。有幸見到兩位，小女子感到十分光榮。」

她那毫無挖苦的話語，對羅卡斯與格林特來說是不錯的稱讚。

在她說完那句話後，奧莉薇亞輕輕開口：

「老爺，那我和艾因就離席了，請各位慢聊。」

奧莉薇亞伸手輕撫艾因的後背。

艾因也因為想快點離開這個場合，聽到這番話便急促且老實地點了點頭。

「看來莎穠讓你們費心了……」

「您客氣了──那麼，我和艾因就先失陪了。」

奧莉薇亞對侯爵回以禮貌性的微笑，轉過身子。

「……祝兩位安好。奧莉薇亞大人、艾因大人。」

離去時，莎穠端莊地說道，但艾因只能回以苦笑。

「──……唉。」

在拉開一段距離後，奧莉薇亞不禁手摀住額頭。

「真是的……眼中只有格林特……」

「沒關係的，我只要有母親就很滿足了。」

話說她能不能離婚啊？艾因心裡冒出輕率的想法。

「我也是……只要有艾因在我身邊就夠了。」

看著她露出女神般的笑容，艾因不禁會產生這種想法。

一想到能和她兩人獨處，到剛剛為止的負面情緒全部消失無蹤。

「畢竟莎禮小姐似乎擁有**祝福**，也就是為了聖騎士而存在的技能啊。」

正因為如此，才希望能讓她和擁有聖騎士技能的格林特締結良緣——這份婚約似乎有這層用意。

然而很不可思議的是艾因生理上不喜歡那位叫做莎禮的千金。

「哦……」他看起來不怎麼感興趣地點點頭，奧莉薇亞便感到不可思議地問道：

「艾因？明明弟弟訂下婚約了……你看起來好像不怎麼有興趣呢。」

「是的，怎麼說呢？因為我並沒有覺得羨慕。」

他難以說明自己擁有的這份不可思議的情感，只好含糊回答。

「原來是這樣啊……那麼，艾因喜歡什麼樣的女性呢？」

「像母親一樣的女性。」

應該說他喜歡母親。真想這樣秒答。

為了掩飾自己的害羞，艾因加大了步伐，為了不讓她看到自己的臉而向前走。

「真是的，要不是這裡是其他貴族的宅邸，我就會緊緊抱住你了……」

「……機會就留到下次吧。」

總有一天他會成功獲得擁抱。一定要讓母親抱抱他。

艾因表露堅強的決心與不甘心，奧莉薇亞則開心地哼起歌。

「啊，話說回來──」

奧莉薇亞輕拍雙手，微笑道：

「我在進行的工作已經告一段落了，所以下次我也來告訴艾因內容吧。」

「工作……啊啊！就是那個，委託商人和冒險家的任務對吧？」

「是啊，沒有錯。等到可以慢慢聊天的時候，再來告訴你那是什麼樣的工作。」

雖然剛剛的事件在他們心中落下了陰沉的黑影，但到了現在那已成為過去式。

他們以自己的步調愉快地走著，踏入了大公爵宅邸。

在那之後，他們欣賞著奢華絢麗的裝潢，等待羅卡斯一行人的到來。

──和羅卡斯他們分頭後過了不久，天空便隨著時間的流逝開始展露灰暗。

最後深藍色的夜幕籠罩天空，冰涼的夜風包覆著艾因兩人……然而氣氛卻不平穩。

「那麼，你們會承認是你們的疏失嘍？」

露出冷漠表情的奧莉薇亞站在會場的櫃檯，向服務生這麼說道。

「那是當然的……！我們稍後就會對寄送邀請函的人員進行**處分**……」

接著他繼續說著不知道是第幾次的賠罪，並深深向奧莉薇亞低頭致歉。

「我對你們私下的事不感興趣。等待的時間太煩躁了，艾因已經可以進會場了吧？」

要說到她為什麼在生氣，那是因為艾因沒有辦法參加宴會。

（真沒想到竟然會發生這種事……）

主辦人大公爵有設定條件，那就是只能帶一名孩子來參加宴會。
會設定條件的原因似乎是因為上次宴會中，輪到孫女進行公開亮相的發表時，其他孩子太過吵鬧。
（最後大公爵很生氣才會設立規則，而這個聯絡事項卻沒有傳到我們這裡……事情就是這樣。）
既然如此，只要格林特忍耐一點，不要入場就行了。
然而羅卡斯一行人卻不知道什麼時候進入了會場，已經錯過退場時機。
（這個人也會被處罰嗎？）
這恐怕是卡蜜拉的詭計，看到櫃檯男服務生困擾的模樣，讓他心裡過意不去。
不只是視線，他就連手邊的動作和臉色都很慌張。
這絕對不是他的過錯，但作為大公爵家的僕役，已有十分的理由接受懲罰。
「我再次向您致上歉意……！我、我也希望能夠協助您……」
話雖如此，卻沒找到解決方法。
男服務生變得更加焦慮，額頭甚至流出冷汗。
「請、請您再稍等一下……！我找找有什麼能讓兩位滿意——」
他狼狽地爭取時間，忙得不斷眨眼睛。
此時，就在艾因也覺得他很可憐的時候——察覺到某件事。
（啊，話說回來……庭園很壯觀呢。）
那美麗的中庭到了晚上打起燈光，從兼當入場櫃檯的大廳也能看見庭園。
場景十分夢幻，若用一句話來表達，那可說是最棒的氛圍。
「不好意思失禮了，因為中庭實在太壯觀，我十分有興趣。想請問就算只有宴會期間也好，是否能讓我們在庭園散散步？」

聽到這段話，男服務生不禁發愣。

在經過幾秒沉默後，他終於回過神來並露出明朗的表情。

「非、非常感謝您的提議……！那麼我馬上就去詢問——！」

聽到這既尊重大公爵家又不會讓任何人受傷的提案，男服務生在離去時不禁瞥了艾因一眼。

「艾、艾因……」

奧莉薇亞馬上就了解這是他的體貼，不過艾因卻一臉若無其事。

（這下那位服務生大概也放下心了吧……）

控訴不滿的賓客是伯爵家的夫人。

說不定他的心裡也有這層不安吧。

艾因一邊在心裡呢喃，一邊將視線移到庭園。

「——母親，大公爵宅邸的庭園可真是壯觀呢。」

他剛剛回想起在馬車裡讀的書本內容。

那就是留給他深刻印象，王子與公主在花田的幽會——也就是說，他將奧莉薇亞當作公主。

「竟然綻放了那麼多宛如母親般美麗的花朵，請務必和我一同共度夜晚散步時光，好嗎？」

會不會有點太做作了啊？不過現在這樣比較好。

面對眼周染上微微紅色，眼眶浮起淚珠的奧莉薇亞，艾因彷彿故事中王子那般說道。

奧莉薇亞馬上浮現笑容，溫柔地將艾因抱到身邊。

那之後經過十幾分鐘。

剛剛跑走的服務生喘著氣回來了。

「大……大公爵回覆，同意可以去庭園散步……！」

聽到似乎暫且能夠逃脫出這個狀況，艾因鬆了一口氣。

不過他又接著說道：

「只是有條件，必須有一位嚮導陪同……」

「嚮導……嗎？」

只要是不會打擾到他和奧莉薇亞時光的人就沒關係。如此心想的艾因好奇誰會來負責導覽。

不久，一位女孩從會場的方向走了過來。

「──初次見面，您就是勞登哈特家的長子嗎？」

呃……誰？他不斷眨著眼，看著女孩子。

「是的，沒有錯……您是？」

奧莉薇亞似乎知道她的身分，卻沒有開口插話。

另一方面，艾因則以狐疑的目光看著她。

這麼突然會是誰啊？有什麼事嗎？艾因的肢體或許不禁有些僵硬。

看見艾因望著自己的眼神，女孩感到些許困惑。

「……我是庫洛涅。現任奧古斯特家當家，葛拉夫·奧古斯特的孫女。」

原來如此，奧莉薇亞之所以沒有插話，是因為她是高階貴族的人啊。

她留著一頭彷彿混合了白銀與藍寶石般美麗的淺藍色長髮。

年齡看起來似乎大艾因兩、三歲，身高也比他高一些。

論未來性，她大概會成為可媲美奧莉薇亞的美女吧——她的外貌就是如此可愛。

艾因對上她的視線，便被某種情感包覆。

（……這是什麼啊？雖然不是很清楚，不過隱約讓人……覺得很舒適。）

她站的距離相當近，卻不知為何不會反感。

不僅如此，也讓人產生她站在身旁是很自然的想法……有這樣的安心感。

這絕對不只是容貌優異這種問題而已。對於自己對她產生了與莎禮完全相反情感的這件事，艾因感到十分困惑。

「我叫艾因．勞登哈特。恕我失禮，請問找我們有什麼事嗎……？」

話雖如此，他不禁感到疑惑。大公爵家的人找他到底有什麼事？

艾因沒有離開奧莉薇亞身邊，而是望著站在身旁的庫洛涅。

她靜靜地回望艾因。

「這樣啊……您和其他孩子不同呢。」

「什、什麼？請問那是什麼意思……？」

她透過剛剛的對話感覺到了什麼嗎？他再次詢問。

「……不，只不過人在宴會，時常會有男士很煩人地靠過來。」

簡單來說，因為艾因只是單純地反問她問題，這一點讓她感到在意吧。

「啊啊……是因為我沒有主動貼近庫洛涅大人啊，原來如此。」

這位大小姐到底在說什麼啊？他在心裡稍微苦笑。

怎麼可能因為她長得可愛，就突然貼過去啊？不禁想這麼回應。

那實在太膚淺了，根本不會想這麼做。艾因確信自己不會做這種事。

（而且要說美麗與可愛……平時看母親已經看慣了。）

不只是在心裡，就連臉上也不禁露出苦笑。

「您……您也不必笑吧……？因為我直到剛剛都還在宴會會場，對這個落差我也很困惑啊……！」

「呃——不是的，我並不是在笑庫洛涅大人，那個……」

硬要說的話，是對於她「在宴會會場大概很辛苦吧」這件事表示認同。

（自己明明高不可攀，現在卻被無視……之類的？）

就算想圓場，卻找不到貼切的話語。

不過，大概是察覺了艾因無意揶揄她，庫洛涅嘆了一口氣。

「……我知道了。您和其他人不一樣……就當作是這樣吧。」

「啊、啊哈哈……不好意思，幫大忙了。」

接著面對這悠哉的現狀，她輕咳了一聲後重整姿勢。

「那麼就由我陪同兩位散步。來吧——我帶二位去觀賞我們引以為傲的庭園。」

對了，這麼說起來服務生確實說過會有一位陪同者。

就在艾因想起這件事的時候，她優雅地邁出了步伐。

◇　◇　◇

混雜了各式種類的花朵，卻又巧妙地加以調和，使其呈現藝術般的景緻。園丁的技術實屬高超。宅邸透出來的光輝，將中庭點綴得美麗炫爛。

（僅用「十分夢幻」這一句話來歸納……或許太失禮了吧。）

大公爵宅邸的中庭實在太壯觀，比位於外側的庭園又更上一層樓。

艾因和兩位女性一同走過這樣的庭園。

「——沒想到竟然能讓庫洛涅大人為我們導覽，艾因也真是幸福。」

「請不要說這麼客套的話。對我來說，能帶奧莉薇亞夫人這麼美麗的女性來觀賞，不禁擔心我們家庭院會不會自慚形穢呢。」

（……怎麼？是母親的粉絲嗎？）

雖然他比較想和奧莉薇亞兩人單獨前來，但若是這樣就另當別論。

艾因的心情變得比被稱讚的奧莉薇亞還要好，一邊哼著歌一邊欣賞花圃。

「果然……所謂的傳聞真的總是令人費解呢。」

庫洛涅喃喃說道。奧莉薇亞一臉苦澀地開口：

「是指……艾因的事嗎？」

「是啊，沒有錯。無論如何總會傳到耳裡……非常抱歉。」

此時聽到兩人對話回過神來的艾因轉過頭。

「傳聞是……指什麼事？」

看著一臉疑問的艾因，庫洛涅和奧莉薇亞兩人不禁笑了出來。

「只有本人不知道啊。沒什麼事，我只是覺得您十分有紳士風度而已。」

「啊，是……原來是這樣啊。那真是太好了。」

突然被稱讚，艾因不禁紅著臉低下頭。

接著奧莉薇亞站到艾因身旁眺望花朵，庫洛涅則在他們後方距離幾步之遙的地方看著兩人。

「你看，艾因。那朵花也很美喔。」

「……真的耶，我可以靠近一點看嗎？」

「嗯，請靠近一點吧。還有，要留意絕對不能用手觸碰喔。」

似乎有了想看的花，艾因拉著奧莉薇亞的手向前。

「——根本和聽說的完全相反嘛！」

站在聲音不會被兩人聽到的距離，庫洛涅小聲地喃喃自語。

「不懂禮儀，性格怠惰……唉。」

庫洛涅受不了地嘆了口氣。

此刻她回想起自己聽說過的關於艾因的傳聞。

和艾因本人見面後，她便理解那傳聞是充滿惡意的謊言。

「和今天來參加宴會的人相比，他有出眾的禮儀與體貼。再加上外貌也擁有如奧莉薇亞夫人那般奪人目光的華麗之處。」

不管怎麼看都和傳聞完全相反，艾因展現的體貼讓她印象深刻。

「那麼美好的體貼……要找出做得到這一點的男士，我認為還比較難呢。」

搶在奧莉薇亞顏面掃地之前，艾因主動放低了姿態。

當時他還說找到了和奧莉薇亞同樣美麗的東西。這真是**可憎**的說法。
甚至讓庫洛涅感到憧憬，不禁產生自己也想被人說那種情話的想法。
「真的很美呢，庫洛涅大人。」
接著艾因向剛才不斷自言自語的庫洛涅搭話。
「是、是啊……這可是我們家引以為傲的中庭，能獲得您的賞識倍感榮幸。」
「原本以為是用魔法等方法讓它發光的……」
庫洛涅也走近艾因兩人。
在視線彼端，有一朵散發蒼藍光輝的玫瑰。
「不，這叫做青炎玫瑰，是會自行發光的玫瑰花。」
那晃動的蒼藍色光輝，確實宛如火炎般輝煌。
「水、土壤、氣候，還需要許多肥料……它的開花條件十分嚴苛，非常難以栽培。開花後則會吸收周遭的魔力，散發蒼藍色的光輝。」
艾因展現饒富興味的樣子，開心地聽著她的說明。然而——
「呵呵……不過啊，這種玫瑰——具有非常危險的劇毒喔。」
艾因的臉色一下子變得鐵青，不禁臉頰抽搐。
「不是騙人……而是真的嗎？」
「是啊，這種玫瑰光是一朵的毒素，就強大到足以殺害大約一千個人類。」
如此說道的她不知為何看起來有些驕傲。艾因卻心有疑問。
為什麼要把這種東西種在這種地方啊……

「能獲得允許來到這裡的頂多只有王族，平時我們並不擔心。」

「原……原來如此。」

因為會來這裡的人很少，所以他們並不怎麼操心吧。

再加上若是像這次的庫洛涅一樣，有專門導覽的人，那就更不需要擔心了。

「而且平常都會覆蓋一層玻璃喔。所以今天是特別的。」

「……所以您才會說就算有毒也沒問題啊。」

「是啊，就是這樣。」

語畢的她露出動人的笑容。

「——大小姐，已為您備好座位了。」

正當他們要動身去看其他的花時。

年邁的傭人走了過來，對庫洛涅說道。

「謝謝——若兩位不嫌棄，要不要和我辦一場小小的宴會呢？」

「什麼？您說宴會……嗎？」

看著艾因一臉不可思議地詢問，庫洛涅回答：

「我命人在中庭的沙龍準備了餐點和茶飲，還請兩位務必一同享用。」

回過神來，或許是因為散了好一會兒步，艾因的喉嚨正顯得有些乾渴。

而兩位女性的身體也差不多該感到疲憊了。

「裡面舉辦的宴會實在太無趣了——所以我想，我們就來舉辦自己的宴會吧。」

聞言的艾因和奧莉薇亞露出開心的微笑。

她一定是顧慮他們兩人的感受，才會選擇這樣的說法吧。

「──哎呀，能夠獲得庫洛涅大人的邀約，真是榮幸。」

「很高興能獲得您的稱讚。席位就設置在那裡，我來帶二位過去。」

三人走在先前散步沒有走過的路上，漸漸地遠離了宅邸的燈光。

受到高聳的綠葉圍牆包圍，艾因陷入一種彷彿被邀請到異世界的錯覺。

「話說回來，為什麼陪同我和艾因的會是庫洛涅大人呢？」

這絕對不是對庫洛涅有所不滿。

然而讓她負責陪同身為低階貴族的兩人，奧莉薇亞無論如何都感到很不可思議。

「──這件事我也會告訴您，首先還請二位先入座吧。」

她帶著歉意這麼說。就在談話中，三人抵達了事先準備好的席位。

純白的桌子配上椅子，頂端座落著毫無瑕疵的白色屋頂。

雖然是小小的座席，不過和庭園的景致十分相配，是相當高級且出色的座位。

（啊，這裡也有種植青炎玫瑰啊。）

在簡易柵欄深處，可以看見也種植著剛才提到的那種玫瑰。

接著艾因便重振心情，和奧莉薇亞一同坐下。

「那麼，關於變成由我負責陪同二位這件事情的經過，是在我聽到了祖父大人他們說的話──」

看到兩人入坐，庫洛涅便繼續娓娓道來。

◇◇◇

時間回溯到艾因和庫洛涅見面幾分鐘前。

男服務生迅速來到大公爵身邊，並說出櫃檯發生了什麼事——他將來龍去脈詳細地敘述了一遍。

「……意思是說，我們大公爵家的安排不周，竟讓年僅五歲的孩子費心體諒我們。」

奧古斯特大公爵坐在會場最顯眼也特別寬敞的位子上。

他身邊僅有一名管家陪伴，靜靜地眺望著會場。

聽到讓孩子費心體諒這一事實，他感到強烈的憤怒，眼神變得嚴厲。

以嚴格貴族聞名的他，因為犯下如此失態而感到十分痛心。

「那麼為何不是長子，而是次子在這宴會之中？」

「這……只能攜一名孩童參加宴會這項規定，勞登哈特伯爵似乎是在櫃檯才第一次聽說。當時第二夫人似乎發言……說要讓格林特大人參加宴會。」

聽完這句話，奧古斯特大公爵便理解了。

已聽說過勞登哈特家內情的他，猜想艾因是被迫讓位的。

「話雖如此，也實在太讓人同情了——不，難道說勞登哈特家是想**違背約定**，準備選擇讓次男擔任下任當家嗎……？」

「哎呀？大公爵，約定……究竟是指何事？」

看見沉思的奧古斯特大公爵，站在身旁的管家出聲。

「……不，沒什麼，只是有些在意罷了。」

雖然方才說了些意味深長的話，但奧古斯特大公爵卻咳了幾聲蒙混過去。

「准許他們的參訪，稍後也會以老夫的名義賠罪。嚮導部分就拜託老爺子去吧。」

好了。說到這裡，他看向老管家的臉。

他認為既然是大公爵身邊隨侍的管家，身分上也不會失禮。

「不過話說回來，勞登哈特家的長子還真是了不起的人物啊。他的說法既不傷害母親，也沒有讓老夫這奧古斯特大公爵家丟失面子。哎呀，真是不錯，老夫也開始對他有興趣了。」

「您說得沒錯。面對這般紳士，應當由我負責陪同。」

是啊，那就麻煩你了。

只要這麼說，這段對話便會就此結束，然而此時出乎他們意料之外的人物來到了這裡。

「——哎呀，祖父大人，這事聽起來真是有趣呢。」

奧古斯特大公爵最疼愛的孫女——庫洛涅走了過來。

她到底聽到多少？他疑惑地詢問：

「嗯……原來妳聽到了啊，庫洛涅。」

「是呀，我聽到了……那麼，老爺子。」

明明偷聽他人談話卻毫無愧疚之情的庫洛涅這麼說道：

「就由我去陪同，老爺子待在祖父大人身邊吧。」

這對大公爵兩人來說是出乎意料的事，他們掩不住訝異。

老管家驚訝地說不出話來，大公爵則感到猶豫地撫著額頭。

「這麼說起來，庫洛涅自從在以前的宴會上打過照面後，就一直很嚮往奧莉薇亞夫人呢。」

「這世上可不存在比她更出色的人了。聖女一詞是最符合她的形容。比花朵還要嬌美，也是比任何人都還要華麗的淑女……那就是奧莉薇亞夫人。」

也就是說想要和她聊天吧。大公爵如此思考。

「……而且我也想和展現出與傳聞不同風情的長子稍微聊聊天。」

以大公爵兩人聽不見的聲量小聲低語後轉向服務生。

「你去告訴他們，同意讓他們參觀，但條件是要有嚮導。」

他在應聲之前觀察了一下奧古斯特大公爵兩人的表情，而兩人臉上的表情已顯示放棄。

大公爵彷彿在揮趕蚊蟲似的搖了搖手，服務生回應過後離去。

「祖父大人，今天的男士們好像誤把我當作娼婦，不斷來找我攀談。我就算有一點享樂時光也不為過吧？」

就算身處宴會會場，她的容貌仍然很引人注目，因此為求良緣的人不斷出現。

也因為這樣，面對這從天而降、能和嚮往女性共度時光的機會，她當然會自願前去陪同。

「而且假若真要追究，對奧莉薇亞夫人無禮的正是我們家，結果竟然還派僕役陪同兩人去觀賞庭園……如此讓自家不斷出醜的決定，我認為值得三思。」

「大公爵……大小姐一天天變得愈來愈強韌了呢。」

聽到令他無法反駁的正論以及老管家的話，大公爵不禁面露苦澀。

最後，基於這無法否認的事實，他只能目送庫洛涅離開。

◇ ◇ ◇

「……我在此為奧古斯特家的失禮，以及導致這種事態發生一事，致上深深的歉意。」

「不，庫洛涅大人沒有任何不對，而且做錯事的……那個，似乎是我們家才對。」

內容雖然有些陰沉，兩人的互動卻仍然吸睛。

要問為什麼，果然還是因為其外貌與舉手投足。

艾因瞥了一眼青炎玫瑰。兩人簡直比這玫瑰還要更讓人覺得豔麗。

接著庫洛涅發現他一邊苦笑一邊看著她們，於是開口：

「那個，若是不嫌棄，要我告訴您名字的由來嗎？」

「呃……是在說青炎玫瑰嗎？」

庫洛涅點點頭，宛如惡作劇的孩童露出笑容回答：

「方才我提過的毒素，會讓身體彷彿灼燒一般，難受的疼痛會遍布全身。彷彿灼燒一般的疼痛，再加上美麗的蒼藍色，因此稱為青炎玫瑰。」

聽見那寒氣逼人的由來，艾因不禁臉頰抽搐。

「那還真是……可怕的名字呢。」

「呵呵，就是說啊。不過青炎玫瑰也能變成美麗的寶石喔。」

擁有不得了劇毒的玫瑰會變成寶石？

雖然無法理解，不過他心裡也在想像究竟會變成什麼樣的寶石。

「是像人造花那樣的東西嗎？」

「不，正確答案是真正的寶石。那個玫瑰的毒素具備讓物體結晶化的性質，若是從其根部迅速抽出毒素，自我防衛機制便會啟動……我是這麼聽說的。」

根據她的說法，花朵會從花萼上方開始一點一滴凝固，並就此變成美麗的寶石——似乎是如此。

（結晶化是……咦？因為毒？原來還有這種事啊……）

聽說蛇的毒會讓血液凝固成果凍狀。

想到這一點，或許……有這種毒也不奇怪吧。

接著有一個想法瞬間閃過艾因的腦海。

（是說，毒素啊……這樣說不定——）

不知道毒素分解能不能運用？伸手撫著唇思考。

「寶石的名字叫做『星辰琉璃結晶』。我也只看過幾次而已——」

庫洛涅沒有在意他的舉動，而是闡述那究竟是什麼樣的寶石。

「搖曳的青色火炎變得宛如夜空，細碎的粒子彷彿星星般閃爍，是非常美麗的寶石喔。」

青炎玫瑰的光輝模擬夜空的色彩，再加上星輝點綴。

光是想像，就讓人覺得充滿了神祕的美感。

此時艾因產生一個疑問。

「咦？不過……您說只看過幾次？難道宅邸裡沒有嗎？」

他是大公爵的孫女，既然擁有大量作為原料的玫瑰，應該也有那種寶石才對。

艾因是基於這樣的想法才問出口，然而庫洛涅的表情卻不明朗。

「……雖然我也很**憧憬**星辰琉璃結晶，但是實在不好入手。」

咦？明明只是把毒素抽出來而已耶？他呆愣地望著庫洛涅。

「不是只要把毒素抽出來就好了嗎？」

真要說的話，抽取毒素的魔法感覺要多少有多少。

但是唯獨用在星辰琉璃結晶上很困難……就算這麼說，他也無法理解。

「要是不馬上把毒素抽出來，花朵就會枯萎，所以就算使用魔法也難以製作。即使也還有其他方法……比如使用高價藥品將毒素抽出來這種手段。」

但這就是用錢說話的手段了。

話雖如此，那是龐大到會讓大公爵家孫女猶豫的金額嗎？

「那個藥品很昂貴嗎？」

他感到不可思議地詢問，一直沉默至今的奧莉薇亞開口舉例。

「艾因，要說到需要多少錢，可是需要我們領地好幾年份的稅收才夠喔。」

……根本意義不明。

他半張著嘴僵在原地。

「真、真是亂來的做法啊……」

不過這下總算明白了。

這本來是個無處可用的技能，但或許就是為了這天而存在。

艾因獲得的技能是【毒素分解ＥＸ】。

無論是什麼樣的毒素，或是什麼樣的菌類，都能一擊必殺！記得神是這麼說的。

「從根部迅速抽出毒素啊……」

艾因不禁將星辰琉璃結晶的做法說出口做確認。

（我也想相信……就算是我，也有做得到的事情。）

不僅下任當家的寶座被弟弟奪走，還不斷讓身為母親的奧莉薇亞經歷悲傷。

不斷重複比他人多出一倍的努力，一直以來為了讓羅卡斯他們對他刮目相看而拚命。

所以想要有任何一點的回報，內心漸漸熱血起來。

（……要小心別讓自己昏倒，如果只是頭痛還能忍受。）

話雖如此，一想到使用力量的缺點，果然會感到麻煩。

但是，至少今天也該努力一點吧……艾因如此下定強烈決心。

「庫洛涅大人，如果能夠獲得星辰琉璃結晶，您會想要嗎？」

艾因突然起身，以自然的動作向籬笆移動。

「這……是啊，畢竟我一直很嚮往，所以當然是有渴望的心情……」

那應該不要緊吧……

艾因將此作為庫洛涅同意接下來將要發生的事情。

畢竟這是珍貴的花朵，私自把花拔起來也讓他感到卻步。

兩人靜靜地看著走動的艾因，不知道他打算做些什麼。

「作為今天的謝禮，您的那份憧憬……就由我來實現吧。」

並非刻意編排，這彷彿故事中的台詞不禁脫口而出。

接下來他深深地吸了一口氣，鼓足幹勁。

「那是什麼意思……唔！你在做什──！」

「艾因，不行……！」

看見艾因將手伸到籬笆內，兩人慌張地站了起來。

在那前方，綻放著一朵出眾的青炎玫瑰。

（對不起喔，突然把你拔起來。）

在心中賠罪之後，伸手觸向青炎玫瑰的根部。

指尖用力，有些濕潤的土壤沾上了他的手指。

這種花大概不是大範圍扎根的類型，艾因一拉，便輕輕鬆鬆地將花拔離地面。

（這就是……所謂的毒素分解嗎？）

他沉浸在沒有體驗過的感覺之中。

彷彿一口氣吃下剉冰的爽快感，加上宛如喝下強烈碳酸飲料的刺激感。

沒有疼痛也不覺得難受。

一股近似於薄荷的清涼感傳遍全身。

「不行！快點放開！」

「艾因，你……該不會……」

和驚慌失措的庫洛涅成對比，奧莉薇亞似乎意會到了什麼。

艾因不顧兩人的聲音，最後終於全心委身於那種感覺。

氣場彷彿模擬血管一般連接，指尖捏住花莖，感官變得敏銳。

接著就像化身吸管似的，毒素不斷被他吸出來。

（沒問題，和神說的一樣——我的力量在面對毒素時是最強的。）

雖然他先前也感到提心吊膽，不過現在無所畏懼。

一次把毒給分解掉吧。但是他不知道該怎麼做才好。

結果艾因只是將意識專注在握住花莖的指尖，並注入力氣。

接著，就在這時候——

一陣強烈的蒼藍光芒，青炎玫瑰的花瓣綻放出來。

這正是睽違已久的結晶化訊號。

光芒十分耀眼，站在艾因身後的兩人反射性地閉上雙眼。

（唔……也太亮了吧……！）

那簡直就像生命誕生般輝煌，而那一切都只為一個寶石的變化。

名為「星辰琉璃結晶」的寶石，其珍貴價值就等同於這幅光景吧。

「難道說，那是……！」

在光芒趨緩後，庫洛涅驚訝地雙手捂嘴。

疑惑、感動……她被眾多情感包圍，視線始終沒有從艾因身上移開。

……那不久後馬上發出「啪嚓、啪嚓……」的聲音。

「完成了……吧。」

發出聲響後，花萼之上的花朵完全分離開來，艾因的手中靜靜佇立著一顆寶石。

維持玫瑰的形狀化為寶石，每一片花瓣都宛如宇宙般美麗。

「這種事……怎麼會……為什麼……？」

「這就是我的力量。雖然以往都沒找到用途就是了。」

面對訝異的庫洛涅，艾因露出苦笑這麼說，隨後回到座位上。

另一方面，奧莉薇亞僅僅只是笑著迎接艾因的歸來，而艾因則感到疑惑。

（怪了——不過一點也不會難受耶？為什麼……？）

面對奧莉薇亞的笑容，艾因也回以天真的微笑，卻因為從前的痛苦沒有襲來而產生了劇烈動搖。

……這到底是為什麼啊？總而言之，艾因走到庫洛涅面前。

「我帶著您的憧憬前來了，您願意收下它嗎？」

雖然這台詞實在老掉牙，反正今天可是宴會之日啊。

要送出美得如此耀眼奪目的寶石，這點做作恰到好處。

「那個……這個……那個……」

庫洛涅的雙手擺在胸前，彷彿在祈禱般十指緊緊交扣。

她不斷眨眼的模樣是仍舊感到疑惑的證明，也是符合這個年齡的少女會有的動作。艾因這麼想。

「庫洛涅大人，請收下吧。」

他用稍微強硬的語氣如此說道，接著庫洛涅終於靜靜地伸出手。

「——是。**我接受了**。」

庫洛涅用雙手做出容器的姿勢，艾因則將星辰琉璃結晶放到她的掌心。

那宛如充滿星輝的夜空、彷彿小小宇宙的寶石，躺在她的掌心閃閃發亮。

她的臉在發燙，雙頰染上淺紅凝視著寶石。
「艾因，非常棒喔。」
「……抱歉，我一想到或許做得到，就實在坐立難安、迫不及待。」
奧莉薇亞安靜地摸了摸艾因的頭，她也對艾因的作為感到喜悅。
「啊，庫洛涅大人，我是否能再要一朵做給家母呢？」
「好……好啊……那當然是無妨……」
庫洛涅仍緊緊盯著星辰琉璃結晶。得到她的回應後，艾因便再一次走向青炎玫瑰旁。
「——請收下，這是我的心意。」
第二次比第一次還要快速。雖然也因為已經抓到訣竅，不過毫不猶豫這一點的影響較深。
光芒還是一樣很刺眼，不過也就如此而已。
「呵呵，謝謝你送我這麼棒的禮物。」
如此說道的奧莉薇亞收下禮物。她的笑容讓他感到簡直比寶石還要美麗。
「呃……不是啦——你為什麼做得出來啊！」
「啊，恢復原狀了。」
回過神來的庫洛涅，彷彿要緊緊揪住艾因一般握住了他的手。
她的動作實在太自然，不知不覺間連語氣都產生變化。
「當……當然會發愣啊！這個在海姆可是只有兩個而已喔……！」
（只有兩個啊……我還真厲害呢。）
艾因在內心老王賣瓜地想著，接著「哈哈哈」露出溫吞的笑容。

畢竟在海姆，這種寶石只出現在國王擁有的短劍，以及王妃擁有的項鍊上。

「雖然我已經聽過很多次艾因的技能了……但是這種事……！」

（啊啊，果然啊。當然也會出名吧。）

伯爵家的長子擁有奇怪的技能，要隱瞞這件事實在太困難。

庫洛涅當然會知道。

「因為我的技能對毒素或菌類，好像真的無敵……」

畢竟獲得了神的認證，沒有比這還值得信賴的吧。

「我根本沒聽說過啊……那種事情……」

如此說道的庫洛涅的雙頰仍然又紅又燙。

她的臉頰之所以會染紅，是因為感到驚訝而興奮，或是其他的情緒高漲所致吧。

庫洛涅沒有察覺到這一點，她將星辰琉璃結晶捧到胸口，等稍微冷靜下來之後開口詢問：

「……你真的要給我嗎？」

事到如今，他也不打算要她歸還。

而且艾因認為她那如花朵般的外貌，十分適合那顆寶石。

「要是您不願意收下，我可就傷腦筋了。」

聽到艾因這麼說，她捧著胸前的星辰琉璃結晶，彷彿在細細品味感動般閉上雙眼，並輕輕點頭。

◇ ◇ ◇

「欸，那邊也有花喔。我們走吧？」

「啊……真的呢。」

非日常的時光迅速過去，三人再次來到庭園散步。

不過也有幾個地方有了改變。

特別顯著的就是庫洛涅和艾因物理上的距離縮小了。

有時候庫洛涅甚至還會拉著艾因的手向前走。

「敬語。你要是不改掉，我就生氣了喔？」

「……就說我還不習慣，這也沒辦法啦。」

「既然這樣，那不是只要習慣就好了嗎？」

「**庫洛涅**是大公爵家的人，而我是伯爵家的人啊，妳懂嗎？」

就容許我的一點點禮貌吧。他擺出這樣的態度對庫洛涅說道。

雖然不時還是有些生硬，不過兩人沒有今天是第一次見面的感覺。

他們彼此都表現出宛如舊識的自然態度。

「哎呀，那只要我作為大公爵家的人命令你就行了嗎？」

絕無仗勢欺人的態度，庫洛涅只是勾起唇，笑瞇了眼在說笑。

「那麼就請吧，庫洛涅大人。」

「真是的……又變回敬語了。」

兩人的互動彷彿在鬧著玩，並相視而笑。

「——艾因沒有出席宴會……真是太好了。」

庫洛涅小聲地喃喃自語，隨後她馬上察覺自己失言，閉緊了雙唇。
「咦？妳剛剛說了什麼嗎？」
「……是啊，我說和你待在一起很快樂啦。」
雖然找了理由蒙混過去，但她肯定是由衷這麼想的。艾因害臊地轉過頭。
就連這個動作，庫洛涅看了都覺得開心。
「咦？宴會會場很無趣嗎？」
「是啊，那當然，畢竟老是重複在做同樣的事情。」
對她來說，所謂的宴會就是異性會不斷靠過來，並重複進行她看不慣的討好舉動。
受了很多苦呢。艾因苦笑。
「話說回來，艾因相當老成呢。」
「老成……？」
「沒有錯吧？你對奧莉薇亞夫人的貼心舉動也是——您也這麼覺得吧？」
如此說道的庫洛涅看向奧莉薇亞。
「他可是我的艾因，表現出色也是當然的。」
奧莉薇亞說出這不成答案的答覆，庫洛涅回以呆愣的表情。
不過她也是透過了今天的相遇才知道艾因的為人，所以能接收到她想表達的意思。
「話說回來，艾因和其他男士不一樣呢。」
「呃，那個……謝謝妳？」
「真是的……你不用害羞啦。」

就算她這麼說也莫可奈何。

受到她這樣的女性當面稱讚，刺激實在太強烈了。

「那個……星辰琉璃結晶的事，妳不用那麼介意沒關係喔？」

星辰琉璃結晶的事件，帶給她的影響會不會太強烈了？

如此心想的艾因提醒了庫洛涅。然而──

「我說啊，我在收到星辰琉璃結晶之前，就已經對艾因有好感了喔？」

「……咦？」

真是失禮耶──她的態度就差沒說出這句話。

「老實說，一開始有點不甘心呢。我過來的時候，你用一臉『妳是誰啊……』的表情在看我吧？」

回想起剛相遇的事情，庫洛涅笑著說道：

「或許就是因為這樣吧。我產生了『這個人和其他人不一樣嗎？』的想法，而且你很體貼奧莉薇亞夫人，甚至還會為我著想。和你聊天也讓我覺得很輕鬆自在。」

畢竟那樣比較快樂啊。

艾因心裡這麼想，並繼續問下去。

「就算聽了羅卡斯大人的事，卻仍能表現堅強的那份強韌，就連這一點都讓我覺得十分傑出。」

嗯，會那樣也是因為在意也無濟於事。艾因害臊地頷首。

照她的說法，正是因為有這些前提──才漸漸對他產生好感。

「最後，並不是因為你送了禮物給我，而是實現了我的憧憬。這兩者可是有巨大的差別喔？」

這對庫洛涅來說一定是十分重要的事情吧。

她強調憧憬一事並說道：
「還有，對我說『我帶著妳的憧憬前來了』的你……真的很帥氣。」
她終於難為情地綻放**羞赧的微笑**。
微微彎腰，由下往上看著艾因如此傳達。
……這位名叫庫洛涅的千金，是位身分高高在上的女性。而她展現出來的可愛動作，輕易地撼動了艾因的心。
「謝……謝謝妳。」
不過，他回應得十分簡潔。
沒辦法展現出像剛剛那般男子氣概。
「連這種地方，一定也是屬於艾因的特色吧。」
庫洛涅笑著說道。就連這份少根筋，似乎也讓她感到舒適。
不過，這樣快樂的時光也終於迎來結束。

「非常抱歉在各位暢談時打擾。」
「……怎麼了？」
前來插話的是在宅邸工作的傭人。
她露出一臉歉意，告訴庫洛涅：
「大公爵大人喚您過去。差不多到宴會要結束的時間了……」
瞬間被狠狠拉回現實，庫洛涅大大地嘆了口氣。

「艾因、奧莉薇亞夫人，非常抱歉……作為主辦方，我必須要去送別。」

「請不要這麼說。我和艾因度過了一段十分快樂的時光。」

「母親說得沒錯。庫洛涅，今天真的很謝謝妳。」

接著奧莉薇亞的話，艾因也這麼說，但是庫洛涅還聊不夠。

然而她有必須做的事情。雖然早已明白，卻仍感覺到寂寞。

「……下次，我也會過去那邊的。」

「那邊是指……哪邊？」

「真是的！我是在說我會去港都啦！」

她嚴厲地回應遲鈍的艾因，不滿地瞇起雙眼。

「可以吧？你不喜歡？」

「怎麼可能不喜歡啊。很歡迎妳來，我等妳。」

雖然要艾因來大公爵宅邸玩很困難，若是她要來就另當別論了。

聽到回答，心情變好的庫洛涅最後露出笑容。

「即便有無趣的練習要做，我會為了那一天努力的。」

「……我也會多方努力看看。」

今天的艾因獲得了一項意義。

即便做出來的是寶石，但縱使如此，也肯定獲得了強大的自信。

他在許多方面輸給弟弟格林特，儘管那種心情不是很令人愉快，但是多虧了庫洛涅，艾因也產生了要努力的心情。

「那我們約好了喔？」

說完，庫洛涅握住艾因的手。

「下次再見面的時候，希望我們彼此變得更加出色……」

「來如此，我知道了。約好了。」

艾因也握住庫洛涅的手，對她如此說道並訂下約定。

兩人維持那樣過了數秒後，庫洛涅一臉滿足地拉開距離。

「奧莉薇亞夫人，今天很謝謝您帶給我快樂的時光。」

衷心期待能再見面的那一天。她最後如此說道。

之後三人便朝著相遇的地方前進，並在那裡分別。

雖然感到依依不捨，但是對再次相會之日的期待勝過了前者。

兩人和庫洛涅在位於宴會會場外的某個櫃檯前分開。

接著兩人在外面待了一段時間，等待羅卡斯一行人的歸來……

（話說，他們也太晚了吧。）

和庫洛涅分開後已經過了十幾分鐘，能看到貴族們陸陸續續離開會場的身影。

但是完全不見羅卡斯一行人的蹤影。

「──那邊的服務生，請問老爺……不，你有看到勞登哈特伯爵嗎？」

實在等不下去的奧莉薇亞詢問擦身而過的傭人。

「您是……勞登哈特夫人……那個，若您找勞登哈特伯爵，他應該已經離開會場了才對……」

「……這是怎麼回事呢？」

就在艾因愣在原地的同時，奧莉薇亞以冰冷的聲調詢問。

「是、是的……似乎是勞登哈特伯爵和關係良好的子爵大人決定要舉辦晚會，所以早早便離開了會場……」

聽到這句話，她的表情絕對沒有露出悲傷之情。

要說的話，比起冰冷，比較接近毫無感情這種印象吧。

簡直就像是對羅卡斯已經失去所有的情感。她的表情帶給艾因這般印象。

「我知道了，謝謝你告訴我。」

「不敢當。若是還有任何問題，還請隨時吩咐我。」

「……唉。既然工作告了一段落，那也算是正好吧。」

失望從她的舉手投足中透露出來，艾因唯一感受到的就是這個詞。

她稍微動了動手，將秀麗的長髮梳到腦後。

在展現出如此性感的妖豔動作後，露出一臉清爽的表情看向艾因。

「欸，艾因。你……喜歡父親嗎？」

「……咦？」

正當他因為不明白問題背後的意圖而傷腦筋時，奧莉薇亞彎曲膝蓋，讓視線靠近艾因。

華麗的香氣輕輕飄起，彷彿在魅惑艾因的鼻腔般帶來搔癢。

「這句話是在詢問我的——真心話之類的嗎？」

「嗯，沒錯。怎麼樣？你對父親的好感……有多到不想和他分開嗎？」

奧莉薇亞大概希望父親只喜歡她吧。

嫁到別人家後竟然受到這種待遇，她既悲傷又寂寞到不能自已了吧。

「我很感謝他養育我。但是好比他對母親的態度等等，我並不打算原諒他。所以我對他並沒有抱持什麼好感。」

所以艾因這麼說了。而就在這句話傳達給她的瞬間——

她緩緩地將戴在手上的戒指取下，放在掌心。

接著突然改變了表情。

「太好了。那麼……就來告訴你我做的工作吧。不過不能在這裡說。我們去寧靜又美麗，比任何地方都還要美好的**祖國**好好聊天吧。」

（祖國……？）

她到底在說什麼呢？沒能理解奧莉薇亞的話語，艾因歪了歪頭，然而她沒有再多說些什麼。

「所以這個已經不需要了，就把它丟掉吧。」

啪啦……啪啦……戒指突然快速生鏽。

剛剛那是魔法嗎？看著生鏽並崩壞的戒指，艾因不禁面露慌張。

「母、母親！為什麼戒指會……！」

「因為已經全都不需要了。而且我也忍耐到極限，和他結婚這件事讓我感到作噁。」

不斷聽到讓他浮出問號的話語。

剛剛那個……像是魔法一般的走向，明明也想要問個清楚，但是現在被慌亂籠罩。

「艾因，我們等等一起去坐又大又漂亮的船吧？」

「是、是的，我會期待的……」

為什麼要坐船？

不過看著奧莉薇亞釋放出不容拒絕的氣場，艾因順從地點頭。

「好了……『我要回去了，盡快前來迎接』。」

她突然對著戴在耳邊的耳環說話，耳環閃爍了兩、三次。

她做了什麼？加上戒指的事，還有船跟耳環的事，無論是哪件事都錯失了提問的機會。

「——好了，那我們差不多該回港都吧？」

「……說得也是，反正父親他們也不在了。現在回去，能在隔天之前抵達嗎？」

「是啊，我想應該可以在日期改變之前抵達喔。」

於是兩人離開了宅邸，朝著馬車的方向走去。

接下來的路途，並沒有特別提起羅卡斯他們的話題，而是聊著極其普通的日常話題。享受沒有特別之處的對話，兩人踏上了朝著港都勞登哈特的歸途。

從奧古斯特大公爵宅邸出發後過了幾個小時，前進在黑暗的街道上，距離日期變化還有一點時間。

馬車終於抵達了他出生的故鄉，港都勞登哈特。

「對不起喔……變得這麼慌忙。」

「沒這回事喔。和母親在一起我很開心。」

雖然沒能出席宴會，不過和庫洛涅共度的時光也很快樂。

畢竟都已經約好了，那就從明天開始繼續努力吧……在他鼓起幹勁時，艾因終於察覺。

「咦？母親，我們不下車嗎？」

馬車駛近勞登哈特宅邸，卻完全沒有要停止的意思。
「我們不在這裡下車，再一下下就到了……好嗎？」
「……我明白了。」
很乾脆地經過勞登哈特宅邸前方，馬車開始朝著港邊前進。
到底會怎麼樣呢？無法理解狀況的艾因漸漸聽到喧鬧聲。
「是怎麼了？明明這麼晚了，還真是熱鬧呢。」
就這個時間來看，城鎮似乎有些過於吵鬧。
這座城鎮就算再晚，也至少還是有酒館或攤販營業——不過，這陣喧囂卻有點奇怪。
「喂！那是什麼……！」
「騎士團呢……騎士團還沒來嗎！」
「呀啊啊啊——！快點……來人啊！」
不分男女，他漸漸聽到莫名不安的聲音傳來。
這並不是類似祭典騷動那般輕鬆的感覺，只讓人覺得是發生了什麼事。
「夫人，前方似乎有些騷動……您還要繼續前進嗎？」
馬夫感到可疑，便詢問奧莉薇亞。她沒有出聲默默頷首。
（這……這樣好嗎？要繼續前進？）
艾因仍然繼續感到疑惑，不過坐在他身旁的奧莉薇亞心情卻很好。
她很明顯知道些事情，但艾因沒有出聲詢問，而是靜靜地坐在位子上。
將注意力放在外頭的慌亂上。

終於，就在開始看得見港口的時候——

穿過大道來到視野開闊的地方後，陌生的巨大建造物映入眼簾。

（那是什麼啊……？）

艾因看到的，是個像巨大煙囪的某種東西。

同時人們的喧鬧聲也達到最高潮。

而當他們抵達最能聽清楚那陣喧鬧的地方——也就是大型船停泊的港口時，映在他眼裡的是真正令他料想不到般巨大的——

「唔——這、這是什麼……？」

那究竟有多大呢？那艘巨大的船，恐怕超過了兩百公尺吧。

那是艘以白色為主基調的美麗船隻，不只是大小驚人，其藝術價值也一目了然。

上面還承載著幾個像砲台一樣的東西，甚至也配有應該是巨砲的巨大鐵筒。

「嗯嗯嗯，看來已經到了呢……來，艾因。我們搭上去吧。」

「不、不不不！您說要搭上去……母親？這艘船究竟是……！」

「馬夫先生，能麻煩你把這封信送去勞登哈特家嗎？」

她沒有回答，只是拿出不知何時寫好的信交給了馬夫。

「小、小的……小的明白了！」

「來，艾因，我們走吧。」

以這句話為暗號，奧莉薇亞下了馬車，艾因也效仿她走到路上。

接著發現了兩人的群眾爭先恐後地跑過來。

「奧莉薇亞大人——！」

「勞登哈特夫人！這艘船到底是……！」

換作是平常，總會用天使般的微笑回應大家的奧莉薇亞，唯有這次沒有回答任何問題，甚至也沒有帶著平時的笑容。

雖然群眾保持著一定的距離，但那股氣勢彷彿隨時會抓住她的肩膀——

（有人……下船來了？）

似乎是看到奧莉薇亞的身影，十幾名騎士從船上走了下來。

最後是打扮特別突出的騎士走下階梯，來到了港都。

「唔——母親！」

「沒事，沒問題的。」

奧莉薇亞伸手安撫懷抱警戒心的艾因，摸了摸他的背。

她認識對方嗎？艾因的疑問再度加深，不過奧莉薇亞不在意地向前走。

另一方面，為了無論發生什麼事都能保護好奧莉薇亞，艾因注意著不讓自己鬆懈警戒。

「……勇敢的騎士大人，我們並非你們的敵人，還請放心。」

在這群騎士之中，他聽到了行頭最氣派的騎士的聲音。

騎士的動作行雲流水般跪下，聽到那猶如銀鈴般的聲音，便能得知騎士是女性。

「同伴？」

艾因這麼說道，此時她拿下頭盔對艾因微笑。

隱藏在頭盔下的白色肌膚，配上如美麗金絲般的長髮。是和奧莉薇亞同年代的美麗女性。

「是的，是同伴。雖然用同伴這樣的說法，就我們的立場來說有些失禮……但是至少我們並不會加害兩位——初次見面，艾因大人。」

「啊、是……我……我才是，初次見面。」

因為事發突然，艾因無法好好回應。

艾因無法否認或許是因為她的美貌而有些發愣，總之他的回應有些遲緩。

「好久不見了呢，克莉絲。」

就像對熟悉的友人說話，奧莉薇亞向騎士搭話。

「是的，能見到奧莉薇亞殿下，我也覺得十分高興。接到您的聯絡，我們十分緊急地駕駛這艘『奧莉薇亞皇家公主號』前來迎接您。」

聽完這句話，艾因的疑惑達到最高點。

最後兩人在名為克莉絲的騎士引導下，踏上這艘巨大的船。

欣賞著奢華的裝潢，艾因在心裡思考。

（這艘船不屬於任何我知道的國家嗎……？）

海姆王國是位於大陸最南端的國家。

大陸南半部幾乎都是海姆的國土，也是大陸最大的國家。

並且軍力也不輸國土的廣闊，在大陸之中是數一數二強大，比他國還要突出。

雖然也存在其他國家，不過海姆名副其實可以說是大陸之王也不為過。

接著是位於海姆北方的貿易都市巴德朗特。
巴德朗特位於大陸中央，跨越各國的商人或是冒險家們時常駐留此地。
因此在這裡可以看到大陸最嶄新的事物，以及種類最豐富、數量最繁多的商品。
另一方面，巴德朗特和其他國家不同，有些較特殊的一面。
這裡是大陸還在戰爭的時代，簽署停戰條約的地區。不過這裡絕對不是國家。
在這裡擁有發言權的是商人，他們和冒險家攜手合作負責都市營運。
為此，事實上的君主可以說是商業公會。
接下來是巴德朗特往東，也就是位於海姆王國東北方的洛克妲姆共和國。
其國家元首是以法律為基準進行選舉選出，而選舉對象則是擁有爵位的貴族。
面積大約占大陸北邊的一半，領地的廣闊程度在大陸上僅次於海姆。
在軍力方面雖然絕對稱不上弱，但也不是很強，老實說，實在毋須特別寫出來。
運用廣大國土興盛的農業，可說是國家特色。
最後要說的是埃伍勒公國。
地點在大陸左上的地區，位於海姆西北方，也是巴德朗特以西的領域。
就面積來看，稍微劣於洛克妲姆共和國，是大陸中面積第三大的國家。
不過埃伍勒公國是個擁有優秀騎兵的國家，在騎馬仗方面可是大陸其他國家無人能比的高超。
雖然士兵數量較少，卻是個在決鬥方面，擁有讓大將軍羅卡斯吃過敗仗之猛者存在的國家。

（——以上，儘管我複習過長久以來學過的知識……）

其中應該沒有擁有如此巨大船隻的國家才對。
船內的構造就像艾因隱約記得的，存在於前世的高級飯店一般。
鋪在地面上毫無皺褶的毛毯，品味高級的用品，再加上飄散著香油好聞的香氣。
「母親……這一切是……」
「沒事的，就快到我的房間了……等到了之後再和你說。」
「……我會等的。」
從戒指的騷動開始，到聽見「公主」這個詞，然後現在他們已經搭上船出海了。
這早已超越搞不清東西南北的境界，讓艾因開始漸漸放棄思考。
「這麼說起來，我需要跟克莉絲做什麼說明啊？」
「全部。就算我不過問，我想等您歸國後，陛下也會詢問。」
「那麼……我和艾因都累了，之後再跟妳說吧……肚子也餓了，來吃點東西吧。」
奧莉薇亞用放鬆的表情說道，但對艾因來說，還是第一次看見她那樣的神色。
在宅邸從未看過的表情，換個表達方式，可以說是——悠然自得。
「是！那麼我馬上令人準備食物過來——你，聯絡廚房傭人。」
接收到指令的騎士，動作俐落地低頭並離開這裡。
接著三人終於來到目的地，被稱為奧莉薇亞房間的地方，只是——
（呃，這是怎樣？好大……）
那裡有扇巨大的門扉，其高度大約有五公尺吧。
美麗的門扉木紋精緻，設計別出心裁，僅看一眼便能感受到高級感。

「來，進去吧。我也想讓艾因快點休息。」

「我還比較希望母親也能休息。」

「哎呀……呵呵。那麼，我們就一起休息吧。」

「……自**那**之後，沒想到您能有如此出色的公子。想必陛下也會感到龍心大悅。」

克莉絲小聲地喃喃說道。

「克莉絲小姐？妳剛剛有說什麼嗎？」

「不，什麼也沒有——那麼，請進吧。」

似乎聽到了什麼可疑的話語，但她蒙混過去，引導兩人進入房間。

房內空間寬敞，地面是使用類似白色大理石的素材建造，而地板上鋪了一層又厚又柔軟，織著美麗紋路的鮮紅色毛毯。

牆壁上裝飾著圖畫，高聳的天花板掛著巨大水晶燈，吸引了他的目光。

「艾因，過來這裡。」

擺放在接近房間中央的巨大奢華白沙發，奧莉薇亞站在那裡招呼艾因。

兩人坐下，在深呼吸幾次平靜下來後，傭人便端著飲料進來。

「你拿了什麼過來啊？」

「是，這邊是現榨的梨葡露飲品。」

這麼回答的傭人倒出橙色的飲料。他聞到像是蘋果的香氣，不禁吞了吞口水。

原來如此。這叫做梨葡露啊。在他思考的同時，傭人將玻璃杯擺到艾因的面前。

「艾因也累了吧？來，我們來享用吧。」

於是艾因伸手拿起杯子。

嗯，味道就是蘋果呢。只不過這甜美又濃郁的味道，讓人感覺到與這房間同樣的品味。

——好了。既然已經享受過美食，那麼他想回到正題。

奧莉薇亞注意到艾因的視線，便開始緩慢地道出隱瞞的事實。

◇◇◇

場景轉換到奧古斯特大公爵宅邸。

「讓……讓您久等了，父親大人！」

一邊喘息一邊跑進房裡的是大公爵——葛拉夫．奧古斯特的獨生子哈雷。

今天是哈雷第二個孩子——備受期待的長子利爾的公開亮相。

「真是慢啊，父親大人。」

「因為宴會的工作剩了不少啊。話說庫洛涅，妳得睡覺了吧？」

但是她展現帶刺的態度裝作沒聽見，哈雷便放棄了。

接著看見他冷靜下來，葛拉夫便開口：

「那麼，老夫就照順序開始說明吧。」

聽見葛拉夫的話，哈雷坐正了姿勢。

要談論的是關於奧莉薇亞和艾因發生了什麼事，還有羅卡斯一行人的言行舉止。

愈聽愈覺得艾因實在令人於心不忍，哈雷不禁露出苦澀的神情。

就在話題告一段落時，葛拉夫清了清喉嚨。

「然而接下來要提的事情才是正題，不可洩漏，懂了嗎？」

接著本來保持沉默的庫洛涅，也將拿在手上飲用的紅茶杯放到桌上。

「所謂的正題——關係著奧莉薇亞夫人的出身。」

「出身嗎？就我聽到的情報來看，她似乎是巴德朗特大商人的千金啊？」

「那並非正確情報，事情並沒有那麼簡單。原本是定好在可以讓奧莉薇亞夫人的兒子，作為勞登哈特家的下任當家，就此聲名遠揚也不會有問題的時期到來為止，都不公開真正的實情。」

他到底在說些什麼啊？兩人露出這樣的表情注視著葛拉夫。

有什麼事必須隱瞞真正的實情，偽裝成大商人的千金呢？他們完全不知道理由。

「我想去艾因那裡這件事變麻煩了嗎？」

「庫洛涅？妳在說什麼？」

「哈雷，那件事情老夫稍後會跟你說明。然後……是啊，庫洛涅。」

看見葛拉夫終於露出柔和的表情，庫洛涅放下心來也不過瞬間。

「不過……可能稍微有一點不夠格了吧。」

然而他的話語很沉重。不知為何，他的語氣顯得很嚴肅。

「港都勞登哈特，從那裡渡海兩日能抵達的大陸……你們知道那個國家嗎？」

奧古斯特大公爵談論的大陸。

那並非海姆王國等國家所在的大陸，而是海另一邊的大陸。

其地名為伊修塔爾——人稱伊修塔爾大陸。

「當然知道。大陸上唯一的國家，大一統王國伊修塔利迦……是個超級大國。」

「嗯。哈雷過去曾去那裡留學過，應該理解其國家的強大吧。」

「根本無法忘懷，因為那是我們盡全力也無法戰勝的國家。」

文化、技術能力，並且他們還具備海姆無法匹敵的戰力。

就算拿一般市民的生活相比，其差距也相當大，會讓人覺得簡直像是異世界一般的國家。

再加上伊修塔爾大陸非常遼闊，其規模比海姆所在的大陸要大上數倍。

「伊修塔利迦住著許多像是精靈、獸人等被稱為異人族的人民，對吧？」

「哦！看來庫洛涅有好好在學習呢。妳說得沒錯，那是個住著許多種族的國家。」

「父親大人，所以呢？為什麼現在要提到伊修塔利迦？」

……下一個瞬間，哈雷與庫洛涅露出訝異的表情。

葛拉夫的表情變僵硬，額頭不禁開始冒出大粒汗珠。

接著他用彷彿在吐氣般的虛弱聲音如此說著。

「大一統王國伊修塔利迦，現任國王辛魯瓦德・馮・伊修塔利迦……」

葛拉夫究竟在說些什麼，庫洛涅的理解力直到現在仍然沒能追上。

然而哈雷理解了。不，應該說是開始理解。

「其第三個子嗣，也就是次女……」

與此同時，哈雷的額頭也開始浮現汗珠，他的氣息一點一滴……一點一滴紊亂了起來。

葛拉夫微微低頭，帶著沉重的神色接著說道。

「——二公主，奧莉薇亞・馮・伊修塔利迦。這才是奧莉薇亞殿下的真實姓名。」

啊啊，剛才的那句話，原來是在說自己可能稍微有一點不夠格啊。

庫洛涅終於理解，原來地位不搭的人，是自己這一方。

「奧莉薇亞夫人是……公主……？若是這樣，艾因就是……」

聽見被隱瞞的真相，庫洛涅不敢置信地喃喃說道。

若奧莉薇亞確實是公主，其兒子艾因也是那個名叫伊修塔利迦的大國王族。

庫洛涅尚未整理好情緒，只能以依賴的模樣，用毫無力氣的雙眼望著星辰琉璃結晶。

能一夜之間成為王儲的理由

離開海姆後已經過了幾個小時，船的速度非同尋常。

乘船要花上兩、三天的路途，奧莉薇亞皇家公主號只用了幾個小時便走完了。

到了現在，行進聲音已變成宛如走在鐵軌上，不知切換成什麼而發出「喀噹……喀噹……」的聲音，並朝著伊修塔利迦都城前進。

（——怎麼說呢？文明差距實在太大了，為什麼要特地……）

讓艾因感到不可思議的，是奧莉薇亞為何要大老遠地嫁到海姆去。

「那個——母親——」

他下定決心要詢問，此時坐在附近的克莉絲開口：

「咦？奧莉薇亞殿下，那顆星辰琉璃結晶是在勞登哈特收到的嗎？」

「不，並不是……怎麼這麼問？」

可能是因為閒得發慌吧。

奧莉薇亞將艾因送給她的星辰琉璃結晶放在手心端詳。

「您明明把戒指丟掉了，手邊卻還有星辰琉璃結晶，讓我覺得很不可思議……」

「啊啊，這是因為——」

這是艾因在奧古斯特宅邸送給我的——奧莉薇亞如此說道。

聽到這句話，克莉絲便用訝異的表情看向艾因。

「真是驚人……沒想到小小年紀就進行求婚。」

「呃……咦？求婚？」

她到底在說什麼啊？艾因感到疑惑。

「贈送星辰琉璃結晶也就意味著求婚。不過畢竟這是類似從古代流傳至今的習俗，所以頂多只有王族偶爾會贈送……」

這麼說起來……艾因想起來了。

「——是。**我接受了**。」

仔細思考，庫洛涅那句「我接受了」的回答，有哪裡怪怪的。

原來是那個意思啊……他不禁感到傷腦筋。

「不過若是艾因大人贈送的，那我能理解。」

她理解了奧莉薇亞寶貝地捧在手上的理由，最後深深點頭。

關於她的事情，艾因也在這次旅途中聽了介紹。

——她的名字是克莉絲汀娜．沃倫史坦。

似乎原本是任職奧莉薇亞的專屬騎士，不過現在已是近衛騎士團的副團長。

也就是說她不只擁有美麗的外貌，還是個才女。

「……啊，話說回來，我們現在坐的交通工具叫什麼啊？」

在換乘時，他們通過了和船內一樣的道路。

他們走過鋪著毛毯，一絲不苟的豪華通道，來到同樣豪華的房間，所以老實說，他並不知道換成了什麼樣的交通工具。

雖然從外面聽得見像是在鐵軌上行進的聲音，他還是很在意交通工具的真面目。

「真是失禮了。我們現在乘坐的是一種叫做水上列車的交通工具，簡單的說明原理就是……運用魔石，將熱傳導到水箱裡的水——」

（啊啊，原來如此，是蒸氣機啊。）

艾因熟知的蒸氣機使用的是煤，與此相比，水上列車似乎不會產生黑色煙霧。

「讓它產生蒸氣，驅使列車行駛嗎？」

「唔……真令人訝異，沒想到您知道構造。」

「不，我只是剛好讀過那樣的書而已……」

即使知道是使用產生的蒸氣在推動，但不知道更詳細的原理。

因為艾因時常閱讀，只要這麼說應該就不會讓人感到奇怪。

「這是件好事，您不乏這般勤學精神呢。」

「不不不……！真、真的只是剛好啦！」

「對吧？克莉絲，艾因真的是個好孩子吧？」

因為誤會差點要被捧上天，艾因連忙開口解釋。

然而奧莉薇亞把他抱到身邊，因此艾因瞬間改變了心意。

……假裝知道，偶爾也會有好的影響呢。

「話說回來，您送來的傳信鳥將訊息送到了王家附屬的管家室……」

克莉絲如此說道。傳信鳥是什麼呢？

他的頭上浮現問號，察覺到這一點的奧莉薇亞告訴艾因：
「所謂的傳信鳥是魔具喔。要說到是什麼樣的魔具嘛——」
高階的單向魔具，是可以把聲音傳遞到遠方的消耗型魔具。
之所以在大公爵宅邸對著耳環說話，是因為那就是魔具，而她當時似乎是在聯絡伊修塔利迦。
「這次的情況是因為有接到身為王族的奧莉薇亞殿下聯絡，因此便當作王家專用水上列車、奧莉薇亞皇家公主號等等的使用權限，已經過奧莉薇亞殿下的認可來進行處理。」
艾因和奧莉薇亞安靜地聽她闡述。
「所以說，這件事情尚未傳到陛下他們那裡。雖然理由我多少有察覺……」
大概是忌憚把話說出口，克莉絲支吾了起來，奧莉薇亞代替她說出口：
「父王會氣瘋吧。既然這樣，就當作我下了封口令吧。」
「非常感謝您。只要有奧莉薇亞殿下的話，管家室的人們也能免於處罰了。」
這是二公主的命令。這麼一來，傭人自然無法忽視。
而身為國王的奧莉薇亞父親，也就不會處罰傭人了吧。
「哎呀？那麼我就是個沒有聯絡他便突然回家的女兒……會變成這樣嗎？」
克莉絲難以回答，只能苦笑著點頭。
「唔——嗯……那等我和艾因在王城裡休息之後，得馬上去父王那裡才行呢。」
「就我的立場來說，希望您能一到就馬上去見陛下……」
「不行喔。艾因經歷長途旅行可是很累的。」
她的態度如此自在，並會自由說出自己的想法。艾因是第一次看到這樣的奧莉薇亞。

甚至感覺連語氣似乎都有差異。

（不過，這樣的母親也很棒呢。）

……只是他覺得國王有點可憐，於是開口：

「克莉絲小姐，這輛水上列車大概幾點會到都城呢？」

「這個嘛……目前是預定早上十一點左右。」

下了水上列車後要轉乘馬車，大約二十分鐘就會抵達王城。

那麼最快十一點半就會到城堡了。

「艾因，等到了王城，我們一起去泡澡吧。」

「啊，好……那麼……」

的確，既然要去見國王，連澡都不泡是個問題吧？

「正餐大概過了中午才吃，稍微休息一下後大約下午三點去會面——這樣如何呢？」

「這樣你真的沒問題嗎？休息個兩、三天之後再去也沒關係的。」

那樣子讓他等太久了……要是不聞不問到那時候，感覺好像會遭到襲擊，太可怕了。

「沒問題的。作為母親的孩子，我也想早點去打招呼。」

他擺出嚴肅的態度，奧莉薇亞便不情願地點頭。

不過可以看見她對艾因現在的態度隱隱約約感到喜悅。

「啊，克莉絲小姐，能麻煩妳幫忙準備我的房間嗎？」

「您在說什麼啊？艾因大人的房間當然——」

「總之暫時先和我住同一間房吧？」

嗯，最後確定是最好的結果真是太好了。

◇◇◇

接著經過了一段時間，艾因乘坐的水上列車抵達都城。

車站名叫白玫瑰，是個以壓倒性規模為傲的都城最大車站。

（水上列車的乘車場……究竟有幾個啊？）

不同於其他水上列車，王家專用水上列車在高了一樓的地方停下。

乘車場一路延伸到樓下，大約有十個。不過還不只這樣。

王家專用水上列車停止的地方大約在五樓，下面四層樓全都是乘車場。

克莉絲補充，從這裡開始他們會穿過特別通道，離開車站後坐上馬車。

「好多人喔。」

走在除了三人之外沒有別人的乘車場，他們前往通道方向。

「白玫瑰時常人山人海，現在算是比較空的。」

這樣叫空？他訝異地張大嘴巴。

相似於首都圈通勤尖峰的人潮，是他在這個世界想像不到的光景。

「不過話說回來，他們一直在看我們呢。」

他發現來自許多乘客的視線。

畢竟王族專用的水上列車都停在這裡了，唯有這點莫可奈何。

（嗯？……這樣啊，那些人們就是被稱為異人的人種吧？）

稍微看了看車站使用者，便發現有在海姆沒看過的人種走在路上。

有著宛如野獸容貌的人，或是灰色肌膚的人等等。

有各式各樣的人種走在路上，光是這一點，就能讓他沉浸在來到他國的體驗之中。

「艾因大人，您很在意異人族嗎？」

大概是發現艾因饒有興致地望著他們的視線，克莉絲詢問他。

接著克莉絲便用相當隨意的口吻說出讓艾因訝異的話。

「像您們兩位這樣的種族，在伊修塔利迦的個體數量也不多，所以可能很少有機會能見到同種族的人吧……」

「……啥？可以稍微等等嗎？」艾因停了下來。

那是什麼意思？他們不是人類？他一臉不可思議地轉向克莉絲。

「克……克莉絲小姐……？請問這話到底是什麼意思呢……」

「什、什麼？請等一下，難道您沒有聽奧莉薇亞殿下說過嗎？」

「聽什麼……我完全不懂……」

他完全無法理解，最後只好用求救的眼神看向奧莉薇亞。

「我是返祖樹妖族喔，所以艾因同樣也是樹妖族。」

（……咦？）

說到樹妖族，就是被當作樹木的精靈或妖精的那種樹妖嗎？

但是他們的身體沒有類似樹木的特徵。艾因愣愣地聽她述說。

「我想等艾因長大以後也會長出根喔？」
「長出根……？咦……？」
另一方面，走在身邊的克莉絲則一臉不敢置信、敢怒不敢言的模樣。
她的眼神彷彿在說：「為什麼要隱瞞至今？」
「啊～！克莉絲真是的，好像有什麼話想跟我說呢。」
「……是啊，那是當然。」
「可是要是我不隱瞞，不就可能會被發現是伊修塔利迦的人嗎？」
這麼說起來也是。
畢竟不能保證不會從艾因那裡洩漏出去。她大概是為了以防萬一才會隱瞞至今吧。
「確實如奧莉薇亞殿下所說，這樣是合理的呢。」
「對吧？別看我這樣，不跟艾因說我心裡也很難過。」
不過就算聽到自己不是人類，艾因意外地也不怎麼感到動搖。
事實比想像中還要讓他心靈平靜。
（呃，唔……嗯。反正和母親是同種族，應該沒事吧……？）
還是有所動搖，但並無疏離感。
雖然希望能獲得關於種族更詳細的說明，不過並不認為自己現在有辦法好好整理思緒。
接著，奧莉薇亞彷彿回想起來般詢問克莉絲。
「啊，話說回來，我有件事想要問妳。關於我去海姆的理由是怎麼進行說明的呢？」

「我們說明您是為了國家才嫁到海姆，也要求能渡海遠洋的人絕口不提，並委託他們監視。」

理由真是相當抽象。但是這種內有陰謀的事情，事到如今說什麼也沒用。

不過，聽到監視和封口就讓艾因產生興趣，想知道到底是用了什麼樣的方法。

「像是勞登哈特領地的人來到伊修塔利迦，或是從伊修塔利迦去勞登哈特領地的人，可能會發生的情報洩漏——關於這一點，我們強硬以物理力量處理好了。」

（……若是物理力量就沒辦法了呢，嗯。）

「——話雖如此，也並不是那麼強硬的手段。」

克莉絲表示，海姆和伊修塔利迦本來就沒有商業貿易。

要問為什麼，是因為要花費在渡船等交通上的費用是最大問題，實在無法核算。

海中存在著許多強大的魔物，這麼一來護衛費也不可小覷，因此商人不會靠近。

再加上須準備能夠遠距離渡海的船隻。

「離開陸地，就會有漁夫無法對應的魔物橫行霸道，所以必須有耐久力高的船，還要僱用負責護衛的冒險家，也會產生龐大的費用。因此，很少會出現想要渡海而來的貴族。」

「咦？很少的意思是，海姆也有過那樣的貴族嗎？」

艾因詢問道。雖然他不認為海姆存在著那樣的勇者。

「要說近年，就是奧古斯特大公爵家的兒子。不過有派人監視。」

艾因感到訝異卻也能理解。那個家族果然等級不同。

若是這樣，或許能在伊修塔利迦和庫洛涅重逢……他懷抱這般期待。

「從伊修塔利迦也有四件申請，但全都沒有獲得許可。」

這不是硬來了嗎？艾因在心裡吐槽。

「一件被拒絕後，一件暗中採取措施使其化成提親。剩下兩件則由陛下主導進行公共事業，並將其交給對方將渡海要求取消。」

這不全都是強硬手段嗎？不如說甚至已經算輕微騷擾了。

不過這讓他理解他們在保守祕密方面實行得十分澈底。

「能夠航海的冒險家很少，針對他們我們則約定會給予稅金方面的優待，藉此達成交易。」

（若是有力的冒險家，感覺也賺很多呢……）

所以這對冒險家來說，是十分有利的交易吧。

總之目前艾因了解他們是如何封口了。

最後，離開白玫瑰的馬車抵達王城，克莉絲下了馬車，走向衛兵的方向。

望向窗外，城堡巨大得簡直看不見盡頭，他被這直入雲霄般高聳的夢幻城堡給震懾住。

就在艾因看呆的同時，傳來了克莉絲的聲音。

「我是近衛騎士團副團長，克莉絲汀娜·沃倫史坦。我要進城。」

正當他感嘆克莉絲的聲音真響亮時，奧莉薇亞一臉開心地向他搭話。

「雖然看起來好像很嚴肅，不過那孩子其實很廢柴喔？」

廢柴？那個展現出工作很能幹氣場的大姊姊嗎？他半信半疑。

「那麼，奧莉薇亞殿下還有艾因大人，下馬車時請注意腳——」

就在她伸手的同時。
她的腳尖摩擦到地面，一隻腳失去平衡，身體搖晃了一下。
「……來，請吧，艾因大人。」
儘管她露出優雅的笑容，但剛剛絆的那一下該怎麼對應？
「克莉絲小姐，腳……沒事吧？」
「不不，我**並沒有感到疲憊**，還請您放心吧。」
「啊──這樣啊，我知道了。」
原來如此，雖然她隱藏了起來，確實有廢柴的傾向。
被蒙混過去的克莉絲拉著手下了馬車，艾因看到王城的全景感到詫異。
「唔──唔哇……好壯觀。」
視線可及之處，滿布的水路彷彿花紋一般，處處芳草萋萋。
主要以白色石材為基調的美麗景色寬闊地延伸開來。
道路一路延續到城堡內部。從馬車上下來後，他看到的就是這般非現實的光景。
「很美吧？今後每天都看得到，我們先去房間吧。」
奧莉薇亞大概已經想快點去房間了吧。
她輕輕牽起艾因的手，比克莉絲還快地邁出步伐。
「那麼，我繼續護衛。」
「……真是的，城堡裡就安全了吧？我從以前就說過了。」
「我才要謝謝您從以前就不斷告知，但我認為要是有個萬一便為時已晚。」

克莉絲語中帶著責備，表情卻很柔和。
「是是是，我記得啦……那就一起走吧。」

於是，當他們三人一臉神氣地走在城堡裡時，見到奧莉薇亞的人們理所當然會感到訝異。
在已經不知見到幾次這種反應後，克莉絲苦笑著開口：
「其實在王城中，知道奧莉薇亞殿下出嫁理由的人也僅有數人，所以……」
在伊修塔利迦這般大國，知情者屈指可數。
艾因心中的疑問不斷加深。
「傍晚和父王見面時我也會說明，再稍微等等我喔。」
「知道了。只要您願意告訴我，我會繼續等待。」
「……真是的，艾因真是個好孩子。」
她還是老樣子很寵溺艾因，對他露出充滿愛的表情。
「奧莉薇亞殿下？請您別說什麼要扎根在艾因大人身上這種話喔？」
「——來，艾因，我們走吧。」
扎根？是樹妖族獨特的表現之類的嗎？
艾因將其當作是想要黏在一起的意思，那他理所當然非常歡迎。
「等……奧莉薇亞殿下！請您不要無視我啦！」
大概是在意些什麼事，克莉絲逼問不回答問題的奧莉薇亞。
「啊，那邊的人，幫我轉告瑪莎說我帶艾因回來了。」

不過奧莉薇亞只是露出微笑，向擦肩而過的騎士搭話。
「是……是的！我明白了……！」
擦肩而過的騎士看到奧莉薇亞後也同樣面露訝異，她絲毫不顧慮地命令他。
騎士的心情肯定不平靜。艾因只看一眼就能明白。
「母親，那位叫瑪莎的人是誰呢？」
「是我還小的時候照顧我的傭人喔。她偶爾很可怕，但是個好人。」
原來如此，是堅強型媽媽那種人嗎？
建構著名為瑪莎的女性想像圖，艾因自顧自地得出結論。
「這麼說來，都沒見到母親的家人呢。」
「唔——嗯……我想他們應該是在忙。對吧，克莉絲？」
「陛下在處理平時的公務，王妃殿下則前往附近的城鎮視察。至於凱蒂瑪殿下——大公主殿下，我想她今天應該也在地下研究室。」
名為凱蒂瑪的女性，應該是艾因的阿姨。
但是公主在研究室？看到艾因面露困惑，克莉絲似乎想到什麼說道：
「話說回來，艾因大人。雖然我明白這有些無禮，不過您肚子餓不餓？」
她的表情看起來莫名有些疲憊。
艾因突然被問到吃飯的事情。經她這麼一說，肚子確實是餓了。
「啊，那個……從換乘水上列車之後，我就沒有吃東西了，所以有一點……」
可能是因為被問到肚子餓，艾因不禁雙頰緋紅，露出害羞的表情。

「艾、艾因大人！請不要露出那樣的表情！因為我看您這段時間吃的東西不多……若讓您誤會，我感到很抱歉。」

「沒事的，艾因那樣的表情也很可愛。」

那之後，艾因和奧莉薇亞一同享受了城堡中的大浴池。

泡在既寬敞又豪華到意義不明的浴池中，他不禁沉浸在舒適感裡。

◇◇◇

在享受完入浴時光後，兩人為了用餐朝著奧莉薇亞的房間走去。

克莉絲陪伴兩人來到房間後……

「——竟然突然離婚，奧莉薇亞殿下，這是怎麼回事呢？」

一位帶著笑容的女性，佇立在和奧莉薇亞皇家公主號一樣豪華的房間裡。

她的身高約大概一百四十公分，臉蛋看起來稚嫩，雙眼大大的很可愛。

「瑪莎！妳來了呀！」

奧莉薇亞走近那位女性，緊緊抱住她。

（咦？這個人就是瑪莎小姐……？）

另一方面，叫做瑪莎的女性也露出莫可奈何的表情，撫著奧莉薇亞的後背。

「那個，艾因大人。瑪莎小姐確實是成年人——也是已婚人士。」

克莉絲小聲地和艾因咬耳朵。

「我、我才……沒有在想什麼奇怪的事喔？」

被人看穿反而讓他感到不甘心，艾因馬上擺出逞強的態度，然而——

「順帶一提，您原先預想她是位什麼樣的人呢？」

「原本以為是個很有膽量、身材魁梧的女性——啊！」

察覺自己遭到陷害，他的視線和苦笑的克莉絲對上。

「是的……您確實想了些奇怪的事呢。」

克莉絲開始以自己的方式，了解艾因是什麼樣的男孩子。

她溫柔地微笑並悄悄移動到艾因身後，與此同時瑪莎開口：

「是啊，我終於有辦法來了。畢竟不只是餐點，我還必須準備艾因大人的衣物，所以真的、真的是好不容易呀。」

「哎、哎呀？瑪莎真是的，妳在生氣嗎？」

「硬要說的話，是感到無語。不過您才剛歸國，我嘮嘮叨叨的您也會累吧……」

沙發和桌子擺放在中央，而那桌上擺滿了許多料理。

「我想您累了，首先就請您用餐吧。」

「……看起來好好吃喔，好久沒吃瑪莎的料理了。」

直到此刻，奧莉薇亞似乎也終於放下重擔，眼中隱約浮現淚光。

接著，瑪莎便對艾因開口：

「我叫做瑪莎，是一等僕役，也擔任奧莉薇亞殿下的專屬侍從。已經透過奧莉薇亞殿下的書信得知艾因大人的事情。」

「初次見面，我是艾因。畢竟我已經等同於沒有家族姓氏了，所以就只是艾因。」

並沒有自稱勞登哈特，而說自己只是艾因。

聞言的瑪莎什麼話也說不出口，帶著複雜的神情望著艾因。

「……我們下人都很歡迎艾因大人的到來。來，快趁熱享用吧。」

這一定是為了安慰他的體貼吧。

雖然只是一點小小話語，艾因卻很感謝這份溫暖心靈的溫柔。

「話說回來，奧莉薇亞殿下，能讓我聽聽離婚的原因嗎？」

坐正身子的瑪莎這麼說。不過——

「——欸，艾因，過來這裡吧？」

才剛走到沙發旁，奧莉薇亞卻叫艾因坐到她的膝蓋上。

艾因當然很樂意地坐上去。

「利用艾因大人來逃避，這實在令人無法苟同啊。」

克莉絲對奧莉薇亞的攻勢沒有減弱，但是——

「克莉絲好冷淡喔。艾因……你不覺得很過分嗎？」

「是啊，好過分喔。」

克莉絲的雙眼失去了色彩，並以「嗚哇……」的眼神注視著艾因。

瑪莎也以同情的眼神看著艾因，接著對奧莉薇亞說道：

「看來奧莉薇亞殿下的教育十分出色呢——我明白了，等您先向陛下說明過後也無妨，不過您也會告訴我吧？」

「是啊，那當然嘍。畢竟我也還沒告訴克莉絲，會好好告訴妳們兩位的。」

奧莉薇亞稍微改變態度，以稍微認真的表情和聲音如此告訴兩人。

大概是尊重本人的意思，兩人便不再追問。

接著，大概是積蓄了超越想像的疲勞，艾因享受完王城的美食，就在用餐完畢後馬上和奧莉薇亞一同休息去了。

和在水上列車裡告知克莉絲的一樣，兩人在三點左右醒來，便被瑪莎和克莉絲兩人領著，前往國王所在的房間。

「我已吩咐過王城裡的人們，要他們假裝沒看到您了。因此陛下應該還不知道奧莉薇亞殿下已經回到王城中。」

「哎呀？為什麼要下這種命令？」

「這是當然的。為了避免陛下花太多時間煩惱各種事情。」

也就是說，她們認為突然跟國王說「我回來了」比較不會釀成問題。

可說正因為她是一等僕役，又是二公主奧莉薇亞專屬侍從，才有辦法下達這個命令。

「這也是為了陛下好啊，讓他內心長時間煩悶恐怕會傷身。」

瑪莎如此答道。一行人站在巨大門扉面前。

「這裡是會議室呢。他人在工作，我有點不好意思。」

「畢竟您如此唐突回國，那樣的體貼我想是多餘的。」

瑪莎回答得乾淨利落，奧莉薇亞則賭氣地看著她。

「討厭，我知道啦。不過我也是有很多理由的。」

「那些理由，稍後也請告訴我喔。」

接著，瑪莎敲了幾下門。

雖然裡面沒有人應聲，但是奧莉薇亞絲毫不在意地往前進。

「我會在這裡等，若有任何事情還請傳喚。」

「謝謝。那我們去去就回。」

在這裡與瑪莎分別，艾因、奧莉薇亞及克莉絲三人踏入了會議室。

「父王，我回來了。」

奧莉薇亞的視線投向最深處的豪華椅子。那裡有位男人威風凜凜地坐在上頭。

他的身高約有一百九十公分，是個肌肉結實的男人，和銀髮同色的鬍子看起來十分英勇。

奧莉薇亞用一如往常的聲音說著：「我回來了。」並漫不經心地走向前。

「……抱歉，羅伊德。」

艾因有一點點同情國王。

縱使他作為國王，現在的情況應該完全出乎意料吧。

他開口對坐在身旁穿著盔甲的壯漢說道：

「你能打一下朕嗎？」

「屬下明白了——喝啊啊啊啊啊！」

那個瞬間，艾因驚呆了。

你能捏我臉頰嗎？若是這麼說還能理解，但沒有想到他竟然會要人打自己。名叫羅伊德的盔甲男子，用力打了國王。

「父王真是的，突然是怎麼了啊？」

「所以我才說，忽然出現會讓陛下感到混亂……」

「克莉絲……可是就算事前有打聲招呼，到頭來也還是很突然吧？」

她說得確實沒有錯，不過那麼一來，國王應該就能先做好重逢的心理準備了吧？

「各位，陛下似乎身體不適。這次的會議暫先延期，並且，在這房裡看到的一切均禁止多言。」

羅伊德雖然平靜地說了這句話，話語卻彷彿言靈一般，強烈地撼動了艾因的心。

和方才宛如說笑的互動完全不同，聲音中充滿難以言喻的魄力。

貴族們一臉不明所以地離開了會議室，此時國王抬起頭。

「老實說，朕感到很混亂。本該出嫁的女兒為什麼會在這裡？朕完全沒有接到任何報告。羅伊德，你又怎麼樣？」

「屬下這裡也一樣。雖然騎士團沒有捎來聯絡，不過克莉絲閣下似乎知情。」

羅伊德一邊回答，一邊以銳利的眼神看向克莉絲。

緊緊盯著看起來知道內幕的她，彷彿在審問一般。

「是！我昨晚遵從奧莉薇亞殿下的命令，前去進行護衛任務。因此，我是理解狀況的。」

在銳利的目光下，克莉絲毫無波瀾地回答羅伊德和國王。

「原來如此……既然是奉二公主之令，那朕就不過問了。」

依照和克莉絲的約定，奧莉薇亞袒護了王城的傭人、管家以及騎士。
宣布不過問的國王大大地嘆了口氣後，一手托著腮幫子。
「話說回來，妳怎麼回國了？還有，站在那裡的孩子該不會是……」
可以回答他嗎？帶著這樣的心情，艾因瞥了奧莉薇亞一眼。
奧莉薇亞微微頷首。艾因便向前一步開口：
「——初次見面，我……在下名叫艾因。**之前**的家族姓氏是勞登哈特。」
只要報上勞登哈特的名號，他一定也會了解艾因究竟是什麼身分了吧。
「嗯嗯……那麼……你就是奧莉薇亞的……是朕的孫子……」
國王摸著長長的鬍子，視線轉向地面游移著。
看來容貌充滿威嚴的他，也因孫子突然造訪而無法掩飾驚訝之情。
在短暫靜默後，他沉穩地緩和表情，微微勾起唇角後說道：
「朕是伊修塔利迦國王，辛魯瓦德．馮．伊修塔利迦……也是你的祖父。」
緊迫盯人的迫力散布在空氣中，不禁壓迫著艾因的毛孔。
……這就是國王的迫力吧。面對站在大國頂端的人，艾因不禁嚥下口水。
「艾因大人，我和陛下一直很期待總有一天能夠見到您。」
說到這裡，他清了清喉嚨並坐正姿勢。
「自我介紹遲了，我叫做羅伊德．古雷沙，作為元帥願為伊修塔利迦的和平奉上性命。」
他將手放在胸前尊敬地說道。屈膝的禮儀很明顯是對王族的致敬。
（果然……他是個十分重要的人物啊。）

請多多關照。艾因回答後，他便笑著站了起來。

接著奧莉薇亞看準時機開口：

「關於我回國的理由，是因為離婚，所以不會回海姆。」

「……羅伊德，很抱歉，你能再揍朕一次嗎？」

「陛下，屬下深感惶恐，這恐怕是現實。」

「唔——理由！還不快說出理由，奧莉薇亞！」

辛魯瓦德尚未整理好情緒，便以強硬的語氣逼問。

「我認為就算待在那裡，艾因也無法獲得幸福。這就是最大的理由。」

她喋喋不休地將至今為止的事情全部向大家說明。

一開始眾人皺起了眉頭，接著開始爆起青筋。

再往下聽，甚至連會議室的空氣都開始顫慄，憤怒漸漸噴發。

「羅伊德啊，去準備開預算會議。」

「屬下馬上召集人馬。沒什麼，羅卡斯閣下雖然武功高強，但以屬下的角度來看不過是一介騎士，大概很快就會分出勝負。」

（對話開始變得危險了呢……）

忍著沒說出口，艾因只露出乾笑的表情。

同樣浮現苦笑的奧莉薇亞搖了搖頭。

「父王，我已經不在乎海姆了，所以別這麼做吧。」

對她來說，不想再有瓜葛的心情較強烈，便勸退進行危險對話的兩人。

「所以，我能跟艾因說明我出嫁到海姆的理由嗎？」

艾因的身子不禁震了一下。

因為他終於能夠知道那個理由了。

「嗯，可以了。畢竟這個密約已瓦解，若是在場的各位，告訴他們也無妨。」

那麼，就由屬下——如此說道的羅伊德便開始娓娓道來。

「奧莉薇亞殿下之所以會出嫁，是因為海姆保有我們伊修塔利迦需要的資源。」

其資源名為海結晶。

是棲息於海中的魔物骨骸結晶化的礦物，據說沉睡在海裡。

要問海結晶的功用，它是一種魔具，可以儲存魔法，並有抑制魔石力量的效果。

「我國所有的子民都擁有魔具，因此那是我們唾手可得的資源。為了將炎熱的夏日變得涼爽，也為了在寒冷的冬季能溫暖身體，都會用上它。」

（原來如此，就是像空調那樣的東西啊。）

理解名為文明利器的方便之處，艾因毫無迷惘地點頭。

沒想到竟然還有空調魔具，他總是會被這高超的科技給震驚。

「不使用海結晶的魔具，會因為魔石的魔力流到身體裡而遭侵蝕。因此我們才會活用技術，製造出和海姆不同的魔具。」

「其實在勞登哈特宅邸的魔具，全都是伊修塔利迦的製品。」

經過羅伊德說明後，奧莉薇亞補充道。這也是當然的吧。艾因點點頭。

畢竟既然都知道有毒，辛魯瓦德不可能會讓她使用那種魔具。

然後，他也了解為何要大費周章去尋求這樣的礦物資源了。

富足人民的生活是王族的職責——奧莉薇亞之所以會出嫁，也是為了這份職責。

「我們能提供海姆的是後盾，並且在艾因大人長大後，將會公開這樁交易，這便是密約。」

不僅會公開密約，且待艾因成人之時，會將他的爵位提升至公爵。

對於迎娶王族，這般階級提昇是相應且必須的處理。

「朕……不，我們花費了數年對勞登哈特進行調查。」

似乎因為上一代勞登哈特伯爵是位出色的男性，他們才會信任對方。

也是因此才會把奧莉薇亞嫁過去，結果……如此闡述的二人表情變得沉悶。

「沒想到，上一代去世之後竟然會惡化到甚至讓奧莉薇亞殿下離婚……」

明明都已經獲得保證，事已至此實在無話可說。

「這麼一來也能夠遠離不久後的將來要面臨的**海龍**威脅，本來是這麼想的……沒想到竟然會變成這個樣子。朕也無法隱藏怒意。」

不只是大眾口中的國王風範，他也展現出作為父親的溫暖，這讓艾因抱持了好印象。

然而，既然事已至此，就必須想出海結晶的代替方案，不過——

「呵呵……海結晶的事不要緊。已經準備好新的交易對象了。」

妳在說些什麼啊？眾人這般眼神同時看向奧莉薇亞。

唯有艾因只是靜靜地凝視著她。

「我們伊修塔利迦遵從初代國王的旨意，不允許侵略行為。為此才會讓奧莉薇亞殿下出嫁……我並不認為有這麼輕易能找到。」

雖然不清楚詳細情形，他們似乎很堅持地遵守著初代國王的話。

這麼一來針對這次的事情，能做到的最大報復恐怕就是斷交吧。

不過奧莉薇亞露出得意的表情，笑得像是個調皮的孩子般對艾因說：

「欸，艾因還記得吧？我之前做的**工作**。」

「那個工作該不會就是……尋找海結晶嗎……？」

他該受到多大的衝擊啊！

面對做了萬全準備、不斷展現出自我價值的奧莉薇亞，艾因坦率地感嘆。

「奧莉薇亞，妳究竟在說些什麼……！」

聽見兩人進行了別有用意的對話，辛魯瓦德耐不住性子詢問。

「我國調查團的水準不足。就是這個意思。我一邊完成作為伯爵家妻子的工作，一邊發出委託給商人和冒險家……便找到了海結晶。」

從這裡開始，就是艾因知道的事了。

奧莉薇亞說她在尋找重要的東西，並沒有帶上羅卡斯他們，而是自己一個人在進行。

「而我找到的是位於海姆西北方的國家……埃伍勒。」

「等、等等，奧莉薇亞！我們可是也調查過埃伍勒的近海了啊！」

艾因旁觀著辛魯瓦德驚慌失措的模樣，不經意回想起埃伍勒的地形。

「……不是近海，而是被海浪拍打到海灣了嗎？」

「是啊，艾因說得沒錯。」

雖然海灣大多都是較安全的地方，然而埃伍勒公國的海灣並非如此。

斷崖的岩石十分堅固，削切岩石並非易事，不過埃伍勒強烈的海浪卻能侵蝕岩壁。

——她從懷裡拿出一個皮袋，從裡面拿出兩個彈珠大小的傳信鳥。

「我是自己先和埃伍勒進行過交易後才回來的。詳細情形都已經整理在這裡，若您能過目就幫大忙了。」

她接著拿出一個小信封，並將其與傳信鳥一同交給羅伊德。

「奧莉薇亞殿下似乎是以新商會的身分在進行交易，金額方面……哎呀，真是出色。」

看完文件的羅伊德對辛魯瓦德道出感想。

就連身為騎士團元帥的他來看，其交易內容也值得讚嘆。

「……唉，這下朕對奧莉薇亞做的事，不就全都成了壞事嗎？」

「我還有艾因這寶貝孩子在啊。所以這次的事情就一筆勾消了。」

「——真是感謝。那麼未來朕再找機會聽聽奧莉薇亞的要求吧。」

接著大概是感應到艾因的視線，奧莉薇亞轉向艾因。

兩人終於共享了情報，彼此相視而笑。

「不過，這事也真是奇怪啊。竟然只因為天生的技能而被廢嫡立庶。」

「嗯……若是這樣，像羅伊德這樣的人根本就不容許生存吧。」

兩人的對話引起了艾因的興趣。

這是什麼意思？他的技能究竟是什麼呢？他投注疑問的視線。

辛魯瓦德察覺到他的視線，便告訴艾因：

「其實啊，艾因，這位羅伊德的技能是——」

「請、請等一下，陛下！屬下會自己說的……！」

他看起來相當害羞地打斷國王的發言，並一臉羞赧地搔了搔太陽穴。

最後他苦笑著表示：

「其實……我的技能叫做『裁縫』……」

「裁、裁縫？裁縫是指……編織衣服之類的那個……？」

其包含的意思，是和海姆不同的常識。

「這個體型配上裁縫實在令人害臊，不過我是靠努力爬上元帥這個地位的。」

「哼，用天生的技能定下將來這種事情……唉，這思想實在是太過時了。」

辛魯瓦德嘲笑著海姆的常識。

「我住在那裡也感到非常訝異。因為不管說什麼他完全都不願意聽。」

接著，艾因漸漸地看見了希望。

若是在這個國家，自己的努力或許能夠獲得肯定……

「這樣正好。艾因啊，能讓朕看看你的狀態分析卡嗎？」

這數值資料實在不值得讓國王過目，真的好嗎？

艾因無法靠自己判斷，便用眼神尋求奧莉薇亞的建議。

「沒問題的，不用害羞。」

「我明白了，那麼……呃……」

艾因
【身　分】　無家之子
【體　力】　235（178UP）
【魔　力】　341（300UP）
【攻擊力】　74（52UP）
【防禦力】　40（19UP）
【敏捷性】　95（70UP）
【技　能】　毒素分解EX／吸收／修練的贈禮

他從胸口抽出狀態分析卡。很久沒有看，數字變得有些奇怪。
「——嗯？這樣的數值被廢嫡立庶不是太奇怪了嗎？」
從一旁看著艾因的數值狀態卡，辛魯瓦德這麼說道。
數值似乎大幅度成長了？他對這一點感到非常不可思議。
「——不過，這樣倒是正合我們的意呢，陛下。」
緊接著將目光投注過來的羅伊德，看到艾因的數值一臉滿意地頷首。
「呵呵……艾因可是我自傲的孩子啊。」
「嗯，從修練的贈禮就能看出他很努力。再加上朕也早已聽奧莉薇亞說過其為人品德——羅伊德啊，去聯絡沃廉。」
羅伊德從懷裡掏出紙張並寫了些字後，便朝著大門方向走去，交給站在外面的人。

現在到底發生了什麼事？艾因左瞄右看地環視著大人們的臉。

「艾因，你不需要感到沮喪喔，毒素分解EX本身就已是很出色的力量。而且你是個勤奮的人，這一點也很棒。再加上還擁有吸收技能，這正是你是奧莉薇亞孩子的證據。」

他們在打什麼主意？

對於這為了要隱瞞某些事情而說出口的稱讚，他懷抱異樣感。

這確實能夠用在幾種病或是毒素上——雖然光是這樣，其價值就已無法計算，但此時加上勤奮之人這個詞，還有說到是奧莉薇亞的孩子會造成什麼影響呢？

「啊……話說回來，關於這個吸收，希望能說明一下樹妖族……」

對了，就是樹妖族啊，樹妖族。

既然奧莉薇亞的事情已經落幕，艾因想起這個問題。

「而且，為什麼數值會上升……」

樹妖族的事再加上這些數值，他的心中不斷增加疑問。

他帶著困惑詢問，此時一直保持沉默的克莉絲向前一步。

「——那些事情，就由我來說明吧。」

如此說道的她手上握著一顆拳頭大小的魔石。

「艾因大人，能請您拿著這顆魔石，並想像在飲用東西的感覺嗎？」

「飲用魔石？雖然這顆魔石確實散發著像梨葡露果汁一樣的氣味……要喝掉嗎？」

他不明所以地詢問克莉絲。

於是克莉絲……不，在場的人們一起睜大了雙眼。

「這顆魔石散發著梨葡露果汁的氣味……啊……」

「克莉絲，這個魔石是什麼魔石？」

「……是一種叫梨葡露擬妖的魔物魔石。」

原來會發出接近魔物的香氣嗎？艾因點了點頭傾聽。

接著，克莉絲用認真的表情看著艾因。

「……原來如此，原來魔石這樣的東西有所謂的香氣啊。這或許是個嶄新發現。」

說到這裡，克莉絲咳了一聲並端正姿勢。

「我們回到正題。艾因大人是將吸收與毒素分解一同並用了。」

也就是說，他把魔力吃掉了。

「我是在乘坐水上列車時發現的。」

她解釋道：唯有在艾因感到空腹時，她的身體感到過幾次無力。

而到了王城後之所以詢問他是否會肚子餓，就是因為這層理由。

「魔力和敏捷性的數值較高，這是屬於我們精靈族的特徵。」

剛才看到的艾因的數值，這兩項和體力的上昇程度令人印象深刻。

「克、克莉絲小姐是精靈……？因為耳朵不是尖的，所以我沒發現……」

「啊哈哈……雖然從外表不易發現，不過我是純種精靈喔？」

她的外貌十分美麗卻沒有那樣的特徵，因此艾因沒能發現。

「我們精靈族會因為居住地點導致耳朵的長度不同，由於我是住在都城……」

也就是說，若是時常需要用耳朵去聆聽，就會因應需求而變長。

「好了——那麼，這次不要用無意識的方式，而是有意地嘗試吸收魔石吧。」
「那個……要是我用了毒素分解，別說是身體會不舒服，甚至會難受到失去意識……」
話雖如此，在製作星辰琉璃結晶時並沒有發生這些事。
雖然不知道理由，但不代表這次也會一樣。
克莉絲稍微思考過後開口：
「那麼，您在製作星辰琉璃結晶時也一樣嗎？」
「不，那時候沒什麼特別……」
聽見他的回答，克莉絲露出有把握的笑容轉向他。
「那我想不會有問題。大概是修練的贈禮的效果，恰到好處地將那份痛苦抵消了。」
——這個瞬間解決了他昨晚的疑問。修練的贈禮也太萬能了——艾因不禁感到訝異。
奧莉薇亞曾解釋過，這是讓身體不受病痛影響且不易疲憊的技能。這兩項技能的契合度一定很好吧
——他完全沒有想到，這技能竟然能夠幫忙抵消掉那份痛苦。
「……仔細想想確實有些跡象。我來試試看！」
不只靠天生具備的技能，也多虧有努力得來的力量，才能得出這樣的使用方法。
艾因知道事實後露出笑容，並意氣風發地拿起魔石。
接著，魔石漸漸失去顏色——
（啊，是梨葡露的味道……）
全身感應到濃郁的酸甜，艾因不禁因喜悅而顫抖。
「哦……原來如此，看來克莉絲的假設是正確的呢。」

望著魔石變得像是天空的水晶球，辛魯瓦德同意了。

「——是，因為樹妖族無論是在地裡還是水中，甚至連空氣中的養分都能吸收……」

所以當艾因感到飢餓時，身體會為了追求養分而發動技能。

若要解釋的話，就是他能夠使用和魔物相同的方式成長。

「那個……好像已經吸收完了，但是數值完全沒有變耶？」

艾因看著失去色彩、變成白色的半透明石頭說道。

「雖然這只是假設，不過同樣的魔物魔石，說不定存在能夠吸收的上限。水上列車等交通工具用來當作燃料的魔石，您恐怕也已經吸收過了。」

若希望數值能夠上升，那就需要再更高階的魔石吧。

「這麼說來，克莉絲小姐，精靈也有魔石嗎？」

「不只是精靈族，異人族所有人的體內都寄宿著魔石喔。」

這事實太過衝擊，艾因張大了嘴遲遲無法合攏。

「呃，咦……可是，要是吸了魔石不會死掉嗎……」

面對一臉擔憂的艾因，克莉絲用平靜的表情繼續說明。

——也就是說，不管是異人族還是魔物，身體裡都擁有兩個重要器官。

一個是魔石。其中蘊含魔力，並存在魔石本身的生命力。

另一個稱為核心，相當於人類的心臟。

據說核心會讓血液、營養素等物循環全身，代替心臟的作用運行。

並且若是魔石被破壞，核心也會死亡，但若是核心被破壞，就算僅靠魔石也能繼續生存。

連攤販都會販售魔石，就是基於這層理由。

「只要沒有完全被吸收殆盡就不會死亡……還請您放心吧。」

艾因不禁按著胸口，鬆了一口氣。

——叩叩叩。會議室的門被敲響。

彷彿看準時機似的，羅伊德看了一眼辛魯瓦德。

「我想是沃廉閣下。」

該不會是為了剛剛遞交的那封信而來？

看了一眼想著假設的艾因，羅伊德起身走向門邊。

「——哦！沒想到奧莉薇亞殿下真的回國了……歡迎您歸來，奧莉薇亞殿下。」

出現的是一位身穿奢華長袍的老人，他揚起高貴的笑容看向奧莉薇亞與艾因兩人。

然後靠近艾因，單膝跪下讓視線靠近他。

「我是沃廉·拉克，在這伊修塔利迦擔任宰相一職。今後還請多多關照，艾因大人。」

他雖然一副親切和藹的老人模樣，那滿溢的威嚴仍無法完全隱藏。

明明只是相互自我介紹，艾因卻無可抑制地被他的一言一語吸引。

最後他露出微笑，站起身來走到辛魯瓦德身邊。

「陛下，臣拿您要的文件來了。王妃殿下那邊則已經收到用傳信鳥送來的同意回覆，說是回城後便會馬上正式簽署。」

「嗯。那麼，凱蒂瑪在做什麼？」

就在凱蒂瑪這個名字出現的剎那——「咚！」的一聲，會議室的門用力地打開。

「我在這裡喵！喔！喔！奧莉薇亞真的回來了喵～！」

比沃廉遲來的，是隻身高一百二十公分左右的大型貓。

不過她並非普通的貓，而是穿著衣服用雙腿行走的貓。

「好久不見了，王姊，妳的毛皮今天也格外美麗呢。」

「嗯？是喵？喵～……奧莉薇亞果然很了解喵～」

接著發現了艾因的身影。

「喔！你就是艾因喵？我是凱蒂瑪，是大公主喵！」

「大……大公主！是、是貓？為什麼貓會用雙腳行走，還會說人類的語言……？」

艾因感到驚訝，不禁脫口說出老實的感想。

「我是貓妖族喵！這部分希望你不要搞錯喵！」

雖然看起來就像是隻會說話的大貓，不過奧莉薇亞確實稱呼她為王姊。

也就是說——她是伊修塔利迦存在的眾多異人之一。

「我和奧莉薇亞一樣是因為返祖現象喵。這也是王家轉蛋的一種結果喵。」

「那個王家轉蛋是什麼？」

她身上並沒有辛魯瓦德等人擁有的霸氣。

也因此能夠進行輕鬆的對話，甚至能像多年的友人般很親密地談話。

「伊修塔利迦王家，是和許多物種結合至今的喵。會以返祖現象的形式，交替出現不同種族喵。所以才叫王家轉蛋……你懂了喵？」

明明是王家結果還轉轉蛋啊。艾因不禁苦笑。
最後她說：「既然同樣是王族，那就不需要加敬稱了喵。」並同意他直呼名諱。
「話說回來，凱蒂瑪殿下，能否要您署名呢？」
「喵？好喵。我有聽說過評價了，既然是奧莉薇亞的孩子那就無妨喵。」
難道是為了正式認同艾因為王族，所以需要署名嗎？
瞥了一眼疑惑的艾因，沃廉從懷裡掏出一張羊皮紙並攤開。
「嘿咻……這樣就行了喵？」
原本以為她要寫下名字……她卻拿出印泥，豪邁地將肉球按上去。
發出「啪嗒」一聲後，她的手印按上了羊皮紙。
「……咦？」
這是署名嗎？剛剛那樣是署名嗎？與其說讓人無語，不如說他困惑到了極點。
「艾、艾因大人，因為凱蒂瑪殿下是貓妖族，所以蓋手印也不要緊的……！」
「原……原來如此……文化太過不同，我不禁感到疑惑。」
聽見克莉絲的提醒，艾因點頭並說了聲謝謝。
就在艾因這麼做時，奧莉薇亞已簽署完成，最後則是辛魯瓦德寫下名字。
「作為見證人，就由我沃廉和羅伊德閣下負責確認。那麼，羅伊德閣下。」
至少這份正式文件，似乎重要到需要見證人。
大約確認了一分鐘左右，沃廉署名完成的羊皮紙交到辛魯瓦德手上。
「那麼陛下，請發表宣言。」

辛魯瓦德站起來，呼出一口氣。

他放出前所未見的霸氣，甚至連空氣都為之顫抖……並如此發表：

「以朕之名宣布，艾因加入伊修塔利迦王家──並且……」

雖然到這裡他都預料得到，但沒想到在失去家的隔天竟然會成為王族，他完全沒想過這種事。

這件事情夢幻到就算去和別人說也會被嘲笑是在癡人說夢。

然而，辛魯瓦德的話語還沒結束。

並且──說出這兩個字後，他釋放更多霸氣，待站在周圍人們的表情也浮現莊重的情緒後，他繼續說下去。

「以朕之名，辛魯瓦德．馮．伊修塔利迦，在此宣布將艾因．馮．伊修塔利迦立為王儲──！」

艾因瞪圓了眼睛，身體不禁僵硬。

他的眉毛誇張地挑起，緊接著脈搏劇烈地跳動。

「唔……我、我是王儲……？」

看向站在身旁的奧莉薇亞，後者也只是一臉憐愛地注視著艾因。

在那比這裡還要小的國家的伯爵家，他是包袱。

然而，現在卻是天下無國可匹敵的超大國王儲。

這是在開什麼玩笑？他這麼想便捏了捏臉頰，不過這絕對不是玩笑話。

（……僅僅一夜之間，我就變成王儲了。）

他只能像這樣，靜靜地繼續處在訝異之中。

◇ ◇ ◇

轉換時間和場景，來到過了一晚的奧古斯特大公爵宅邸。

庫洛涅直接去找葛拉夫，要求前往伊修塔利迦留學。

「雖然老夫明白妳的心情，但這無法輕易說去就去……」

「為什麼？因為錢？還是因為成績和禮儀禮節？和父親大人去留學的時候相比，我的等級遠遠高於他吧？」

她若無其事地在身為父親的哈雷面前如此自豪。

「嗯，沒錯，庫洛涅，確實是如此。」

「父、父親大人……？」

哈雷不禁張嘴發愣。

儘管葛拉夫是個傻爺爺，沒想到他的態度竟然會如此清楚明瞭。

「怎麼？哈雷，你有想說的話就說出來聽聽啊。」

「……什麼事都沒有。」

不管說什麼，在疼孫女的葛拉夫面前都沒有意義，而且庫洛涅的優秀也是事實。

禮儀禮節和成績——可以說這之中無論是哪個，她都是國內第一有才華的。

「所以呢？祖父大人，您覺得如何？」

話題稍微偏離，庫洛涅再度詢問葛拉夫。

「嗯……妳不惜做到這種程度，都想去艾因先生的身邊嗎？」

聽到這句話，庫洛涅安靜並用力點頭。

「父親大人，老實說，還是稱呼艾因大人會比較好……」

「真是巧，老夫也這麼想。」

就算是大公爵家，面對大國伊修塔利迦的王子，用「先生」這個稱呼確實不適合。

接受哈雷的指正，葛拉夫不禁露出苦笑。

「……拜託您，請再給我一次能和他見面的機會。」

她曾經歷過簡直像是童話公主般美好的絕佳場景。

就連身為旁觀者的葛拉夫都能輕易理解，她會不禁迷上艾因十分合理。

「唉……父親大人，雖然沒有辦法馬上實行，我們就讓她去吧。」

於是哈雷幫庫洛涅說話。

「哈雷！別說得那麼簡單！」

「就算您這麼說，但要是庫洛涅頑固起來可是很強悍的喔？之前她不是不理會父親大人整整三個月嗎？」

雖然斥責哈雷要他別說得那麼輕易，反而讓葛拉夫想起苦澀的記憶。

起因只是些小事，不過一直被庫洛涅無視也是很痛苦的回憶。

「而且考慮到不久後將來的情勢，那樣子也比較好吧？」

他……哈雷有件害怕的事情。

「伊修塔利迦既溫和也算和平主義，但我覺得這次的事件已經有些過頭，或許無法避免斷交。」

聞言，葛拉夫露出苦澀的神情頷首。

「甚至有可能會讓埃伍勒、洛克妲姆獲得後盾。這實在不想去想像啊。」

他也同意這個可能性。

就算海姆無法和伊修塔利迦建交，不代表其他國家也一樣。

「所以說，父親大人，請告訴我現在的優先順序吧。是家人？還是海姆呢？」

葛拉夫一時語塞。不過在嘆出一口氣後說出了答案：

「老夫自認我們一家代代侍奉海姆王國，並一路貢獻至今。但是對老夫來說最重要的是家人……還有侍奉這個家的人們，這是千真萬確的。」

這個答案，作為大公爵家的當家或許是失職的吧。

在數量眾多的海姆貴族當中，立於其頂點的就是奧古斯特大公爵家。

然而他卻重視家庭，也對侍奉家族的親近之人懷抱強烈的愛情。

（老夫選擇了家人。想到未來可能會產生的情勢，這個選擇一定不會有錯。）

簡單來說，就是要成為伊修塔利迦的敵人，還是要成為不與之為敵的存在——這之間的差異。

應該要橫渡海洋，避免成為他們的敵人。他的心中是這麼想的。

（就算被人說是傻爺爺也無妨。老夫必須和庫洛涅一同渡海……這麼一來，伊修塔利迦或許會願意接納庫洛涅。）

身為大公爵的他知道許多情報。

只要伊修塔利迦需要這一點，就可以說他對他們而言是有價值的吧。

即便感到苦惱，卻也深入思考怎麼做是最好的。

「唔——祖父大人！既然如此……！」

她看到了一線曙光。

庫洛涅傾斜上半身，詢問葛拉夫的答覆。

「不過，沒有辦法馬上動身。希望妳能讓老夫好好思考一陣子。」

他冷靜地安撫庫洛涅，馬上說出其理由。

「要問為什麼，是因為從勞登哈特港出發前往伊修塔利迦，會是愚蠢的策略。」

「也是呢。從伊修塔利迦的角度來看，大概也在考慮斷交。就算沒有這麼考慮，我想對他們來說，海姆船的印象也差到極點。要說到有哪個就近能使用的地方，我認為利用埃伍勒會是最好的方法。」

一個弄不好，甚至可能整艘船都會被當成可疑的船隻而遭到擊沉。

而那一切會被當作是悲傷的意外處理吧，但是沒有人希望得到這種結局。

「庫洛涅，一年……等老夫一年。我們會想辦法擬出計畫。」

手肘放在桌上托著臉，葛拉夫一邊想著該怎麼辦才好，一邊回答她。

雖然一年的期間並不短，但縱使如此，庫洛涅聽到可靠的話語便感到開心。

「真的嗎！最喜歡祖父大人了！」

庫洛涅不禁興奮地緊緊抱住葛拉夫。

那光景看了確實讓人感到溫馨，但是看到頭腦聰慧的庫洛涅做出這個動作，實在不由得讓人懷疑其中還包含算計的成分。不過——

「哈哈哈！庫洛涅可真是好孩子啊！」

聽到最喜歡這句話，葛拉夫沒有深入思考便露出笑容。

哈雷則用雙手摀住臉，對父親的表情表示不耐煩。

「不過話說回來，父親大人，感覺中途還真有可能會演變成逃亡呢。」

「……嗯，就是啊。」

偷偷渡海這件事，就算被認定為不忠行為也無法反駁。

在做了這種事情之後，想再次回到海姆恐怕很困難。

兩人沉浸在悲傷中，用神祕的神情看著對方的臉。

才華綻放與嶄新目標

奧莉薇亞離婚並回國的消息，讓伊修塔利迦的百姓深感困惑。

不過，更加讓他們困惑的是她的孩子——艾因被冊立為王儲這件事吧。

由於宰相沃廉與元帥羅伊德，還有近衛騎士團副團長克莉絲這三人支持艾因，因此貴族們並沒有表現出巨大不滿。

——並且還提高了對艾因這位王儲的期望。

不只是因為他是人氣很高的奧莉薇亞之子，也因為在王城任職的僕役和騎士對他的評價很好。

雖然離公開亮相還有一段時日，不過都城百姓在聽到他的傳聞後情緒高漲，滿心歡喜並迫不及待地等待著能夠看見新王儲的日子。

在艾因來到伊修塔利迦過了兩星期的時候。

季節接近秋季，而這是發生在艾因分配到房間那天晚上的事。

「……還是老樣子，真是厲害的國家啊。」

走到房間附設的露台，那街景宛如打翻的寶石箱。

他想起海姆所沒有，名為水上列車的交通工具行駛的模樣，兩國文明發展很明顯不同。

艾因的房間位於城堡高處，他很小心地靠近扶手。

「……嗯，真是厲害的國家。」

久違的獨處時光，給了他能思考許多事情的閒暇。

然後不禁最先思考的是——

「好了，在成功讓父親大人和卡蜜拉姨母刮目相看之前，就不小心變成了這樣……」

要怎麼辦呢？他露出自嘲般的笑。

艾因之所以會努力，是為了證明自己的價值，也因奧莉薇亞受到不當待遇，他簡直快忍無可忍。

然而現狀，他甚至已不再是海姆的國民，而是成為了這伊修塔利迦的王儲。

作為王儲應該要怎麼做？這份心情也仍無定論。此時便回想起當時實在難以整頓的心情。

「我不喜歡這種半吊子的感覺，作為王儲也……嗯……」

或許這樣很輕挑，不過要是這裡是個非常落後的國家，他大概不會像現在這樣煩惱吧。

伊修塔利迦這個國家太過強大，因此也會有相應的巨大壓力。

「好吧……雖然要繼續努力是理所當然的。」

但是問題不在那裡，而是關於心情上的整理。

多餘的長子——在勞登哈特家一直遭受這種待遇的畫面，不斷掠過他的腦海。

「果然……可能還是不甘心吧。」

到頭來，自己直到最後都沒能讓羅卡斯他們刮目相看，就和奧莉薇亞一同渡了海。

他心裡在意的，一定是關於這部分的事情。

「都已經渡海了竟然還是在意……原來我意外地不服輸啊。」

已經身處不同國家，而且他現在的立場也已是王族這般存在。

這樣不就夠了嗎？雖然他並不是沒有這麼想。

「——但是這樣不是我很厲害，而是母親很厲害……而已啊。」

硬要說的話，成功證明自我價值的，只有單獨完成國家規模交易的奧莉薇亞一人。

艾因只是被她帶著走，來到伊修塔利迦罷了。這樣的他根本只是空殼。

技能不具備戰鬥性質的他，只是一個勁地在依賴他人，而這一點刺中了他的心。

「整理了一下問題……我要找到能讓海姆的人們對我刮目相看，又能像母親那樣證明自我價值的方法。還有也必須表現出自己值得成為伊修塔利迦的王儲……」

問題堆積如山，艾因十分苦惱地抱頭。

沒辦法好好解決這心情的問題嗎？就算他經歷思考，也完全找不到解答。

再加上現在連王儲的心理準備都還沒做好，他的內心十分不平靜。

艾因帶著不舒暢的心，眺望著寬闊又美麗的城邊市區。

◇◇◇

在他苦惱的夜晚過去後，隔天下午。

艾因來到城堡地下室——大公主凱蒂瑪的研究室。

不，應該說是半強迫地被帶過來，不知為何連狀態分析卡都遭到沒收。

「……為什麼我被綁架過來了啊？」

雖然對方貴為大公主，艾因的口吻卻很隨意。

但是他們兩人之間的距離感保持這樣剛剛好。

「為了調查奧莉薇亞拜託我調查的事情喵。知道喵？」

研究室右方擺放了一整面牆的書櫃。看向左邊，擺放著標本和資料等物的架子一路延伸出去。

架子上很寶貝地放著魔石和類似骨頭的物品。

大概是凱蒂瑪在使用的巨大桌上，擺放著許多書本和試管等物品，相當雜亂。

「嗯，我明白凱蒂瑪阿姨很擅長說明這件事了。」

他諷刺地說道，不過眼前的貓——凱蒂瑪心情很好。

艾因坐在房間中央的沙發，並看向坐在正對面的凱蒂瑪。

「我們馬上開始喵。來，把這箱子裡的東西全部吸喵。」

語畢的她拿出一個小木箱給艾因。

那個木箱裡裝滿了小小的魔石，擺放得很隨意。

「……這是什麼？魔石？」

「沒錯喵。裡面裝滿了一個大約500G的便宜貨喵。」

就算她突然要他吸……艾因露出狐疑的表情。

「要是有萬一，我也已經做好準備，不需要擔心喵。奧莉薇亞在等了，快一點喵。」

會有什麼萬一？話雖如此，他也不打算讓奧莉薇亞等太久。

「——啊，這樣的話就得快點吸收了。反正我也不討厭吸收魔石。」

既然奧莉薇亞在等那就沒辦法了。艾因沒有任何的懷疑，手伸進木箱裡。

也因為並不討厭吸收魔石，所以他毫無畏懼地專心致力。

（是梨葡露擬妖的魔石吧？）

和前幾天一樣，感覺得到濃郁的酸甜。

風味愈吸收變得愈強，他以吃點心的心態享受這過程。

「喵……你駕馭的也太輕鬆喵……」

「不不不，可不能讓母親等太久啊——好了，我吸完了。」

魔石們變得像半透明玻璃珠。

凱蒂瑪也仔細看了看魔石做確認後，看向艾因的狀態分析卡。

「嗯嗯嗯……那麼，來開下一個箱子吧喵。」

她一臉滿意地點點頭，卻沒有提起究竟在做什麼調查，便又拿出另一個木箱。

「這邊的是一個要９００００G的魔石喵。一滴不剩地吸光喵。」

「……還真是高級呀。不過這麼高級的魔石也讓人在意味道呢。」

魔石的等級突然上升，凱蒂瑪揮了揮肉球催促艾因。

「有種叫野樹人，是一種無害的木之魔物喵。也存在冒牌野樹人，會欺騙並吃食人類，那就叫黑屬野樹人喵。這就是後者的魔石喵。」

「原來如此……所以才叫黑屬啊——那麼，我馬上來吸收。」

她的比喻很好理解，便於想像。

艾因伸出手——拿起木箱裡褐色的魔石。

「——唔！」

艾因突然壓著喉嚨，緊繃的聲音漏了出來。

「你、你沒事吧喵！」

「不……不是，並不是失敗之類的，只是核桃的氣味太重了……我不是很喜歡。」

「……那種事我才不管喵。唉，害我白擔心喵。」

凱蒂瑪還以為艾因的吸收沒有確實發揮作用。

聽到他說自己只是不喜歡，她便托著腮幫子說得很直接。

在這期間，木箱中的魔石也一點一滴漸漸變成玻璃珠。

「明明是樹妖族混血，竟然會不喜歡樹木的果實，真不知道你在說什麼喵……真是的。」

「不不不，我認為就算是樹妖族，也不會一直吃樹木的果實喔。」

隨意交談幾句後，凱蒂瑪確認了艾因的狀態分析卡。

接著她的表情比剛剛更加滿意地點頭。

「總之，這樣就驗證結束了喵。」

「──驗證？」

「沒錯喵。吸了魔石後究竟能變得多強？能獲得技能嗎？還有，吸收魔石後是否會出現壞影響……剛剛就是在調查這些喵。」

這也難怪他會被逼著吸收好幾顆魔石。

而他現在也能理解……她口中所說的「有萬一」是指什麼樣的事了。

「從結論來說，艾因的吸收並不能無條件地吸收力量和技能喵。」

「……什麼意思？」

「也就是說，需要一定的質量喵。還有，也沒辦法從吸過很多次的魔石中獲得力量喵。」

「那個意思就是，就算我再繼續吸收梨葡露擬妖的魔石，也已經沒辦法變強了嗎？」

凱蒂瑪深切地點頭。

也就是沒有那麼便宜的事啊。艾因感到有一些失落。

「最一開始的梨葡露擬妖魔石完全沒有效果喵。然後接下來的黑屬野樹人——」

她將狀態分析卡放在肉球上遞給艾因。

艾因看了看狀態分析卡，發現體力大約上升了一百，還有一項陌生的技能。

「這個叫『濃霧』的技能是什麼？」

「這是為了讓生物在森林中迷路，黑屬野樹人使用的技能喵。就只是普通的霧喵。」

招如其名，只是能產生濃霧罷了。

「是哦……那我可以使用看看嗎？」

如此說道的艾因專心將意識集中在濃霧這項技能上。

接著以艾因的身體為中心，漸漸出現白色的霧氣。

「——呃，真的只是普通的霧啊！」

真的沒什麼大不了的普通雲霧，淺淺地浮現在艾因的周圍。

「所以我不就說喵！真是的……一般來說，會不等人回應就先用喵……？」

「不、不是啦……我想說難得獲得一項技能，不用就太可惜了嘛。」

雖然有道理，但是對凱蒂瑪來說，希望他能再多等一下。

不過，對於技能發揮了作用這一點，她也一臉滿足的不斷點頭。

「唉……算喵。看你這樣，似乎對身體也沒什麼壞影響喵。對喵？」

「嗯，我沒覺得怎麼樣。知道今後也能繼續吸收魔石，也放心了。」

那真是太好了。凱蒂瑪雙手環胸點點頭。

「吸收魔石沒有副作用是好事喵。要是有什麼事要馬上告訴我喵。」

她靈巧地用肉球拿起筆，在厚厚的筆記本上記錄今天的事情。

——接著彷彿看準驗證已經結束，研究室的門被敲響了。

「我想應該是奧莉薇亞喵。艾因，你可以回去喵。」

「嗯，了解～既然母親在等，那我就走嘍——今天很謝謝妳。」

「啊～等等喵！我想要你把這張便條紙拿給等在外面的奧莉薇亞喵。」

筆記本上的筆停止滑動，她割下一張紙遞給艾因。

艾因沒有確認內容，只是將紙對折，便走向研究室的入口。

他的手搭上厚重的門，門發出「嘎吱」聲響後，來到了外面。

「——艾因，歡迎回來。」

地下研究室的外面有個四坪大小的陰暗房間——她微笑地站在連接一樓的樓梯前。

「那個……我回來了？」

今天是他第一次見到奧莉薇亞。

因為他是在好好睡過一覺之後，才遭到凱蒂瑪綁走。

「啊——這個，凱蒂瑪阿姨要我交給您。」

「呵呵，謝謝你。」

雖然他忘記看上面寫了些什麼，不過接過便條紙後，奧莉薇亞便用認真的眼神看著那張紙。

最後她看似很滿意地折起紙張，並將其收到懷裡。
「結果非常令人滿意，我很高興。來，我們走吧。」
「那、那個……母親？您說走，是要去哪裡呢？」
「去個非常棒的地方喔。」
對艾因來說，只要有奧莉薇亞在，哪裡都是好地方。
以妖豔的模樣說完這句話，她牽起艾因的手爬上了通往一樓的樓梯。
這裡的牆壁和天花板簡直像洞窟一樣，這是凱蒂瑪的喜好嗎？
（就像祕密基地一樣，我是不討厭啦。）
一階一階，愈靠近地面就變得愈明亮。
艾因就這樣被牽著手不斷向前，最後終於回到城堡的一樓。

「——妳回來了啊，奧莉薇亞。」
來到城堡寬敞的走廊，馬上便看到辛魯瓦德佇立在厚厚的地毯上。
冰涼的空氣從窗外拂進，小鳥耳語般的啼鳴聲也跟著傳來。
是怎麼了啊？艾因一臉不可思議地望著他，他的表情比平時還要嚴肅。
「是啊，我回來了。那麼按照約定……我們去寶物庫吧。」
「……嗯，朕很清楚。畢竟前幾天說會聽從妳要求的就是朕啊。」
會這麼做，是為了補償讓奧莉薇亞經歷的辛苦。
（啊，這麼說來，爺爺確實說了那種話呢……不過，為什麼是現在？）

而且那和寶物庫又有什麼關係呢？
看著開始前進的辛魯瓦德，奧莉薇亞也拉著艾因的手追上。
「謝謝您，多虧於此，我會變得更幸福。」
「真是的，妳的幸福可真好懂啊。」
大大地嘆了口氣，辛魯瓦德的視線轉向艾因。
「那當然。只要能看到艾因變得出色，沒有比這還更幸福的了。」
他們兩人在說什麼啊？艾因能理解的，就只有奧莉薇亞的愛如此美好這件事。
「不好意思，你們非要我去寶物庫是因為……？」
「……奧莉薇亞說想用前幾天朕的賠罪和獎勵，送艾因一個禮物。」
「什、什麼？母親要送我禮物嗎？」
怎麼這麼突然？
看向奧莉薇亞，她只是一臉開心地微笑著。
「朕也是今早才聽說的。也是在十分鐘前，才聽說她甚至拜託凱蒂瑪驗證艾因的力量這件事。」
辛魯瓦德補充，那份贈禮似乎是魔石。
為什麼需要事先做準備，是因為奧莉薇亞擔心若是吸收了強大的魔石，會不會造成壞影響。
（是什麼樣的魔石呢……既然收藏在伊修塔利迦王城寶物庫裡，那樣的魔石該不會是……）
發現艾因的雙眼發光，辛魯瓦德開口：
「……要給艾因的——要讓你吸收的魔石，是我們伊修塔利迦的國寶。」
那聲音中挾雜了緊張，透過空氣將壓力傳過來。

「——是杜拉罕的魔石。」

「杜、杜拉罕……嗎？」

至少他也聽過名字。雖然那是前世就是了。

「有記載說他是個擁有強大力量的魔物。據說只要一揮劍，便能劈天破海。」

也就是說，在劍術方面無人能出其右，是個蘊藏高強攻擊力與防禦力的魔物。

他全身覆滿漆黑甲冑，是個連巨大的龍都能一刀降伏的怪物——辛魯瓦德如此說明。

「那是我們王家代代傳承下來，能與之匹敵的魔石僅有一個的貴重品……」

是相當貴重的珍寶，也因此他的臉上表現出猶豫。

「父王，您太不乾脆了喔？您不是說要為前些日子的事情向我賠罪，並給我獎賞嗎？」

僅靠一人完成了國家規模的交易，這確實需要巨大的獎勵。

再加上若還要算進賠罪，那麼就算是辛魯瓦德也沒辦法強硬反駁。

「在我房間裡不也聊過了嗎？您已經同意過一次，請不要反悔喔。」

「唉……朕當然知道。那顆魔石，大概會成為艾因全新的力量吧。」

在奧莉薇亞的房裡，兩人究竟有段什麼樣的協議呢？辛魯瓦德一定被她靈巧的話語玩弄於掌心吧。

最後，辛魯瓦德也露出放棄的表情。

艾因想改變這緊張的氣氛，慌亂之下便開口：

「啊，話……話說回來！這裡也一樣，真是寬敞的城堡呢……！」

環視四周，寬闊的走廊和高聳的天花板無限延伸。

還有奢華的水晶燈和地毯，不只是寬敞，還具備了奪人視線的華麗。

大概是艾因的話語讓辛魯瓦德心情變好，他輕輕勾起唇角。

「對吧？王城之名叫白銀之夜——理由是初代陛下喜歡白銀。」

聽了艾因的話，辛魯瓦德露出溫柔的笑容摸了摸他的頭。

「你將來會學習許多關於初代陛下的詳細知識，不過朕就稍微告訴你一些初代陛下的傳說吧。」

大一統王國伊修塔利迦。

擔任其初代國王的男人，據說是在經歷某場大規模討伐戰後，建立了伊修塔利迦。

「五百多年前，有個被稱為魔王的存在現身在這伊修塔爾大陸。」

「魔、魔王……？」

沒想到此時會突然出現魔王這個單字。

還好已經不存在於現代，但光是一個單字就能展現其威壓。

「嗯，就是魔王。根據記載，有許多的種族都付出了龐大的犧牲。」

不過初代國王卻主動站上最前線，討伐了魔王。

毫不猶豫地自我犧牲，他懷抱勇氣與驕傲戰鬥，並擊敗了名為魔王的災難。

「魔王十分強悍。據說有好幾個實力堅強的人，都被他不費吹灰之力地消滅了。」

天空受漆黑包覆，海洋總是狂暴不已。

每次使用力量，大地便會分裂，其氣息猶如死亡之風，然而——

「初代陛下獲得了勝利。他踏入魔王居住的城堡，並用劍貫穿了他的身體。」

在這裡比起任何人，都會優先尊重初代國王的教誨。

艾因第一次聽到伊修塔利迦這般文化所謂的根基。

「……簡直就是勇者呢。」

「你說的一點兒也不錯——喔！這麼說來，杜拉罕可是魔王的親信喔？」

「——我、我能收下那種魔物的魔石嗎……？」

竟然是魔王的親信。他實在想像不出來有其他能匹敵的魔物。

「……雖然據說還存活著一隻親信，不過這就算了。」

在認真訴說的辛魯瓦德身邊，艾因的腦中占據了別的想法。

首先是對於傳說強大到足以打倒魔王的初代國王的憧憬。

接著還有另一個，是很像親近感，讓他莫名感覺到鄉愁的胸口疼痛。

（明明是聽都沒聽過的過往故事，為什麼會有這種心情呢……）

是因為被冊立為王儲，身體開始有責任感了嗎？作為王儲的職責，以及作為王儲應有的姿態——大概是因為昨晚苦惱過，才會複雜地擾亂他的心。

最後，艾因仍沒有找到解答，以毫無霸氣的呆愣表情開口：

「那個……雖然我還沒有整理好心情……但我很憧憬初代國王。」

「那是很棒的憧憬。朕會祈禱初代陛下守護的白銀，艾因也能繼承其位。」

「白銀……嗎？」

聽到這曖昧的用詞，艾因歪了歪頭。

「初代陛下深愛著白銀。那美麗高潔的顏色，現在也是我們王家驕傲的象徵。」

也就是說身為國家象徵色的白銀，同樣也正是王家的象徵。

那是打倒了魔王，統一大陸的男人深愛的顏色。

艾因似乎能了解，這顏色為何到了今日仍作為驕傲被大眾傳承。

而艾因的心中也誕生了一個野心。

「——我會努力看看。」

他想起自己和庫洛涅的約定。

即使那是「要變得更出色」這種曖昧的約定，縱使如此，這仍是艾因的原動力。

他現在的心情彷彿獲得了什麼提示般，又彷彿唯獨少了一個拼圖的碎片，讓人莫名感到有些可惜的感覺。在那之後，艾因和兩人繼續隨意地聊著天。

這讓他深切體會，和勞登哈特宅邸的生活相比，現在這樣真的有劇烈改變。

「嗯，看到了……那就是寶物庫。」

再繼續往走廊深處走去，在盡頭處開始漸漸能看到目的地。

艾因吞下迫不及待的口水，視線看向聳立在正前方的巨大門扉。

（有一扇看起來很厲害的門……）

在長長的走廊盡頭，僅有這扇門豎立在這裡。

石造的門上有幾個鑰匙孔不規則的散落各處。

巨大又深長的高聳門扉，光是豎立在這裡就散發出威壓感。

「將成為我新力量的東西，就在那裡面對嗎？」

他一邊感覺自己的情緒漸漸高昂，一邊詢問走在身旁的辛魯瓦德。

辛魯瓦德帶著奇妙的表情點點頭，望著寶物庫的門接著說：

「真正的怪物之力量結晶……就沉睡在那寶物庫中。」

艾因再次吞了吞口水，專注地聆聽他的話語。

明明只是要來吸收魔石，他卻產生了喉嚨乾渴無比的錯覺。

「……艾因，要不今天就在此打住吧？」

看見孫子緊張的模樣，辛魯瓦德擔憂地詢問。

「啊，不用不用。我只是對吸收感到很有興趣而已，也算是期待喔。」

看見艾因用一派輕鬆的表情回答，不禁令辛魯瓦德無語。

「啊啊，說得也是啊，你可是奧莉薇亞的兒子，有膽量也是當然的吧——那麼。」

三人終於站到寶物庫的門前。

然後，辛魯瓦德往前跨了一步。

「朕就來打開寶物庫的門吧。」

他大大的手伸向門扉中央一帶。

「門、門竟然……！」

以手為中心，四散各處的鑰匙孔產生了反應。

原本不規則排列的鑰匙孔，竟然慢慢地動了起來，形成了縱書一直線。

「這些全都是魔具，王族本身是鑰匙，這樣才能打開門。」

魔具直向排列在兩扇推拉門板的中間裂縫。

此時發出了宛如石臼磨動的聲音，前往寶物庫的門緩緩地打開。

「這裡是聚集王城財富之地，艾因也要好好記住。」

他對艾因這麼說，後者卻只是露出呆愣的表情。

艾因含糊地回應，奧莉薇亞看準了空檔開口：

「父王，杜拉罕的魔石在哪裡呢？」

「別急……在那邊。」

聽見她如此興奮的聲音，辛魯瓦德半帶無奈地指了指方向。

邁開步伐的奧莉薇亞拉著艾因的手，她帶著安靜的艾因向前走去。

寶物庫十分寬敞，簡直可說是寶藏山。

（嗚哇……收藏的全都是很厲害的東西呢。）

和看起來開心的奧莉薇亞成對比，艾因心裡被這般訝異所占據。

話雖如此，他也難以找到適當話語形容它們到底厲害在哪裡。

金銀財寶或是寶劍等物品雖然很好形容，但是這個寶物庫中也收藏了魔石等物品。

其中特別吸引艾因目光的，果然還是放置於前方的東西吧。

「唔——那就是……？」

「呵呵，沒有錯。那就是將會成為艾因新力量的……杜拉罕的魔石。」

兩人視線的前方，有個特別顯眼的石造台座。

台座是以白色石頭製成，到處都鑲滿了金子以及寶石，就一個台座來看實在豪華。

而名為杜拉罕魔石的特別存在，就供奉在這石座上。

「既黑卻又帶著蒼藍……？」

他的眼中映照著魔石的模樣。

宛如黑色鑽石的魔石，中心有著蒼藍霧氣在蠢蠢欲動。
——終於，艾因來到杜拉罕的魔石前方。
他注視著眼前的魔石，一旁的辛魯瓦德則提醒奧莉薇亞：
「……奧莉薇亞，可別碰到魔石啊。」
「當然。應該說父王也是。」
面對寄宿在魔石中的魔力，不會特別受到負面影響的就只有艾因了。
因此，他們兩人沒有辦法觸碰魔石。
「這麼說起來，沒有經過任何手續就收下國寶級魔石，沒關係嗎？」
「嗯……要說的話，你的那份擔心是正確的……不過有一件遺憾的事情。」
辛魯瓦德這麼說，也只是對他自己而言罷了。
「杜拉罕的魔石並非伊修塔利迦所有，而是王家擁有的物品。」
「啊啊……難怪會給得如此爽快。」
「沒錯，這是給奧莉薇亞的獎賞，也是贖罪……這兩件事情，實在難以補償。」
這是身為王家領導者的辛魯瓦德認可的事。就只是這樣，沒有其他任何複雜情況。
唯有這次，其權利問題對奧莉薇亞來說是有利的。
「……那麼，我就不客氣了。」
艾因伸出了手。雖然要觸碰到底座還嫌高了點，但他墊起腳尖努力伸手。
他張開雙手，彷彿在觸碰易碎物般小心翼翼地將魔石拿起來。
「——杜拉罕的魔石一定會成為你的力量。我甚至一直在想……說不定這顆魔石就是為此存在。」

接收到奧莉薇亞充滿慈愛的微笑，艾因用力地點了點頭。
他將意識專注於此，在心裡提高了興致。
（好了，開始吧——呃，奇怪……？）
艾因能夠憑藉自我意志吸收魔石的力量——本該是如此。
「——嗯？爺、爺爺？您剛剛有說什麼嗎……？」
『回來了嗎？』艾因的腦中傳來了聲音。
那聲音屬於男人，所以他才會以為是辛魯瓦德，但是——
「嗯？朕一直沉默地看著而已喔。」
辛魯瓦德一臉不可思議地說道。
可是就算環顧四周，這裡當然不存在其他人物。
……大概是聽錯了吧？艾因左右搖了搖頭。
「抱歉，好像是我聽錯了。」
他決定無視掉剛剛的聲音。
重整心態，將意識專注在杜拉罕的魔石上。
「那麼，我要開始了。」
嚥下口水，將所有感覺交付掌心。
漸漸地，他全身的感官愈發敏銳，魔石彷彿開始有體溫般溫暖了起來。
接著……在艾因開始吸收魔石時，發生了新的騷動。
（等等……為什麼？現在……到底是怎麼——！）

杜拉罕的魔石宛如擁有自己的意志。

不同於艾因的意志，簡直就像是魔石主動將力量流向他——他產生了這種感覺。

——就在這個時候。

「唔——這、這是……唔？奧莉薇亞！快躲到朕後面——！」

以艾因掌心緊握的魔石為中心，一股彷彿要爆炸般的壓迫感擴散開來。

舉起強壯的手臂，辛魯瓦德護著奧莉薇亞向後退一步。

「父、父王……唔！」

雖然一邊接受保護，她仍擔心地凝視艾因。

然而另一方面，艾因感覺到的卻不過是讓瀏海輕輕飄動的微風罷了。

魔石迸出雷電般的光，和強烈的風融合形成了漩渦，艾因全身被蒼藍與暗黑的霧緊緊包覆。

（不不不——這沒問題嗎？）

違反他自己的意思，杜拉罕的魔石不斷將力量流向艾因。

霧漸漸被身體所吸收，與此同時，有種類似無所不能的感覺開始寄宿到全身。

「艾因！若是感覺到異常就馬上放開手！」

艾因第一次聽到辛魯瓦德的怒吼，不過這喝斥是出自擔憂。

顯露的光芒轉為紫色雷電，並與蒼黑之霧一同包覆住他。

「我、我知道！但是……唔！」

就算他想要放手，魔石也像是緊緊吸附住似的不肯放開。

然而不知是否感應到艾因的不安，魔石開始釋放出溫暖。

（這是……什麼啊……）

別擔心。彷彿有人這麼對自己說，平靜自然而然回到了他心中。

因為緊張而緊緊握著魔石的手，自然產生從容。

（——好像……沒問題嗎……？）

接著過了不久，強烈的光以及風壓漸漸平息。

包覆艾因的霧瞬間消失，最後留下來的只剩纏繞全身的紫色閃電。

而就連這些光也在閃爍了幾秒後，便像是被身體吸收一般消聲匿跡。

「這……結束了對吧……？」

「……是啊，父王，似乎結束了呢。」

宛如戰爭過後，突然來臨的平靜襲捲三人。

艾因緩緩地將魔石放回台座，並轉向靠近他的兩人。

「不好意思，好像讓二位替我擔心了……」

如此說道的艾因握了握雙手掌心進行確認，隨後臉上浮現充滿成就感的表情。

「好像成功了。全身上下都充滿了以往沒有的充實感。」

彷彿連五感都被更新一般，有種重生的感覺。

兩人明明還很擔心剛才的情況，艾因的態度卻挺隨意。

辛魯瓦德鬆了一口氣，便露出充滿皺紋的笑容放聲大笑。

「哈～哈哈哈！也是呢！畢竟你可是吸收了傳說魔物的力量啊！」

「呵呵……父王說得沒錯。艾因真是的，又變得更加出色了呢。」

奧莉薇亞手遮著嘴微笑，溫柔地將艾因抱到胸前。

（沒想到竟然能得到國寶魔石的力量，根本想都沒想過呢……）

讓母親溫柔地撫摸後背的同時，他不禁回想起在勞登哈特被廢嫡立庶時的事情。

正當他回想起和神的相遇，以及在宅邸的生活時，辛魯瓦德心情大好地說道：

「杜拉罕的甲冑是使用魔力和技術誕生出來的逸品。說不定艾因現在也能夠使用那種力量！」

「唔──我、我馬上來看看狀態分析卡！」

安靜地離開奧莉薇亞的胸口，從懷裡掏出狀態分析卡。

（咦……咖啡的香氣……？）

艾因全身突然受到濃郁的咖啡香包覆。

這是杜拉罕魔石的味道嗎？香氣像後勁般湧上來，沉穩地撫慰了艾因的心。

「欸，艾因？有沒有什麼地方……產生改變了呢？」

用詞雖然沉著，但是奧莉薇亞掩不住滿溢而出的興奮

她的語氣急躁，卻用閃亮的雙眼催促艾因。

「──嗚哇……變得很不得了……」

配合胸口快速的鼓動，他將視線轉向狀態分析卡。

看到內容產生了巨大變化，艾因不禁睜大雙眼。

艾因・馮・伊修塔利迦

【身　分】　王儲

【體　力】１３５５（１１２０ＵＰ）
【魔　力】２５４１（２１００ＵＰ）
【攻擊力】２１８（１４４ＵＰ）
【防禦力】５４０（５００ＵＰ）
【敏捷性】95
【技　能】黑暗騎士／濃霧／毒素分解ＥＸ／吸收／修練的贈禮

……啊，變得非常強呢。這下我也是名人了。

「哈哈哈！簡直用『駭人』一詞就能完美表達！」

辛魯瓦德睜大了眼，緩緩勾起嘴角放聲大笑。

不愧是稱為國寶的魔石，其效果造成了足以讓他驚訝的結果。

「呵呵……艾因真是的，又變得更加出色了呢。」

「啊，那個……謝謝稱讚？」

「嗯嗯，這是個好結果呢——不過，真令人不解啊。」

到這裡相當令人感動。

但是表情從剛剛令人衝擊的事中為之一變，辛魯瓦德突然發現了某件事。

他將手放嘴邊沉思，並瞥了奧莉薇亞一眼。

「——奧莉薇亞，妳該不會早已計劃好了吧？」

空氣瞬間凝固，接著奧莉薇亞便露出認命的表情開口：

「哎呀，被發現了啊？」

「因為有許多事都讓朕無法理解。如此寵愛艾因的妳，怎麼可能沒有發現他吸收魔石的力量呢？」

……所以是從何時開始的？他沒有兜圈子，直接詢問後續。

「爺爺？您在說什麼呢……？」

「不是什麼大不了的事，只是奧莉薇亞為了這一天，一直以來很細心地做了計畫。」

「……什麼？」

在一旁看著疑惑的艾因，奧莉薇亞溫柔地笑著，並娓娓道出真心話。

「……我一直很害怕扎根在羅卡斯身上。雖然早已明白這是為了伊修塔利迦，但是我沒辦法為那個家奉獻生命，並做好與羅卡斯出生入死的覺悟。」

艾因對「扎根」這個詞彙有印象。

不過因為當時沒能問到這個詞彙的含意，艾因現在靜靜地傾聽。

「作為妻子沒能與他交融，這是不能原諒的事。但是我是樹妖族，要我隨意扎根……光想到這一點，甚至也曾哭泣過。」

奧莉薇亞露出陰鬱的表情繼續說著：

「不過，我還是出嫁了。我必須懷孕，否則國家之間的密約也無法成形。所以，我作為樹妖族生下了艾因。」

聽到這裡，辛魯瓦德也露出陰暗的表情。因為他也懷抱著罪惡感。

「在那之後，我便一直思考著艾因的幸福。他被拿來和弟弟做比較，還遭遇不願憶起的待遇，根本就沒有理由留在這種家裡……我產生了這種想法。」

害。」

然而，還有海結晶的問題。

正因為如此，奧莉薇亞才會為了解決問題，一個人對海結晶進行調查。

「能夠吸收魔石的力量——若是在不存在異人的海姆公開發表這個事實，一個不小心可能會慘遭殺害。」

也就是說，她確實知道艾因能夠吸收魔石。

話雖如此，在海姆公開發表這件事是下策，她並不打算告訴任何人。

因此她是為了艾因著想，才會想要回到伊修塔利迦。

這就是她所設計的，艾因獲得杜拉罕魔石的計畫。

（不……不會吧？意思是她從那麼久之前，就一直在想今天的事嗎？）

聽到這出乎意料的計畫，他只得表露訝異。

不過另一方面，辛魯瓦德帶著奇妙的神情開口，詢問奧莉薇亞。

「妳的意思是說，艾因是以樹妖族特性誕生的孩子嗎？」

聞言的奧莉薇亞點了點頭，其表情看起來有一點點害羞。

「以樹妖族特性誕生是什麼？還有扎根是什麼意思啊？」

「抱歉，這話不太好由朕說出口。」

「咦咦……」

他不禁發出哀嘆般洩氣的聲音。

辛魯瓦德聽到那聲音不禁笑了，但接下來的話語，他用較為嚴肅的語氣說：

「朕決定要對奧莉薇亞說教。很抱歉，你去找沃廉他們問問吧。」

之後在散漫的氛圍下，他離開了寶物庫。

不知道他們兩人在說什麼呢？艾因感到不可思議。和兩人分開後，他為了找尋沃廉在王城裡走動。

◇◇◇

「嗯嗯……不管看幾次，這數值都非常出色呢。」

「沃廉閣下說得沒錯。毒素分解加上吸收之力，並且還有艾因殿下自己獲得的修練的贈禮！哎呀，沒有比這更好的組合了……！」

他來到位於王城一角的沙龍。

找到正在休息的羅伊德和沃廉，便說明了寶物庫裡發生的事。

在兩人看了狀態分析卡後過了十幾分鐘，兩人不斷重複觀察，並發出驚嘆的話語。

「啊，沃廉先生。話說回來，我是有事想請教才來的。」

「問我嗎？嗯，什麼事都歡迎問。」

「──『扎根』是什麼意思啊？」

下一個瞬間，空氣凝固了。

兩人面面相覷，一臉傷腦筋的表情看著艾因。

「竟然會突然詢問扎根……是怎麼了嗎？」

聽到沃廉的疑問，艾因便將辛魯瓦德開始說教之前的話轉告給他。

雖然內容很少，且是情報有限的對話，不過艾因很詳細地說明。

「……哈哈，原來如此，是因為這種緣由啊。」

羅伊德露出了然的表情頷首。

「我完全不知道意思，也搞不懂爺爺的態度。」

追根究柢，樹妖族的特性是什麼？他希望能從這裡開始說明。

接著就在兩人語塞的期間，新的人物出場了。

「啊，艾因，你在這裡喵。」

簡直可說是雪中送炭。凱蒂瑪帶著輕鬆的態度走了過來。

「咦？凱蒂瑪阿姨？怎麼了嗎？」

「因為我妹妹要我幫忙，所以就來喵。」

她毫不客氣地走過來並坐到沙發上，拿起桌上擺放的配茶點心就往嘴裡塞。

瞥了一眼支支吾吾的兩人，她擦了擦嘴後開始述說：

「好了，我來告訴你各種知識喵。」

艾因嚥下口水，終於要揭開謎底了。

「所謂的樹妖族，就算不和異性交配，這輩子也僅有一次機會可以誕生出一樣的樹妖族喵。」

「……就是指孤雌生殖嗎？」

「是喵。換作樹妖族的狀況就是分株喵。雖然會需要異性的血液就是喵。」

根據凱蒂瑪的解釋，他得知這是有點複雜的特性。

透過分享魔石與核心，就能誕生出可以成為自己伴侶的存在。

容貌、性格，還有其他細節，會反映出母株的影響。

會產生這種特性有其緣由——

「然後另一個特性就是『扎根』喵。」

她又拿了塊點心塞進嘴裡。

快點告訴我啦——這般感情讓艾因七上八下。

「樹妖族這輩子，是只能和一個人發生關係的種族喵。一旦發生關係，就會和對象共享生命……其複雜的特性就稱為『扎根』喵。」

「……什麼？」

這隻貓在說些什麼啊？艾因用這種眼神看著她。

然而她的態度十分認真。

「你、你那是什麼眼神呀！是真的喵！所以樹妖的數量才會這麼少喵！」

「……真的嗎？」

艾因轉移視線看向沃廉，後者露出苦笑頷首。

「原來如此，那我相信了。」

「為、為什麼不相信我喵！」

其實也信任她，只是沃廉比較有說服力。

身為宰相的他，就是如此有影響力。

「總之就是苦肉計喵。因為無法發生關係，所以只能用這種方法生下小孩……再加上樹妖族有催眠能力，只要使用這個能力也能避開夜晚那檔事喵。」

也就是為了避開夫妻夜晚的行房而做的措施吧。

對這特性背景，艾因不禁目瞪口呆。

「至於原因嘛，大概是因為上一代勞登哈特伯爵去世喵～」

奧莉薇亞在出嫁的當時，本來也打算要實行職責。

而這份決心之所以馬上瓦解，大概是因為對太多事情感到失望了吧。

對勞登哈特的心情是如此，對祖國伊修塔利迦的調查團亦是如此。

——就在背負了如此諸多的悲傷中，她對於「扎根」這必須賭上性命的事情感到恐懼。

到了這裡，對身為臣子的兩人來說，感受到非常強烈的後悔。

「……雖然奧莉薇亞稍微逃避了，希望你能原諒她喵。」

儘管誕生法較特殊，縱使如此，她也生下了艾因。

這個選擇中，包含了對「扎根」必須共享生命這件事的恐懼。這一點應該也要考慮在內。

她是在歷經苦惱後，才選擇使用特性。

這既是為了保住自己的性命，同時也因為是必要的事情。

「父王雖然說要說教，但他們大概只是兩人在談話而已喵。」

「……太好了，我放心了。」

艾因的心被緊緊勒住，他對奧莉薇亞的遭遇感到同情。

關於這一點，羅伊德和沃廉也有同樣感受。兩人都露出陰暗的表情。

「唉……聽了這麼多事，理解事情也放心後，肚子就開始餓了呢。」

艾因以輕鬆的態度露出傻呵呵的笑容。

「你、你是太有膽識喵……？還是說，就只是單純的傻瓜喵……？」

「即便這樣說有點不好，不過母親沒有對父親大人——沒有在羅卡斯身上扎根，這樣很好。如此一來就不用擔心生命安全呢。」

接著艾因一臉神清氣爽地說：

「而且我不知道的事情你們也已經為我說明，這樣就很滿足了。」

奧莉薇亞自己也為了伊修塔利迦而拚命努力過。

因為自己的恐懼避免和羅卡斯發生關係這件事，其後果她也已經承擔。

「不過，若你們兩人覺得這件事實在不合情理，我想那也沒辦法吧。」

獲取海結晶的交易一事，也可以說她達成了身為公主的職責吧。

你們怎麼想？他用那樣的眼神看向兩人。

「王族確實有必須達成的職責，但是……」

沃廉開口，在他說完之前羅伊德接話：

「話雖如此，也因為我們臣子的失態，對奧莉薇亞殿下做了許多事情。」

「羅伊德閣下說得沒錯。而且真要追究起來，本來就是海姆那方將密約廢為白紙不對在先。」

密約上有提到必須要讓奧莉薇亞的孩子成為當家這項條件。

先違反這一點的是勞登哈特，然而海姆沒有責備他這一點。

「因此我們也無意責備奧莉薇亞殿下的所作所為。」

最後沃廉這麼說道。艾因便呼出一口氣。

「咦？話說那我……是怎麼被生下來的啊？」

「樹妖族並不是胎生，是從巨大樹果中誕生出來喵。」

根本意義不明。這隻貓到底在說什麼啊？他用這種眼神看向她。

「聽說若是維持人類身體的模樣，肚子一帶會很普通地變大喵。而出生時會變回樹妖族的身體，樹的果實就會從樹梢落下來喵。」

原來如此，不懂。

不過也只能接受就是這樣的種族了。

「……是說，凱蒂瑪阿姨，妳會不會吃太多了呀？」

明明應該是來解說的凱蒂瑪，只要一有閒暇就會塞點心到嘴裡。

一個接著一個地吃，她都不會口渴嗎？

「吃太多會胖喔？」

「我有在用腦袋，所以需要吃甜食喵！你別亂說話喵！」

對艾因來說，名為凱蒂瑪的女性相當好親近。

可能是因為她老是喵喵叫，所以在相處時讓他感到輕鬆。

（這就是所謂養寵物的感覺吧？）

雖然沒有說出口，不過這麼想就覺得好笑。

「話說回來，我要把話題導回魔石的事情。其實還有一個……當作國寶的魔石存在。」

光和風……憶起被雲霧包圍的光景，一想到還有超越那之上的魔石，艾因不禁感到困惑。

「——其實啊，魔王的魔石就裝飾在謁見廳喔。」

「咦……咦！真的嗎？魔王就是……據說初代陛下打倒的那個……？」

不久前才剛聽說的初代國王英雄傳。

聽到存在著登場其中的魔王魔石，艾因太過驚訝而支吾其詞。

「沒錯喵。所以艾因，你可千萬不要在肚子餓的時候跑去謁見廳喵。我先聲明，就算是名為意外的非意外事故也不可以喵？」

凱蒂瑪再三叮囑，艾因在瞪大雙眼的同時，隨後撇開了頭。

「……我怎麼可能會做那種事嘛。」

「哎呀？艾因殿下，您的表情放鬆了喔？」

如此輕易被發現，他不禁坐立難安地喝了口紅茶。

他蒙混過去了呢。一行人寵溺地笑了。

「初代陛下是比任何人都要強大的國王。不只是在力量上，還有心靈也是。我們騎士也對他懷抱憧憬呢。」

雖然並不知道當時的實情，不過羅伊德總是讚不絕口地述說流傳下來的故事。

「……比任何人都強？」

剛剛的話語在艾因的心裡留下了深刻的印象。

初代國王比任何人都還要強大，因此能夠打倒魔王也是理所當然，但是——

「那是當然的。只要是這個國家的人，大家都打從心底尊敬著他。」

也就是說，他不僅作為一位國王很出色，就連擁有的力量也位於頂端。

艾因在心裡這樣整理過後，忽然想起自己和辛魯瓦德的對話。

「那個……雖然我還沒有整理好心情……但我很憧憬初代國王。」

他這麼說之後，辛魯瓦德便說那是份很棒的憧憬。

「——羅伊德先生。」

艾因察覺到了什麼，以這樣的態度叫住羅伊德。

「若是像初代陛下這樣的人，其名聲也會遠揚到海姆嗎？」

「那是當然啊，不管是多麼遙遠的國家，這份威光都會傳過去吧。」

聞言的艾因得到確信，並獲得了尚未拼上的最後一片拼圖。

（這樣啊，只要這麼做就好了啊……！）

不只是羅卡斯他們，還能讓海姆本身對他刮目相看，也能證明奧莉薇亞的價值。

而且作為王儲也無可挑剔……他想到了一個能解決一切的最棒方法。

（只要努力變得像初代陛下那樣，讓聲名甚至遠揚到海姆……不就能解決一切了嗎——！）

在察覺到這件事情的瞬間，他的心中被清晰的情感填得滿滿的。

「那個……羅伊德先生，該怎麼做才能變得像初代陛下那樣呢？」

若是在吸收杜拉罕魔石之前，艾因一定不會拋出這樣的問題。

懷抱著多虧奧莉薇亞才能獲得的自信，他以堅強的眼神看向羅伊德。

「嗯，看來您十分憧憬初代陛下呢。雖然那是十分美好的事情……這個嘛……」

初代國王的豐功偉業無可衡量。他是統一大陸，討伐魔王的英雄。

就算被問到該怎麼做才能變得和他一樣，羅伊德也不知道該怎麼回答，然而……

「……儘管無法做和初代陛下一樣的事情，不過可以抵達同樣的高度。」

沃廉這麼說道。

「話雖如此，其高度十分遙遠，不拿出過於常人的努力實在不可能達成。換個說法，無論是劍術還是學問的程度，都要比靠努力抵達元帥之位的羅伊德閣下還要高才行。」

「……是，我明白。」

縱使如此，艾因也想以初代國王這樣的人為目標。

當然也是因為能夠一次解決掉所有感情上的問題，不過對其懷抱憧憬也是事實。

面對沃廉試探般的眼神，艾因回以不退讓的堅定視線。

「——那好，既然如此，微臣沃廉就盡自己所能來協助您。」

「真……真的嗎……？」

「是啊。事不宜遲，從今晚開始也著手進行學問方面的補強。學習的知識會成為武器，也有些事情能在武術方面派上用場吧。」

艾因對於自己獲得了可靠的同伴感到喜悅。

在擁有了明確目標的現在，就算被人要求必須努力用功，也絕對不會感到痛苦。

「那差不多就走喵！」

語畢的凱蒂瑪用力地站了起來。

「凱、凱蒂瑪阿姨？走是要去哪裡？」

「喵嗚～～！還問什麼？當然是要去見識杜拉罕的力量喵！」

「啊啊……原來如此。」

她也在為了驗證艾因的力量而提供協助。

想親眼確認獲得了何種結果，也可說很符合研究者作風。

「請等一下！我還有文書工作……」

「那種東西就隨便撕一撕喵！別管了，快一起走喵！」

凱蒂瑪強硬地回答羅伊德，並塞了一塊點心到嘴裡後邁開步伐。

隨後便踏著沉甸甸的步伐，朝著沙龍外走去。

「沃廉！讓羅伊德幫艾因做訓練喵！可以喵？」

「哈哈哈。其實原本就打算拜託羅伊德閣下和克莉絲閣下當艾因殿下的劍術導師，這樣正好。」

宰相加上元帥，還有近衛騎士團的副團長。

艾因獲得的三位老師，無論哪位都是大國伊修塔利迦的權威。

他不禁興奮地顫抖，全身感到喜悅。

「還請留意安全。稍後若也跟我報告一聲那就太好了。」

「沃廉閣下那邊就由我去報告。那麼我們走吧。」

就這樣，艾因的伊修塔利迦生活正式拉開了序幕。

三人離去後，沃廉也一臉開心地喃喃自語。

「好了，那我也來思考一些課題吧……為了將來的陛下。」

為了將艾因培育成出色的國王，他也同樣思考了一些事情。

事不宜遲，艾因必須從今晚開始學習才行。

艾因懷抱的目標十分崇高，所有人都理解那不是輕易做得到的事。

「真是的。艾因殿下真的是位**和他十分相像**的殿下呢。」

他意味深長地低喃。最終，沃廉也離開了沙龍。

◇◇◇

吸收了杜拉罕魔石當晚。

同一時刻的奧古斯特宅邸，庫洛涅在床上獨自沉浸在思考之中。

「……這是不是也代表我很膚淺呢？」

對艾因懷抱的戀慕，這之中絕無虛偽。

然而她在思考的，是自己竟然那麼輕易便被奪去芳心這件事。

「唉……虧我還說什麼……其他人把我當作娼婦似的不斷來騷擾呢。」

彷彿在對那些人道歉，她不禁自嘲。

接著從床上起身走向書桌。

打開附鎖的抽屜，拿出小心收起來的寶石。

和以前不同，她將確實放入箱中保存的寶石十分寶貝地緊緊抱著回到床上。

「……真是的，誰叫你擅自就跑掉了。」

無力地抱怨之後，庫洛涅卻反而笑了出來。

她不斷回想起那一天，那個夜晚發生的事情。

艾因將星辰琉璃結晶送給她時的溫柔笑容，深深烙印在腦海裡揮之不去。

——叩叩。

「是誰？」

「大小姐，打擾了。」

造訪並出聲的人，是宅邸的僕役。

「老爺要我過來向您確認課題的進度。」

父親大人啊。庫洛涅坐到床邊。

「昨晚老爺出給您的課題──做得如何呢？」

「我都做完了，妳可以拿走了喔。」

「……什麼？您說已經做完了是指……全部嗎？」

「我就是這個意思。可以拿下一份課題給我了。」

看見講得一臉理所當然的庫洛涅，僕役露出吃驚的表情。

「真是令人訝異，老爺有補充說這是一個星期的課題呢。」

「沒什麼，只要專心做一下就做完了。」

而且，她做了約定啊──下次再重逢時，彼此要變得更加出色……這份約定。

雖然無論是話語還是內容都很曖昧，但是這個約定，是和成為王族的艾因之間留下的一個緣分，也成為了她努力的心靈支柱。

「我、我明白了……那麼我會轉達老爺。」

「麻煩了。啊，還有能幫我跟他說接下來出更難一點的課題嗎？」

「……我明白了。」

僕役這麼想──

就連這份課題，對年齡尚幼的庫洛涅來說應該很困難。

然而她卻要求更加困難的課題，大小姐果然還是一如往常超乎常人呢。她在心裡浮現苦笑。

「話說完了嗎？對不起，我現在正好在想事情。」

「不、不會。其實當家大人也捎來聯絡……」

「祖父大人嗎？」

庫洛涅一臉狐疑地轉向她，詢問後續。

「似乎是要您準備一封寫給**他**的信……當家大人是這麼說的。」

「唔——這、這要先說啦！真是的，我得快點準備才行……！」

她猛然站起身，走向書桌。

就在做這些動作時，也很小心地放下星辰琉璃結晶。

「啊啊，可是……該寫些什麼好呢……我根本就沒有寫信給異性的經驗……」

直到剛才都還自信滿滿的她，只因為一封信便露出困惑的表情。

僕役看到這樣的身影，不禁感到憐愛。她輕笑了一聲給予建議。

「若不嫌棄，您要不要問問看當家大人呢？畢竟當家大人也精通詩集等內容。」

再加上他應該也想被庫洛涅依賴。

「也、也是呢……！謝謝妳。那麼我這就去祖父大人房裡一趟……！」

「我明白了，您路上小心。」

帶著倉皇的腳步，那豔麗的淡蒼色秀髮輕輕飄逸。

這般慌張奔跑的模樣，就庫洛涅而言很罕見。

她的表情充滿了各種情感，不過完全藏不住的喜悅之情簡直一目了然。

比起信件的回覆，她看出可以寄信這件事讓庫洛涅感到開心。

「哎呀哎呀……請加油喔，大小姐。」

看見她展現符合年齡的可愛之處，僕役便偷偷在私底下為她加油。

或許是接收到應援，庫洛涅的腳步變得更快了。

「對了，也得寫信給奧莉薇亞殿下……啊啊，不行啊，果然還是得跟祖父大人商量……！」

她想寫的事情堆得有山那麼高，想傳達的事情簡直猶如無底洞。

庫洛涅想著遠遠隔著海洋的他，腳步不禁輕盈起來。

她的雙頰染紅，心裡想著不知道他現在在做些什麼呢？

非人之力與魔石店

時光飛逝，迎來初夏。

在陽光照進城堡的好天氣之日，走在城堡內的克莉絲單手拿著信件猶豫著。

雖然收件人是艾因，但因為些特殊緣由，她正猶豫是否該交給他。

總之必須找到艾因……於是她在城堡內行走。

「喵哈哈哈……！王儲……王儲竟然用這種招數……喵～哈哈哈！」

「不管怎麼樣，既然都成功了，我是覺得很好啦。」

「其中也有屬於國難等級的魔物喵。吸收了那些傢伙的魔石，不知道究竟會如何喵……？」

尋找的對象艾因正在撥弄遺傳奧莉薇亞的褐髮，看起來很開心地說道。

地點在中庭，他似乎和大笑的凱蒂瑪一同在做些什麼。

「咦？您們二位在做什麼？」

其實在這之後，艾因預定和克莉絲及羅伊德兩人一同前往宮外。

雖然也因為還有信的事情，不過能這樣馬上找到艾因也是個好兆頭。

「哼哼哼～！奮鬥八個月，我們的研究終於開花結果喵！來，拍手！」

「恭……恭喜二位……？」

為了討凱蒂瑪歡心，克莉絲一臉不明所以地拍手。

「這樣啊……這麼說來，已經過了八個月呢。」

自從艾因到來，已經過了八個月啊。她不禁沉浸在感傷之中。

回想起這八個月發生了許多事情。

克莉絲和羅伊德成為老師教授他劍術，還有為了讓艾因控制吸收之力而進行的訓練等等，艾因在王城裡的生活十分熱鬧。

並且跨越了冬季，艾因年滿六歲，身高也有相當的成長。

克莉絲看著和初遇之時相比長高的他，不禁自然露出笑容。

「話說回來……您說的研究是指？」

「我也想好好說明，不過接下來還有別的工作喵！克莉絲！艾因就麻煩妳喵！」

「是、是的……請交給我吧。」

接著凱蒂瑪便突然像暴風雨般離開了。

她離去時抱著一個木箱跑離的身影，只感覺到慌忙。

「啊，克莉絲小姐，會議怎麼樣了？」

聽到這句話，克莉絲露出苦澀的神情。

「……並不是令人心情暢快的報告。」

與其說表情陰沉，不如說充滿了煩躁與不甘心。她似乎被負面情感所折騰。

俗話說，美女生起氣來會很有魄力。從克莉絲身上就傳來了這種魄力。

「沃廉大人的手下潛伏在海姆，根據他們的報告——」

也就是關於勞登哈特家垮台這件事。然而事情卻並未結束——

「原來如此，是要懲罰違反密約。不過這樣就結束了嗎？」

「……不。羅卡斯閣下為海姆帶來了擁有聖騎士技能的孩子，因此從平民地位受封子爵爵位。而他期望的家姓，仍然是勞登哈特。」

聞言的艾因深深地點頭，並仰望天空說道：

「果然啊，我實在不覺得那個國家會捨棄勞登哈特。」

身為當家，名為羅卡斯的男人是大將軍，是名聲響徹周邊國家的名將。

艾因認為考慮到至今為止的事蹟，海姆沒有捨棄他這個選項。

「即便失去了領地，仍保有宅邸，這是這次收到的消息——這樣實在是太……！」

處分實在是太輕了，這只讓人覺得瞧不起伊修塔利迦。

她原本想這麼說，不過……

「我們不在意。我和母親都是，只要切斷關係就很滿足了。」

雖然艾因這麼說，克莉絲的表情卻依然僵硬。

給予他們的處罰實質上只是降格成子爵，還有沒收領地而已。

不只是克莉絲，這點程度的懲罰就連辛魯瓦格他們都感到忿忿不平吧。

「正因為他們明白我們無法發動戰爭，所以才會只做這點程度的處罰吧。」

因為知道伊修塔利迦會遵守初代國王的遺言，才會採取如此縱容的態度。

雖然就艾因的角度來看，對於他們為何能夠如此信任他國，才感到疑問呢。

「不過，沃廉先生打算採取報復措施吧？」

「——是。當然了，國家之間會斷交，若是有海姆的船隻開過來，我們也會做出相符的對應。然後關於埃伍勒的事情……」

奧莉薇亞獨自爭取到的交易。

關於詳細條件，於今天的會議獲得了報告。

「提到了交易額以及我們要提供採集相關技術，還有，我們也同意了埃伍勒提出的要求。」

「要求是指什麼樣的內容呢？」

「要我國對外公開，我國和埃伍勒在進行交易一事。」

埃伍勒沒有要求伊修塔利迦成為他們的後盾，不過徵求帶有類似色彩的發表。

就算只是公開這件事情，應該也會引起他國強烈的警戒。

艾因不由得對這樣客氣的要求感到欣慰。

「這個交易獲得了十分有成果的結果，預定近期將派出我國的船隻前往埃伍勒。」

「真是太好了——那麼，差不多也要和羅伊德先生會合……奇怪？克莉絲小姐，妳手上的信件是什麼啊？」

「呃……那、那個……這個是啊……」

實在太鬆懈了。

應該要在向艾因搭話之前，就先把信件收入懷裡才對。

但是已經太遲了，克莉絲不禁猶豫該如何回答。

「該不會是海姆寄來的信嗎？」

她的身體不禁一震，艾因眼尖地察覺並直搗核心。

「那個……不用這麼在意也沒關係……」

艾因看著她的雙眼詢問，對猶豫的克莉絲說出體諒的話。

「——其實這並非從海姆，而是從埃伍勒寄來的信。」

「什麼？埃伍勒寄信給我？」

她認命了。不，是決定要告訴他的克莉絲開口這麼說。

另一方面，艾因的臉上浮現困惑。

「我在埃伍勒應該沒有認識的人才對……」

「非……非常抱歉。正確來說，是由海姆貴族經過埃伍勒寄來的信。」

「某個貴族？沒有問到名字嗎？」

聽到曖昧的答案，艾因皺起眉頭。

「……與此相對，我收到了這樣的傳話——『艾因殿下送的花，我時時刻刻都戴在身上。』以上傳話您有印象嗎？」

咦？什麼啊？艾因毫無反應，不禁抱胸思考起來。

「唉……原本就擔心會是這樣，看來是假的信件呢。這封信我會處分掉的。」

是海姆貴族的騷擾啊。克莉絲偷偷地砸嘴。

她正要將信件收進懷裡——就在這時候。

「唔——該不會是……抱歉，克莉絲小姐！果然還是讓我看那封信吧！」

他察覺到唯一的可能性。

至少他曾送過花的對象僅有一個人。

「呃，是……給您過目是沒有問題啦……」

面對突然慌忙逼近自己的艾因，克莉絲將本來要收起來的信件交給了他。

艾因用指甲劃開信封，一臉興奮地將紙拿出來。

「哈哈，花是指……果然是這樣啊。」

攤開紙張，他開始閱讀寫在紙上的文字。

接著浮現出柔和的表情，沉浸在懷念的時光中。

「『那天夜晚，我度過了任何寶石都會自慚形穢的時光。然而唯有一樣，那就是您贈送給我的花，會讓我想起當時的輝煌時刻。』──上面這麼寫。」

「艾、艾因殿下？那是宛如情書的內容呢……上面寫了這樣的文句嗎？」

這是特地跨越國境，費盡千辛萬苦才寄到的信件。

然而內容只是封情書，不禁讓克莉絲有種撲空的感覺。

「後面還有寫『在此為無法報上姓名一事致歉。待得到伊修塔利迦願意接納我的回覆之後，我再正式報上自己的名字』呢。」

看見這熱情的內容，讓艾因不禁感到害羞。

他一邊笑著一邊隱藏自己害羞的情感，心情很好地將信還給克莉絲。克莉絲也同樣看過一次信件。

「這不真的只是情書嗎……」

正如克莉絲所說，作為報復，兩國之間已斷交，也會經由埃伍勒寄來吧。

「……您要回覆嗎？」

「我會這麼做的。她是對母親也很親切的小姐，也希望能按照她的期望，讓她來到這裡……」

這句話讓原本感到困惑的克莉絲突然愉悅了起來。

若對方和奧莉薇亞也有親密來往，那麼就另當別論。

「若是奧莉薇亞殿下也有親密來往的貴賓，自然是歡迎。我會轉告沃廉大人。」

為了不讓自己忘記，她在心中反覆回味。

在那之後，克莉絲想起艾因和凱蒂瑪之間的對話。

「話說回來，您和凱蒂瑪殿下說的所謂歷經八個月的研究結果究竟是？」

「啊啊，那個是──嘿咻！」

聽到克莉絲的詢問，艾因從懷裡取出了一隻巨大爪子。

爪子的表面包覆了一層金屬，是很特殊的東西。

「克莉絲小姐知道**幻想之手**吧？」

「我知道，是黑暗騎士……杜拉罕使用的主力招式。」

使用魔力製作出的第三隻手。

也是艾因持續訓練至今，唯一能使用的黑暗騎士招式。

攻擊力、耐久力和手臂的長度，會因為使用者的控制而改變。據說根據注入其中的魔力量不同，就算只用幻想之手，也能夠發揮驚人的力量。

「然後這個爪子是凱蒂瑪小姐特製的物品，只要把這個和我的幻想之手結合在一起……」

接著艾因灌注力量在身上。

從背後顯現出像是黑色觸手般的手臂，他將手上的爪子裝到其前端部分。

「在克莉絲小姐過來之前我們做過實驗，只要裝著這個並刺向魔物，就能夠活生生地從體內魔石吸收內容物……」

「唉……怎麼開發了如此危險的東西呢？」

竟然花了八個月在危險的東西上，這狀況實在讓她無話可說。

還是老樣子，是位不乏話題性的王儲啊。

克莉絲在深切感受後，用尷尬的聲音對艾因說了一句：「太好了呢。」

「啊，名字叫做黑暗吸管喔。非常吻合吧？」

「……在下就不回答這個問題了。」

原來如此，凱蒂瑪當時大笑的理由就是這個。

含糊回應的克莉絲重振心態後，便領著艾因前往羅伊德身邊。

◇◇◇

羅伊德在正門內側備好了馬車，等待艾因和克莉絲到來。

接下來他們三人要去哪裡做些什麼呢——目的地在距離都城大約幾十分鐘的森林。

載著艾因一行人的馬車經歷數十分鐘的車程，來到位於都城附近的森林。

「天氣這麼好，森林的空氣很清新呢。」

「呵呵……是啊，我也這麼想。來，請往這裡。」

下了馬車，眼前一片深綠，耳邊傳來鳥兒的囀鳴。

「真是美麗的地方，實在不覺得會有魔物呢。」

「這裡沒有危險魔物棲息，不過要注意不可大意。」

收到克莉絲的忠告，艾因繃緊了神經。

今天來到森林的理由，就是要累積和魔物的戰鬥經驗。

也因為劍術鍛鍊已經告一段落，才會像這樣來累積新的經驗。

「那麼就由我領頭，艾因殿下請和克莉絲一起行動。」

「我知道了。」

羅伊德走在艾因前方，身邊則有克莉絲並肩走著。

兩人皆是大國伊修塔利迦中的最高戰力，十分可靠。

「羅伊德先生，這座森林會出現什麼樣的魔物呢？」

「常出現的大概有森林野鼠、巨大毛毛蟲、綠色史萊姆等魔物。」

接著克莉絲從他身邊補充新的資訊。

「這三種都是一公尺大小的魔物，是就算群聚也不怎麼強的魔物呢。」

「原來如此，我放心了。」

心情變得比較輕鬆。

他並沒有一開始就想打倒強大的對手這類狂妄的想法。

「這大概比和王城的騎士進行對打訓練還輕鬆吧。艾因殿下已經變得就算對上騎士，也能打得很不錯了。若是這樣，對方並不會讓您陷入苦戰。」

——羅伊德如是說道。接著——

「剛好來了呢……那就是森林野鼠。」

一隻巨大老鼠的身影從樹蔭下現身。

雖然灰色的皮毛看起來像是普通老鼠，卻有兩條尾巴，爪子也很銳利。

模樣挺不像普通老鼠。

「艾因殿下，首先思考對應方法——」

「不，沒有問題，我會試著一邊思考一邊戰鬥。」

「……祝您好運。」

對克莉絲的提議表示否決後，艾因向前一步。

他拔出鐵製的短劍，冷靜地擺出臨戰姿勢。

（好，加油吧。）

「呼……」艾因重複深呼吸，冷靜地看著森林野鼠。

下一個瞬間他踏出步伐，朝著森林野鼠奔馳而去。

「來吧，這是我們艾因殿下的初次戰鬥。若是艾因殿下，這樣的對手應該沒什麼問題。」

「是啊。這是比王城騎士還要低幾階的對手，應該頂多只有一開始會對處置方式感到迷惘……」

兩人十分高興地在一旁觀望王儲艾因的初次戰鬥。

然而在數十分鐘後，事情的發展將會背叛兩人輕率的發言。

會導致這樣的事情發生，也是因為艾因對魔物採取的處理方式。

——數十分鐘後。

打倒第一隻森林野鼠的艾因，那之後也不斷和眾多魔物戰鬥。

「……羅伊德大人，看來這裡的魔物實在太沒有戰力了呢。」

「嗯嗯……老實說，我原本多少有預料到。畢竟艾因殿下都能和王城騎士以劍術過招了。」

克莉絲和羅伊德兩人從後方眺望著進行戰鬥的艾因。

而從後方能看見艾因在面對魔物時，沒有絲毫苦戰的模樣。

「唔嗯……與和人對打的時候感覺不同，不過……總有辦法的吧。」

這麼說完，艾因便單手打倒綠色史萊姆。

即便一開始對於戰鬥方式感到困惑，艾因馬上就抓到了和魔物戰鬥的訣竅。

「還有，這裡只有長相噁心的魔物讓人覺得好空虛喔。」

這次外出的其中一項樂趣，在於調查魔石的味道。

無論是森林野鼠或是巨大毛毛蟲，這兩者的味道都說不上好。

不過似乎只有綠色史萊姆不同。

「綠色史萊姆的味道像哈密瓜，很好吃呢……」

聽到和訓練差了十萬八千里遠的感想，羅伊德不禁放聲大笑。

「哈哈哈！艾因殿下！看來您似乎相當不滿足呢。」

像他這樣的壯漢光是張嘴大笑，就會讓人產生彷彿整座森林都在搖動的錯覺。

「因為對象不是人類，打起來的感覺不同這一點讓我有些遲疑。」

「我想也是，畢竟牠們應該只為了不被艾因殿下打倒在拚命反擊而已。」

若是對象胡亂竄逃會感到心痛，但是森林的魔物們都會主動發起攻勢。

透過這次初戰，艾因獲得了不錯的經驗。

「不過今天的對手強度很剛好。」
「那真是太好了。下次我們選擇稍微強一點的魔物吧。」
「啊……話說回來，真正強大的魔物大概有多強呢？」
艾因想得到的魔物中，最強大的是魔王……然後頂多就是杜拉罕。
「這個嘛，比如說也存在比我們戰艦還要巨大的龍喔。」
「……我就當作沒有聽到吧。」
艾因一邊如此說道，一邊盯著他附近的綠色史萊姆。
思考著至少想試一次招式的艾因，從懷裡掏出凱蒂瑪特製的爪子。
「啊，那該不會是……」
克莉絲察覺到這一點，她曾經在王城的中庭看過一次。
「機會難得，我想說在實戰中用用看好了，可以嗎？」
「沒有問題，也讓我們見識見識艾因殿下所謂的新招式吧。」
羅伊德饒富興致地看著傳聞中的研究成果。
聽見他的同意，艾因不禁雀躍，叫出幻想之手並裝上爪子。
「羅伊德大人，招式的名字據說叫做黑暗吸管呢。」
「呃、唔嗯……雖然就原理來看，我想是沒有錯啦……原來如此啊……」
他沒有評價好壞，只是露出淺淺的笑容掩飾自己。
艾因沒有發現兩人的情況，伸出黑色觸手——不，黑暗吸管。
「好……上吧！」

在半空中扭曲前進的模樣，實在不像是人類使用的招式。

吸取艾因魔力誕生的觸手，朝著綠色史萊姆一直線伸長了爪子。

……接著——

「唔——！」

被刺中的綠色史萊姆，身體不禁顫抖。

隨著綠色史萊姆的魔石漸漸失去色彩，如泡泡般散發淡然光芒的某種東西，便穿過幻想之手的內部流動。

「那大概就是魔石的生命力吧……原來如此，真的是吸管呢。」

「是、是啊……是吸管呢……」

招式正如其名，不過效果令人訝異。

如發光泡泡的東西，最終在魔石變得像玻璃珠的同時停止。

「直接吸收，味道比較濃郁又美味呢。」

他決定回到王城後把成果告訴凱蒂瑪。

……雖然這個招式實在有些異類，但其實用性毫無懷疑餘地。

從年紀尚幼的男孩背後伸出黑色觸手，光是如此就已經很異類，然而那觸手還能刺進魔物之中，並吸取內容物。

有股難以用文字表達的情感包圍看著這個情景的兩人。

「——好了，艾因殿下，我們今天就到此為止吧。」

羅伊德如此提議。他總不能一直發呆下去。

望向天空，太陽已開始下山。他看向身旁，克莉絲也靜靜頷首。

「說得也是，今天很謝謝兩位給了我寶貴的時光。」

艾因低下頭。

兩人以溫柔的表情回應艾因後，一行人便回到搭乘過來的馬車上。

第一次和魔物的戰鬥。若被問到結果如何，他應該能夠回答是成功的吧。

◇　◇　◇

從森林回來的路上。

乘坐馬車行進在城邊市區的艾因，因為馬車內的氛圍暗自在心中笑著。

（那完全就是冷氣呢。）

馬車的天花板裝設了一個薄薄的四角形魔具。

令人舒適的風會從那裡吹來。多虧於此，他們才能舒適地移動。

從這樣微小的地方也能感受到與海姆大不相同。

（不過話說回來，真的有各種人呢……）

有獸人、長著翅膀的人類等等，各式各樣的人種走在鎮上。

不只是魔具，能看見許多異人的光景，也能說是伊修塔利迦的特色。

接著艾因看向某棟建築物。

該不會那間店是……他產生了極大的興趣。

「克莉絲小姐！那間店是……！」

店家大大的窗戶上，裝飾著好幾個巨大魔石。

門的設計也十分氣派，用高級店這個詞語簡直完全吻合。

「我看看……啊啊，那裡是販售高級魔石的店家喔。」

「這是也有在批發魔石給王城的名店……嗯，這樣正好。艾因殿下，若不嫌棄要不要去看看？」

「羅、羅伊德先生——可以嗎？」

「那當然。只不過，因為有**那層疑慮**，所以我無法陪同。」

羅伊德面帶歉意開口。

所謂的疑慮，攸關艾因的身分。

「今天我穿著私人盔甲，能陪同您一起去喔。」

克莉絲笑著回應艾因。她瞄了一眼羅伊德便戴上帶來的頭盔。

這麼一來，就能隱藏那金絲般的秀髮以及美麗的容貌了。

「抱歉，能麻煩把馬車停在那條暗巷嗎？」

羅伊德指示馬夫。不久後，馬車便駛進狹窄的暗巷並停下。

「我會在這裡等，您就帶克莉絲進去吧。」

克莉絲起身下了馬車催促艾因，然後牽著艾因下馬車。

「羅伊德先生，我去去就回！」

他露出燦爛的笑容。在充滿男子氣概笑臉的目送下，艾因和克莉絲邁出步伐。

「其實前幾天，爺爺給了我一點零用錢，所以時機剛好呢。」

「陛下給您嗎?這樣就能買下中意的魔石了。」
辛魯瓦德究竟給了他多少零用錢?克莉絲產生疑問。
「順帶一提,這間店的名字是『瑪瓊利卡魔石店』,裡頭有許多魔石喔。」
大約走了幾十秒,兩人抵達店家前方。
克莉絲和艾因說明的同時,手就那樣搭上了店家的門。

「——哎呀,歡迎光臨。」
克莉絲打開門,店員的聲音傳了過來。不過——
……啪噠。
「艾、艾因殿下?您為何要把門關起來……?」
他什麼也沒說便默默地關上門。
要問為什麼,是因為那位店員的模樣實在太有衝擊性了。
「我是想去魔石店,而不是想去有特殊性癖的店喔……」
「不不不……不是的!這裡真真切切是高級魔石店啦!」
克莉絲猛烈否認,然而艾因會這麼想也莫可奈何。
店員抹油固定住金髮,赤裸上半身還穿著吊帶。再加上對方還用魔石遮住乳頭。
這樣子能覺得是魔石店還比較奇怪。
「這裡的店長……雖然是位十分有特色的人,但也是非常優秀的人喔?」
即使她一臉傷腦筋地這麼說,這用「有特色」來總結真的好嗎?他感到疑問。

艾因不禁深深嘆口氣，自己用手推開門，再次和店員打照面。

「還以為是惡作劇呢。歡迎光臨，小客人。」

「呃，您好……打擾了。」

「瑪瓊利卡先生，好久不見了。」

確認店裡沒有任何人，克莉絲拿下頭盔。

接著被稱作瑪瓊利卡的店員便露出笑容。

「哎呀，這不是克莉絲嗎？妳是陪這位小男孩來的呀？」

他暗中如此詢問艾因的身分。

「沒有錯，我只能這樣回答你。」

不過克莉絲曖昧地回應。

要說到為什麼，是因為艾因雖然已被認證為王儲，但還尚未舉辦公開亮相宴會。

由於只有公開姓名，因此在這裡也不能自稱艾因。

——羅伊德所說的的疑慮，就是這件事情。

為此，沒有穿著私人盔甲的羅伊德沒辦法陪同艾因一起進來。

「哼嗯～……這樣啊。反正都一樣是客人嘛。」

察覺到有內情，瑪瓊利卡老實地放棄。

「那麼，是需要購買魔石嗎？」

「是的，我是想看魔石而來的。」

瑪瓊利卡詢問的人是克莉絲，卻是艾因開口回答。

「哦？是你要來的嗎？」

瑪瓊利卡露出評價艾因的眼神，隨後緩和表情。

「注意不要觸碰海結晶台座上的魔石，對身體不好，還請小心喔。」

「我知道了，會小心的。」

有什麼呢……艾因探索大約十坪大小的店內。

接著，他便因為魔石氣味不會太濃烈這件事情感到放心。

以前因為從梨葡露擬妖魔石感覺過濃郁的香氣，因此原本擔心若是進到魔石店，鼻子有可能會被熏到麻痺。

不過，或許是因為經歷了控制吸收的訓練，僅僅只有微微香氣這一點幫了他大忙。

（不過話說回來，真的有很多魔石呢。）

『……』

看起來有如純金般通體金色的魔石，還有裡面暴雷四起的魔石。

甚至還有紅黑色的魔石，被放在有雕金裝飾的玻璃櫃中。並且——

「咦……？牛排？」

艾因從一顆灰色大約四十公分大小的魔石中，感覺到一股濃郁的肉香。

「哎呀，你真敏銳呢。那是純白野牛的魔石喔，是用來做高級食用肉的魔物。」

真想吃吃看。魔石讓艾因產生這種想法。

「這個嘛……因為你是克莉絲帶來的，算你30000G就好。」

艾因一邊感謝對方的慷慨，一邊從皮革錢包中拿出金幣。

「好的～收你剛好。我會幫忙包好，方便回去的時候拿。」

瑪瓊利卡拿著艾因購入的魔石走到後台。

看不到他的身影後，克莉絲向艾因說道：

「艾因殿下，您聞得到魔石氣味的事情，請注意不要被發現喔？」

「啊……對不起，是我疏忽了。」

她當然會提醒他，畢竟這是為了不流出任何一點艾因的情報。

——在那之後，艾因大約花了一個小時好好觀賞了瑪瓊利卡的店。

繼純白野牛的魔石後，還買了名為鮮綠雙足龍的魔物魔石。

價格是５２０００Ｇ，比純白野牛多少昂貴一些。

「克莉絲小姐，差不多——」

在逛得差不多時，艾因覺得再讓羅伊德繼續等下去也不好意思……便如此開口。

「嗯，說得也是呢。那麼，我們帶著東西回去吧。」

「好的～請等一下喔。」

瑪瓊利卡如此回應，便去拿艾因裝起來要帶回家的魔石。

此時，有個不可思議的聲音傳到艾因耳裡。

『……』

他轉向其方位，在那裡的是入店時看到的紅黑色魔石。

艾因有種從雕金的玻璃櫃中聽到聲音的感覺。

「來，久等……哎呀，小弟弟，你對那個有興趣嗎？」

「……是。總覺得這個雕金還真漂亮呢，就看了看裡面。」

不可能說出自己聽到了聲音這種蠢話，艾因便稱讚雕金混淆答案。

「這是特別的封印喔，是我施加上去的，為了封印這顆有問題的魔石。」

「封印……嗎？」

「據說這顆魔石有詛咒，會出現在持有人的夢裡重複說著『不是你、不是你……』的話語呢～」

聽說這是在大約五年前流轉到瑪瓊利卡的店裡。

所以才會為此封印啊。提問的艾因理解了緣由。

「真的是件怪事吧？竟然會聽到魔石的聲音，真是奇怪的傳聞。」

話雖如此，既然都施加封印了，就表示有在戒備吧。

『……』

他依然從那顆魔石身上感覺到什麼，卻不像是邪惡的東西。

「瑪瓊利卡先生，這顆魔石……加上玻璃櫃要多少錢呢？」

「那個……對不起，我沒有聽到……你剛剛說什麼？」

他大概是裝成沒聽到吧，但艾因毫不退縮。

「唔——請、請住手吧！等發生什麼事就太遲了啊！」

「瑪瓊利卡先生，這顆魔石多少錢？」

縱使如此，艾因仍繼續詢問，甚至沒回應克莉絲的制止。

（反正沒有奇怪的感覺，我覺得拿去讓凱蒂瑪阿姨調查也行。）

「……看來似乎也不是被迷惑了呢。」

他的視線銳利地看著艾因，隨後如此斷言。

店內一瞬間被冰冷的空氣包圍，大概是瑪瓊利卡做了什麼吧。

「沒問題，全都是我自己的意思。」

「……要是發生了什麼事就拿到這裡來吧，克莉絲也聽到了嗎？」

「老實說，我並不想同意，但是我知道這位大人很頑固……而且若是瑪瓊利卡先生的封印，陛下也會信任的。」

克莉絲不情不願地同意。

要是有個萬一會出現影響，頂多也只有那個聲音罷了。

「我只收這個玻璃櫃的材料費就好。300000G喔，可以嗎？」

「是的，我付得出來。」

艾因若無其事地付了錢。

這讓克莉絲想逼問他，辛魯瓦德到底給了他多少零用錢。

「我帶來的錢剛好用完了，這樣剛剛好呢。」

不過聽到這句話後，她放心了。

雖然給孩子這個金額的零用錢實在太多，但一想到艾因是王儲也能理解。

「謝謝購買。那麼這邊我也幫你包起來。」

「啊，那我等包完之前先看看其他魔石喔。」

艾因說完，便離開兩人身邊。

「真是的……王儲殿下這麼大氣的嗎？」

「唔──你、你在說什麼啊？」

克莉絲面露慌張。若要演戲，還真希望她能再更努力一點呢。

「妳不是自掘墳墓了嗎？妳說──陛下也會信任的。」

「啊……啊哈哈……那、那個，瑪瓊利卡先生？這件事還請保密……」

「我又不會對別人說……真的是受不了耶。」

硬要說的話，貴為近衛騎士團的副團長負責護衛一般貴族，這也實在太奇怪了。

雖然他一開始就抱持懷疑，不過經過剛才的自爆便完全確定。

「妳這廢柴的一面，還沒展現給殿下看過嗎？」

「什、什麼展現……我才不廢柴……！」

「剛剛自掘墳墓的又是誰呀？」

聽到瑪瓊利卡邊包魔石邊吐出嚴厲的回應，克莉絲不禁僵硬在原地。

「嗚……嗚嗚～……！」

克莉絲面紅耳赤，雙眼矇上淡淡水霧。

看到克莉絲有趣的表情，瑪瓊利卡便笑著說：

「好了好了，會被殿下看到喔？來，我包完了，妳拿走吧。」

克莉絲被輕拍了一下後背之後，走向艾因身邊。

「咦？克莉絲小姐，妳的眼睛紅紅的……」

「……只是眼睛有點癢啦。」

克莉絲戴上頭盔，將表情藏了起來。

怎麼了嗎？艾因露出好奇的表情。兩人像沒事般離開了瑪瓊利卡的店。

◇◇◇

——某日，海姆都城。

新建的宅邸屬於新誕生的子爵家，不過對子爵家來說實在太氣派了。

然而沒有任何貴族對此感到不平，一同都給予了祝福。

「唉……好無聊。」

在祝賀新落成宅邸的宴會一席，庫洛涅托著腮幫子環顧四周。

身為主角的羅卡斯家人被貴族圍繞，接受著祝福。

從旁觀角度來看還真是無聊的戲劇，她不禁想嘆口氣。

（唉……若是沒有艾因，那些人來都城也沒有意義啊。）

對這空閒時間感到無聊的庫洛涅，靜靜望著裝飲料的玻璃杯。

「小姐，若不介意是否要續杯呢？」

一位年邁的傭人詢問她。

她是勞登哈特家的僕役，也是以前曾給艾因餅乾的女性。

「……嗯，那我就再喝一杯吧。」

聽見回答，注入水果水的傭人便對看起來很無聊的庫洛涅搭話：

「真是抱歉，今晚的集會似乎不得您心……」

「不會，這並不是針對你們，只是因為沒有我想見的人，才會覺得無趣。」

「想見的人……請問是勞登哈特家的大人嗎？」

若是格林特大人，他在那邊喔？傭人這麼說著，庫洛涅卻「呵」的一聲用鼻子哼笑。

與其他烏合之眾沒兩樣，她對格林特絲毫沒有興趣。

「我對那孩子沒興趣，我想見的是艾因。」

雖然她有一點猶豫過是否不該說出專有名詞，但都無所謂了。

可能是被誤認為對格林特有興趣這件事，實在令她無法忍受。

「——您與少爺曾見過面嗎？」

接著傭人便悄悄接近，小聲地說道。

她的表情看起來有些悲傷，這吸引了庫洛涅的注意。

「是啊，我的弟弟……啊啊，是艾因弟弟公開亮相宴會那時候。我這麼說是不是比較好呢？」

她刻意言語出諷刺，想測試傭人會怎麼說。

她心想若是傭人此時表現出討厭的態度，那就算是失禮她也會回宅邸。

「不，那是少爺的公開亮相才對。」

然而年邁的傭人卻用嚴肅的態度回應。

「少爺的重要舞台——我們傭人們當初也是很期待的。」

「……這種話，說出來好嗎？」

聞言的傭人便豎起食指抵在唇上。原來如此，這是悄悄話啊。

庫洛涅露出今天的第一個笑容，開心地攀談：

「欸，可以告訴我關於艾因的事嗎？」

這位僕役一定知道。她應該願意告訴自己艾因是什麼樣的少年。

她的心情漸漸高昂，這讓她終於看到今天宴會的價值。

「他十分勤奮又溫暖，並且對待僕役也很溫柔……是位出色的大人。」

無論和羅卡斯之間發生什麼事，他都拚命地努力，就算只有他一人也不斷繼續訓練。

傭人描述他時常閱讀，雖然在某些地方少根筋，不過他待人很好，是位出色的長子。

「就連這棟新宅邸的書庫，也有少爺留下來的手寫紙──在我們之間稱為紙山──其實還保存在書架上。」

「可以做這種事嗎？要是被發現……我想你們會受到懲罰的。」

「所以，只要小姐幫我們保密……」

她明明有可能會受罰，卻一臉開心地告訴庫洛涅。

「話說回來……請您看看這個。這是少爺送給我的東西。」

「……木雕的動物嗎？」

「是的，這是少爺雕刻的作品喔。」

她拿出小小的木雕熊讓庫洛涅欣賞。

原來他也會做這樣的事啊。她在驚訝之餘也不禁感到高興。

──自己不知道的關於艾因的日常，比任何故事都讓她享受。

若剛剛說的話改編成一齣劇，她說不定每天都會去看。

「我從艾因那裡收到了一朵花喔。是宛如漫天星辰的美麗花朵。」
「哎呀哎呀……真有少爺的作風呢。」
她含糊著沒有說出是星辰琉璃結晶，並和傭人相視而笑。
當然了，傭人也知道關於坐在這裡庫洛涅的事。
曾耳聞過傳言的她一臉開心地笑著，再加上她說出想見艾因這件事，傭人感到很開心。
「——庫洛涅，抱歉留妳一個人。」
哈雷終於回到她的身邊。
看到他回來，傭人便安靜地離席。
「沒關係啊。反正我聽到關於艾因的事了。」
「……妳還是別掛在嘴邊比較好。也為了今後的計畫。」
「我明白。不過我不想被認為我的目標是別人。」
她的視線一瞬間看向格林特，哈雷便察覺其意圖。
「唉……我知道了啦。」
他一邊感到無語一邊回應，此時羅卡斯來到兩人的座位。
「打擾了，能邀請到奧古斯特大公爵家的兩位，我們家的人們也感到非常高興——初次見面，庫洛涅大人。」
穿著正裝的羅卡斯看起來十分嚴謹，大概也有許多女性被這個打扮所吸引吧。
不過儘管庫洛涅看起來毫無興趣，在嘆了一口小氣後仍站起身。
「我才是，初次見面。」

換作平時的她，這之後會接話繼續打招呼。

但是今天的對象是羅卡斯，因此她的態度僵硬，語畢後便靜默不語。

「……今天的宴會是否讓您滿意呢？」

「您不必費心，沒有問題。」

面對一臉不可思議的羅卡斯，她繼續說下去：

「因為我只有一次覺得宴會有趣。」

那個夜晚，三人共度的宴會是特別的。

羅卡斯看起來似乎有點不甘心，他想說些什麼而開口，然而——

「話說回來，格林特大人和莎穠小姐似乎感情很好呢。」

「啊……？是、是啊。誠如庫洛涅大人所言，兩人似乎相當契合。」

怎麼突然這麼說？羅卡斯雖然疑惑，不過格林特被稱讚讓他心情很好。

「——沒能和庫洛涅大人締結良緣真是遺憾。但是，希望那孩子也能成長為一位好男人……」

「呵呵。確實，聖騎士或許是一項耀眼的力量呢，只是——」

哈雷在心裡不禁抱頭。

他實在不認為自己的女兒庫洛涅……會僅止於稱讚就結束。

「也就僅此而已呢。對我來說，完全沒有感受到他作為人的魅力。正因為如此，我和他才會沒有緣分吧。」

沒有明說他根本不值得一提，只是露出乾笑。

就算是大公爵家的千金，這樣未免也太失禮了吧？

羅卡斯的內心雖然不平靜，但他早聽說過庫洛涅就是這樣的女性。
「哈哈……還真是嚴苛的發言。」
結果，他也只好抽搐著臉頰草草帶過。
「話雖如此，羅卡斯大人的判斷十分出色。因為我想讓他擔任下任當家一定會是件好事吧。」
「……是啊，選擇格林特能幫助我們家，同時也能為海姆增光。」
面對這突如其來毫無諷刺也不帶刺的話，羅卡斯再度疑惑。
大概是覺得那個表情有趣吧，庫洛涅笑著站起來，轉向父親哈雷。
「那真是太好了。那麼……父親大人，我們差不多也該離席了吧？」
「是啊，就這麼辦。」
時間也已經晚了，按照慣例要由他們最高階的貴族先離席。
「這麼說來……」庫洛涅拒絕了羅卡斯的送行後，一邊說著一邊轉頭。
「擁有作為人的魅力以及強韌心靈的，我認為不是其他任何人……正是艾因喔。」
為什麼要提到艾因的名字……？羅卡斯震驚地張大嘴巴。
庫洛涅最後留下了不得了的炸彈，心情大好地笑著離開會場。

坐上馬車後，哈雷開口詢問：
「話說回來，庫洛涅。妳為什麼會稱讚羅卡斯閣下的判斷？」
「那還用說嗎？因為那個人的判斷，艾因成為最棒國家的王族，不是嗎？」
先不論中間的糾紛，對他來說最幸福的就是在伊修塔利迦生活。

也就是說，庫洛涅從頭到尾都維持一貫的態度。

「這麼說起來，前往埃伍勒的計畫如何了？」

「……我和父親大人討論過，事情變成這樣。」

葛拉夫將當家的寶座讓給哈雷，並前往貿易都市巴德朗特靜養。

巴德朗特提供給貴族使用的住宿設施十分充實，葛拉夫就算想去那裡也不會讓人感到奇怪。

接著為了讓自己增廣見聞，庫洛涅會陪同祖父靜養，一同前往貿易都市。

——表面上以這些事推進，到時候兩人再隱藏蹤跡前往埃伍勒。

「基於二公主奧莉薇亞殿下的考量，你們兩人會先在伊修塔利迦的船上暫時待命。等到他們搬運海結晶後，再一同前往伊修塔利迦。這是討論出來的步驟。」

「……明白了。我會連同父親大人的感謝一同轉達給她。」

說不定這會成為父女此生的別離。

庫洛涅和哈雷對視，不禁沉浸在悲傷的氣氛中。

前所未聞的應考生

季節換成秋季，在早晚開始一點一滴變涼的時候。

王城的一角，騎士們的訓練場十分熱鬧。

「啊……對，沒錯……！然後一口氣追擊……！」

「哎呀哎呀，克莉絲真是的，妳就那麼希望艾因獲勝嗎？」

「那當然！若是艾因殿下，一定能獲勝！」

奧莉薇亞坐在訓練場角落設置的座位，克莉絲帶著興奮的神情坐在她身旁。

兩人視線彼端，是像競技場一樣的小舞台。

站在那裡的艾因和一名王城騎士，兩人正在進行模擬戰鬥。

「——喝啊啊啊！」

艾因雖然比平均身高要高，縱使如此也還是年幼的少年。

不過與其說有力，他巧妙運用技術和臨機應變，對獨當一面的騎士施展劍術。

「唔……實在……難以瞄準……！」

講難聽是到處竄動，講好聽是巧妙運用靈敏反應，忙著在騎士周遭採取行動。

騎士也開始消耗體力，能感覺到他的氣息紊亂了起來。

（多虧杜拉罕的魔石，還能補強體格方面……！即使有點狡猾，必須有效利用才行……！）

他不使用幻想之手，而是用劍術和體力決勝負。

話雖如此，無法否認是因為多虧大幅成長的數值，如今才能像這樣和騎士交鋒。

不過在這之中也有艾因自己的努力，並且能以技術和對方抗衡也是事實。

「……我……要贏！」

躲開騎士落下的劍，艾因趁隙鑽到他懷裡。

雖然他拚了命地想躲開，但那已進入攻擊範圍。

接著，艾因手握的短劍向上一揮。

「呼……呼……唔！」

那把短劍，抵在騎士的脖子。

瞄準了騎士正準備重振姿勢的那個時候。

「——我、我認輸。」

接著騎士將劍丟到地上，舉起雙手投降。

來到伊修塔利迦，經過了一年又幾天的今日。

艾因終於從任職於王城的精銳騎士手上獲得了勝利。

直到訓練用的木劍墜落地面發出「喀啷、喀啷！」的聲音，艾因才終於有了實感。

「我、我贏了……我贏了，母親！」

艾因露出燦爛的笑容，深深感覺到強烈的成就感。

他帶著輕盈的步伐跑向奧莉薇亞坐的位子，傳達那份喜悅。

「你真的很努力呢……艾因，剛剛非常帥氣喔。」

奧莉薇亞完全不在意他身上流的汗會不會弄髒自己的禮服，伸手抱住艾因。

「克莉絲小姐，謝謝妳平時教導我劍術！」

緊接著向劍術教師克莉絲表達感謝，並彎腰低頭致意。

大概是因為被王儲低頭致謝，她感到困惑，連忙慌張地搖著雙手。

「艾、艾因殿下！您不可以做這種事……！那個，我也覺得很開心，請您快快抬起頭吧！」

金絲般美麗的頭髮飄動，那動作和外貌相反十分可愛。

雖然不會批評她是廢柴，不過情感豐富的這一點十分有魅力。

「……來吧，克莉絲也稱讚他吧。」

稱、稱讚？聞言的克莉絲感到心慌。

要怎麼稱讚他才好？而且，竟然要她去稱讚王儲嗎？

儘管內心一點也不平靜，但她重複好幾次呼吸後便想到了主意。

「那、那麼就失禮了喔？小的要失禮了喔……！」

是在鼓起什麼幹勁啊？艾因忍住想吐槽的衝動，並靜靜等待她的行動。

接著她靠近艾因，彎下腰讓視線靠近對方。

「——您這一路走來都非常、非常地努力呢。剛剛的戰鬥真的很堅強，非常出色喔……？」

正想說她要做什麼，克莉絲便屈膝與他平視，緩緩地伸出了手。

那雙手伸向艾因的頭，並用溫柔的動作輕撫。

（我還真常被摸頭呢……畢竟年紀還小，所以也沒辦法啦。）

長長的秀髮落到胸前，某種令人平靜的溫柔香氣包圍了艾因。

「啊……那、那個……非常、謝謝妳。」

似乎是因驚訝而有些困惑，不過害臊的感覺還是勝過前者，不禁流露出複雜的表情。

「怪、怪了？您果然不喜歡嗎……？請、請不要露出那種表情啦……！」

「哎呀，克莉絲真是的，艾因並不是不喜歡——」

沒錯，他完全不覺得討厭，應該說……

「克莉絲小姐！沒事的！請不要露出那麼難過的表情！還有母親也是！我會害羞的，您不用說出來沒關係！」

眼前有張美女表露悲傷的臉，實在是令人感到衝擊的光景。

要是她流下一滴淚水，那破壞力肯定超群。

「呵呵，明明很可愛……真是遺憾啊。」

簡直像是調皮的孩子般，奧莉薇亞做了吐舌的動作。

還是老樣子那麼美麗卻又可愛呢。艾因在心裡大力稱讚她。

不過話說回來，心情真好。

他有種全身都充滿活力的感覺，甚至連腦中都很清爽，非常舒適。

接著——耳邊傳來「啪啪啪！」拍手聲。

「您做到了呢，艾因殿下！」

羅伊德不知何時來到這裡，帶著滿臉的笑容靠近艾因。

「好了，我可不允許騎士輸給要保護的殿下。太陽下山為止，你就繞著外牆跑步吧。」

「是！」

艾因獲勝一事確實該稱讚，只不過……

接獲命令的騎士向艾因和奧莉薇亞低頭致意後，跑著離開了訓練場。

「羅伊德先生，那個……這樣實在太嚴格了吧……」

「沒那回事。雖然艾因殿下變可靠是事實，不過就元帥的立場來看，若不對他做任何處罰——這是不允許的。」

「話雖如此，我也只是因為天生具備的技能，剛剛好能吸收魔石而已……」

所以就算能贏騎士，也讓他感到有些不好意思。

「不，那是艾因殿下自己獲得的結果！」

羅伊德以強硬的口吻回應。

「若是沒有修練的贈禮，艾因殿下就無法像這樣發揮力量！正因為成功發揮力量，所以可說這一切結果，都是源自於艾因殿下自己的努力啊！」

奧莉薇亞和克莉絲似乎都同意這個意見，兩人皆深深地頷首。

受到這樣直接稱讚，艾因笑得有些難為情。

「不過話說回來……這模樣還真是相當讓人難以認為是王儲呢。」

這種說法並不是貶低，算是對他的一種稱讚。

訓練用的裝備沾滿了塵土，他的手上有還沒痊癒的傷，一頭褐髮因汗雜亂。

並沒有僅僅用一句淘氣歸納，正因為羅伊德了解艾因的目的，看到這副模樣才會感到開心。

「就算只是前進一小步——艾因殿下也正漸漸靠近初代陛下呢。」

他談論起艾因憧憬的存在。

「不過……看這個髒亂程度，就算說您是王儲也不會有人相信吧。」

汗水和塵土，再加上未痊癒的傷，這般模樣實在不像王儲。

「──好了，那麼我也要去換衣服做準備了，就選在艾因殿下期望的時機開始吧。」

「……什麼？」

什麼準備？要做什麼？

艾因露出呆愣的表情望著羅伊德，後者便揚起俊俏的微笑。

「我要和騎士們進行模擬戰鬥。以往之所以沒和艾因殿下交鋒，完全是出自於擔憂危險性。可是既然艾因殿下贏過了騎士……那就是這麼回事了。」

……原來如此，那他就不客氣地虛心討教吧。

艾因用力拍了拍臉鼓起幹勁，拿起劍走向舞台。

羅伊德站在眼前的強壯巨體，充滿了超越過往的魄力。

（別說是大岩石了，這根本是座大山嘛。）

他完全沒有能擊碎對方的感覺，這次交鋒將如字面般僅止於「討教」，結果簡直一目了然。

不過，面對與超大國伊修塔利迦的頂點──元帥羅伊德的模擬戰鬥，艾因的心中湧起強烈興奮。

（他是靠努力爬上頂點的人，一定難以對付……）

「艾、艾因殿下！羅伊德大人他，那個……很不擅長應付下段（註：劍術起手式之一，下段為劍尖朝下的姿勢）！」

克莉絲以雙手當擴音器大喊，艾因哈哈笑著回應。

「等等，克莉絲！不、不可以告訴他這種情報！」

奧莉薇亞在她身旁掩嘴失笑。

另一方面，克莉絲其實也猶豫過要不要說，但最後想為艾因加油的心勝過了一切。

「還有嗎？沒有其他的了？」

「沒有了！所以……還請您加油啊！」

她緊閉雙唇，兩手交握並擺在胸前，是認真在為艾因加油吧。

（沒有了嗎……我還是會努力啦。）

接著艾因在恢復體力後，朝著羅伊德踏出了一步。

「——等、太奇怪了啦！羅伊德先生！那不是可以展現給六歲孩子的力量啊！」

明明使用的是訓練用的木劍，為什麼會變成這樣？

看見彷彿有小隕石掉落而挖開的地面，那超乎規格的力量令人訝異。

「可是竟然能躲開剛剛那一下……您真的成長得很出色呢……！」

這種攻擊他怎麼可能接得下來！艾因拚命地躲避攻擊，同時觀察情況。

羅伊德既敏捷又堅固，而且強過頭了——不久……

「我、我認輸……」

他自覺羅伊德對自己來說，是為期過早的對手。艾因到了極限，便呈現大字倒在地上。

時間僅過了數分鐘，不過他還想好好稱讚自己打得好呢。

「那個……您要水嗎？」

「啊，克莉絲小姐……雖然我想喝水，不過妳現在別靠近我比較好喔。」

「咦？為、為什麼？」

艾因以疲憊的模樣回答因體貼而靠近的她：

「……我消耗太多體力了，有可能會不小心吸到妳的魔石……之類的。」

接著她慌慌張張地後退，並用雙手緊緊抱住豐滿的胸口。

「不、不可以吸喔……？」

（克莉絲小姐為什麼要壓著胸口啊？）

就這樣，艾因今天也結束了訓練，疲憊不堪地朝浴室走去。

——這天晚上。

做好睡覺的準備後，艾因來到奧莉薇亞的房間。

「艾因也差不多要準備去學園了呢。」

兩人坐在沙發上漫無目的聊著天時，她突然說了這句話。

季節已來到秋季，只要冬天到來，艾因就滿七歲了。

這麼說來，這裡確實有學園呢。艾因對學園產生了興趣。

「我要去什麼樣的學校呢？」

「是位於都城，父王擔任理事的學園喔……如果你比較想去別的學園，也是有港都的學校……」

但是那樣就得和奧莉薇亞分開獨自生活。
她此時浮現淡淡的淚光便是最好的證明。
「我覺得都城的學園最好。我不會和母親分開的。」
兩人相鄰坐在沙發上。
大概是聽到艾因的話而感到喜悅，奧莉薇亞把艾因抱到身前。
「真是的……艾因真是好孩子呢。若是這樣，應該會用水上列車往返都城學園吧。」
「咦？王儲可以坐水上列車上學嗎？」
「反正有衛兵會跟去，沒問題喔。」
原來如此，只要有衛兵就可以了嗎？
比想像中還不森嚴，讓他感到訝異。
「對了，我來告訴艾因你要去的學園是什麼樣的地方吧。」
奧莉薇亞開始針對都城的學園進行說明。
學園的名字，叫伊修塔利迦王立君領學園。
「君領」是伊修塔利迦都城的名字，似乎就直接拿來使用了。
只不過麻煩的事情是，似乎也有不同於王立的「國立君領學園」。
（真是難以區分耶……改名啦……）
王立這一邊，不愧是學園名稱帶有王立，理事長就是辛魯瓦德。
再來難易度方面也是王立較困難，和國立相比，固定學生數也只有一半以下。
「然後，應試可以選擇自己擅長的領域去挑戰——」

例如歷史或是法律學問等等。當然了，也能以劍術及魔法優劣來應試。

然而艾因不禁猶豫了。

「我的強項在於毒素分解ＥＸ還有黑暗騎士，但是……」

對於他的技能要使用在哪裡，這一點是個難題。技能過於異類，究竟是否真的能使用出來，也讓人猶豫。

「是啊……我也認為這兩者的用途很困難。」

黑暗騎士這項技能，一般來說不會寄宿在人類身上，所以應該要避免在考試時使用。

這麼一來，就必須使用毒素分解ＥＸ。不過，因為毒素分解ＥＸ也有其特殊性，目前還沒有公開的預定。

「那就只能用劍術應考……？」

「雖然不能使用難得的力量很可惜，不過這麼做是最好的。」

「說得也是……那麼，我就選擇用劍術應考吧。」

只要展現出被羅伊德和克莉絲兩人磨鍊出來的劍術就好了。

艾因的努力甚至獲得了修練的贈禮，再加上來到伊修塔利迦之後仍持續不斷的訓練。

正因為有這兩者，現在的艾因——

「艾因已經能贏過王城騎士。就算是劍術考試，也一定沒問題的。」

「我會努力看看。話說回來，考試是在什麼時候呢？」

「因為有很多應考生，所以在冬天之前每個月都會舉辦一次考試喔。」

既然每個月都有舉辦，那就迅速解決吧。艾因如此心想。

這種事沒有必要拖到後面再做。

「若是這樣，我也想快點考完試，可以去參加看看日期最近的考試嗎？」

「嗯，知道了。那麼我會先辦好必要手續。」

◇◇◇

他並不會特別為了應試做訓練。

因為艾因平時就接受著並非王儲會做的訓練。

一大清早就開始揮舞長劍，過了中午專心研究學問，晚上再進行較短的訓練，並做睡前研讀。

「艾因殿下，要不要外出轉換一下心情呢？」

在確定要接受考試的幾天後，克莉絲對放假的艾因說道。

「……外出？我確實是想轉換心情……但要去哪裡呀？」

今天天氣很好，早晨的太陽令人感到舒適。

克莉絲來到在王城中庭讀書的艾因身邊。

他們兩人相處似乎融洽許多，雖然只是慢慢地，不過克莉絲的語氣也漸漸變得柔軟。

「因為還沒舉行公開亮相宴會，所以就去位於王城後方的沙灘吧。」

「咦？還有那種地方嗎？」

據說王城後面有個小小沙灘，也兼具緊急逃生功能。

儘管是外出但距離也很近，拿來轉換心情似乎也不壞。

艾因從草地上站起來，跟在克莉絲身後前往沙灘。

兩人鞋底的喀啦聲響迴盪在城堡的大廳之中。
表面被磨出光澤的石材，今天也散發出某種神聖的氣息。
艾因也開始漸漸習慣，偶爾和傭人或騎士擦肩而過時，他們會低頭招呼。
走在他前方的精靈族美女——克莉絲。
就在他望著那氣質高雅的走路姿勢時，她不經意地絆了一下。
「唔——呀！」
鞋子前方摩擦到地面，其中一隻腳失去平衡。
她不會跌倒。不過雖然僅有一瞬，但確實產生了縫隙。
「……來，艾因殿下，在這裡。」
「我知道。還有腳沒事嗎？」
望著想以笑容蒙混過去的她，艾因莫名產生想點出來的心情。
聽見艾因的話語，克莉絲的身體僵硬，笑容抽搐靜默不作聲。
「腳，沒事嗎？」
他開始覺得有趣起來。
艾因不讓她裝沒事，純粹以擔心的模樣詢問。
「唔……嗚嗚……您、您是明知故問吧……？」
當然了。不管從哪裡怎麼看都很明白。

「咦？被發現了啊？」

「您、您果然是奧莉薇亞殿下的孩子呢……呼嗚，艾因殿下真是的。」

這也是當然的，畢竟就是母子，會像也莫可奈何。

艾因終於露出笑容，一臉惡作劇成功的樣子。

「真是的……哦，我們到了喔。」

接著，她停在道路的深處……陽光照不太進來的地方。

「通往沙灘的門意外地很樸素呢。」

「是啊，因為不怎麼有機會用到。不過……這是個好地方喔。」

門是木製品，雖然並沒有特別古板，但是和王城其他門相比較為樸素。

發出輕微的嘎吱聲，門打開後灌進了冰冷的風。

「——真的耶，真是好地方呢。」

走了幾步路，雖較為精簡但也是出色的沙灘。

走下石磚製成的斜坡，他站上白色沙灘。

淡藍色的海澄澈無比，和周遭岩石融合的景致相當美麗。

「雖然現在已經變冷，不過溫暖的季節還能游泳喔。」

「順帶一問，克莉絲小姐會游泳嗎？」

「這個嘛～……啊！要不要再靠近海邊一點呢？」

她不會游泳啊。可是畢竟才剛剛欺負過她，所以現在就先不問了。

腳踏在滑順的沙灘上，艾因和克莉絲一起前進。
「艾因殿下，入學考試準備得還順利嗎？」
「唔～嗯……儘管要準備入學考試，其實我認為平時的訓練就已經足夠了。」
倒不如說若有在這之上的訓練，他還真想問問看呢。
「也是呢。即便這麼說有點不好，既然都贏過王城騎士，錄取可說幾乎成定局了。」
「經妳這麼一說……確實是。」
兩人緩慢地靠近附近的岩石區，一邊聽著海浪聲一邊聊天。
海風吹起克莉絲的秀髮，綁著馬尾的髮帶鬆脫開來。
「啊……不好意思，我重新綁好。」
她伸出骨架優美的手指拿起繩子，並用嘴叼著髮帶梳理頭髮。
宛如金絲般的豔麗秀髮完全沒有纏住手指，就在她整理頭髮而露出白色的後頸時，艾因不禁驚覺。
（好、好強烈的刺激……）
光是動作就十分妖豔了。
而且對象還是克莉絲這樣的女性，要男性不看入迷還比較難。
每當髮絲飄起就會傳來的花香挑逗著腦袋，艾因的心跳不禁加快。
終於在她綁好頭髮之後，艾因也總算平靜下來。
「奇、奇怪？艾因殿下，您的臉很紅……是身體不舒服嗎？」
完全沒有察覺到他的心思，克莉絲若無其事地詢問。
這一點莫名讓艾因感到不甘心，不禁苦笑。

「不，我只是覺得克莉絲小姐意外地很狡猾而已。」

「我嗎？咦、咦……雖然不是很清楚，但是不是有點不講理……？」

確實很不講理，然而唯有這一點，撩撥男人心的她也有責任。

沒錯。艾因將錯就錯，繼續傾聽海浪聲。

「……真是的。」

她不悅的聲音發出今日不知道是幾次一樣的話語。

不過，那也僅只一瞬。

「這麼說起來……考官是挺有名的人喔。」

「也就是很強的人嗎？」

「比王城騎士還強。他原本是有名的冒險家，在引退之後邀請進來的。」

面對這符合難度最高學院的關卡，艾因不禁興致高昂。

而有名的冒險家一詞，也是讓他興奮的要素。

「不過不用取勝，只要展現出實力即可錄取，還請您放心——」

「不，我會以勝利為目標。不能做出現在立刻放棄這種沒出息的事。」

艾因凝望著海浪的眼瞳，和以前相比十分可靠。

訝異的克莉絲看見這一幕，手不禁掩著潤澤的雙唇微笑。

「呵呵……當天由我帶您進去，期待艾因殿下的勝利。」

浪濤聲與她的聲音。

雖然和音樂盒不一樣，但聽起來是相似的溫柔音色。

拿來轉換心情剛剛好呢。

對近期累積的疲勞也十分有用，他的腦袋漸漸感到清爽。

——於是艾因忽然冒出一項疑問。

「克莉絲小姐和羅伊德先生贏得過父親大人……羅卡斯嗎？」

「啊……啊哈哈……您要問這個啊？」

她困擾地歪著頭。

「這不能問嗎？」

「不會不會，這並不是不好的問題——唔嗯，明白了，我就讓您看看答案。」

克莉絲輕輕咳了一聲後站起。

她將掛在腰邊的劍連同劍鞘一起取下，和艾因稍微保持一點距離後出聲：

「我現在要把這個放到沙灘上。請您注意，從劍掉落的瞬間開始，不要看丟我。」

「……？嗯，我知道了。」

她沒有回答他的疑問，不過艾因好奇地點頭。

接著克莉絲便如她所說地放手，劍不到幾秒便落在沙灘上。

「——唔！」

明明被叮囑過不要看丟她，克莉絲的身影卻在眨眼的瞬間消失。

她去哪裡了？艾因慌張地環顧四周。

「我在這裡喔，艾因殿下。」

肩膀被戳了戳，艾因回頭便看見克莉絲。

她屈膝蹲下，平視艾因的雙眼說話。

「妳、妳什麼時候跑到這種地方……」

「就是在劍落地的瞬間啊。羅卡斯閣下應該也會和艾因殿下一樣看丟我才對……也就是說，我比他要強。」

艾因對於她實踐答案，並切身教導他這件事感到感激。

「還有，羅伊德大人就算純粹靠力量應該也能贏。」

「……我想也是。」

他前幾天經歷了與羅伊德的模擬戰鬥。

確實啊，畢竟他是能用木劍做出那種事的男人。

艾因覺得他光靠臂力也能贏。

「不過，沒問題的。艾因殿下遲早也會變得能看穿我的動向。」

克莉絲蹲著，手在併攏的膝蓋上交握，露出如寶石般的笑容說：

「那不知道是幾年後呢。」

「……大概是，十年左右吧？」

「原來如此……真久。」

雖是莫可奈何的事，不過要走的路似乎還很長呢。

「呵呵——沒問題的，您現在才正要開始啊。」

看著一臉沉思的艾因，克莉絲笑得一臉高興。

（想變得和初代陛下一樣強大——即使我是這麼想，但不超越羅伊德先生和克莉絲小姐不行啊～）

障礙很高。不，是太高了。

他知道必須要跨越，不過似乎會很辛苦。

「伊修塔利迦應該沒有比克莉絲小姐和羅伊德先生更強的存在了吧？」

「……不，是存在的。」

她重新落坐在艾因身旁，用比較認真的嗓音回答：

「去森林的時候，羅伊德大人有說過存在巨大的龍吧？」

「是，他是有說過……」

「——那是叫做海龍的國難級魔物。海龍會隔個百年、兩百年的一段長時間出沒一次，並奪走許多性命。」

羅伊德說過，其大小比戰艦還要巨大。

那確實不是僅靠一個人類能夠處理的魔物。

「還有魔王的親信也還活著。我以前曾經感受過那氣息——」

她說當時感受到壓倒性的強大，彷彿打從一開始就沒有一搏的希望。

……本來以為是和平之國的伊修塔利迦，還潛藏著幾個威脅。

艾因感到緊張，不過在過了一段時間後用力地點頭。

「我會變強到能夠打倒他們的。因為不做到這樣，便無法達成目標。」

「記得艾因殿下的目標是……初代陛下對吧？」

「是，沒有錯。」

克莉絲的手指放到唇邊，露出不解的神情看著艾因。

「這麼說起來，您為什麼會以初代陛下為目標呢？我似乎沒有聽說過……」

「咦？我沒有說過嗎？」

她嗯了一聲，點點頭。

仔細回想，他確實沒有將核心部分說出口。

「——一開始，我是想讓海姆對我刮目相看。」

「明明已經和海姆沒有瓜葛了……卻仍有這個想法嗎？」

「縱使如此我還是很不甘心。只不過最根本的理由，是因為連母親都被蔑視了。」

「……原來如此。」

回想起魔王與初代國王的傳說，艾因繼續陳述：

「我懷抱憧憬的時候，是才剛成為王儲的時期。不知道自己究竟該怎麼做才好……但是那份不甘心卻一直留在心裡。」

「您就是那時候知道了初代陛下的事情嗎？」

這並非讓人費解的理由。

克莉絲意味深長，並贊同艾因地對他點頭。

「所以我明白了，想要一次解決煩惱，以初代陛下為目標是最好的方法。」

「呃……咦？不好意思，您的話似乎一下跳掉太多過程……」

煩惱？解決？克莉絲感到困惑。

「只要我變強，就能讓海姆刮目相看，也能抹除母親被蔑視的過去。而且作為王儲，若能成為像初代陛下那樣的人也很棒——所以，我才會選初代陛下。」

「就、就因為這樣，您就把打倒了魔王的那位大人當作目標嗎……？」

就因為這是最好的方法便想以那個境界為目標，他的精神狀態讓人存疑。

不過艾因露出天真的笑容點頭。

「就是啊。或許是因為吸收杜拉罕的魔石而變強勢了，不過我認為這個選擇是正確的。」

就連說出口會讓人覺得可笑的決心，都因為獲得力量而進一步得到實現的自信。

所以，艾因才能把這件事當成是目標。

「面對大家都尊敬的初代陛下，這樣的理由會很不敬嗎？」

「……不，我想初代陛下會感到開心吧。因為繼承血脈之人說要以自己為目標。」

真不知道他是傻瓜還是大器。或許會有人這麼想吧。

然而克莉絲這麼想：

這孩子將來會是大人物，終有一天會讓我看到很壯觀的東西——

「那真是太好了。從今以後訓練也麻煩妳了。」

——那之後兩人待在海邊大概聊了一小時。

到了午餐時間，艾因肚子開始餓起來，兩人這才離開祕密的沙灘。

◇◇◇

和克莉絲聊過的幾天後，入學考試當天早上。

她和之前去瑪瓊利卡店裡時一樣，戴上頭盔遮掩容貌。

（過來這裡意外地花時間呢。）

艾因離開王城後，來到伊修塔利迦以最為龐大聞名的白玫瑰車站。

這次搭乘的並非王族專用列車，而是民生列車。

搭上水上列車後大約搖晃十五分鐘，在離學園最近的站下了車。

「竟然有這麼多人啊。」

他一邊朝著考試會場前進，一邊面對克莉絲開口。

「這裡雖然是都城之中，卻也是被稱為學園都市的地區。不只是學生，也會有許多研究者和監護人前來，因此總是很熱鬧喔。」

面對這似乎會錯認成祭典的熱鬧，艾因不禁感慨。

「雖然不喜歡人擠人，我會努力合格的。」

不經意地看了看周圍，也看到幾個人帶著騎士當護衛。

「也有很多貴族的孩子呢。」

「是啊……因為都城的孩童基本上都會來這座學園都市上學。」

那當然會這麼熱鬧。克莉絲露出苦笑表示理解，繼續說出震驚他的發言：

「話說回來，羅伊德大人的孩子也就讀王立君領學園喔。」

面對這過於震驚的言詞，艾因一時沒能反應過來。

他睜大眼睛，張大嘴巴看著克莉絲。

「羅、羅伊德先生的？……咦？原來羅伊德先生結婚了嗎？」

「奇、奇怪……原來您不知道嗎？我還以為您知道……」

雖然因為頭盔看不見克莉絲的表情，不過艾因感覺得到她露出困惑又傷腦筋的笑容。

「我完全沒有聽說。」

「唔……嗚嗚……怎、怎麼辦……」

克莉絲開始煩惱該怎麼辦。

看來她似乎在煩惱，這件事情該不該由自己說明。

「不、不不不……！既然是艾因殿下，那沒關係吧……沒有問題，嗯。」

彷彿在為自己加油打氣，克莉絲碎碎唸完後，清了清喉嚨便看向艾因。

「羅伊德大人的夫人，就是瑪莎小姐喔。」

「呃──妳、妳騙人吧？」

他當然會驚訝，畢竟──

「那麼嬌小的瑪莎小姐，和巨大到像是野獸般的羅伊德先生是夫妻……？」

這令人過於震驚的事實，讓艾因失去平時的冷靜。

「請您冷靜點。有許多人也是這麼想……不，應該大家都是這麼想的。」

「對吧？而且他們兩人一點也沒有夫妻的感覺。」

「兩位畢竟有各自的立場，所以只是在宮內不會表現出那樣的舉動。」

既沒有看起來像夫妻的對話，也沒有那種行動。

艾因之所以沒有發現，就是因為這層理由。

說穿了，艾因基本不會離開王城。

所以他有時會不清楚外部的情報，唯有這一點莫可奈何。

——就在聊著這個話題的期間，兩人抵達考試會場王立君領學園。

雖然剛才得知了令人衝擊的事實，不過他此刻切換心情，為了前往應試而繃緊神經。

「這裡就是王立君領學園喔。」

（好大……與其說是學園，根本是城堡嘛……）

他第一眼產生的感想，用這句話就能表達。

巨大的門裡並排著好幾棟建築物，翠綠的草地一望無際。

學園用地大到讓人懷疑裡面該不會可以建立一個城鎮吧？

「不愧是王立……」

「啊哈哈……哦，艾因殿下的考試會場似乎在那裡。」

克莉絲指出的方向，有一棟許多孩童聚集的建築物。艾因也看到了之後——

「那麼——我會努力，去去就回。」

考試會場只有應試者可以進入。

請加油吧。接收到克莉絲的應援，艾因拍了拍臉頰並踏出步伐。

穿過學園的門，艾因尋找要前往的考試會場。

艾因要接受的是可以使用劍，也能用體術戰鬥的武技相關考試。

再加上只要不是類似投擲道具的攻擊，也允許使用技能戰鬥。

（我看看……應該是那邊吧？）

一手拿著自己帶來的指南，艾因在學園內前進。

「……喝啊啊啊！」

突然從有些距離的地方傳來少年的喊叫，他察覺到那同樣也是應考生。

經過數棟建築物，最後來到一個小小的像是競技場的地方。

映照在艾因眼裡的，是在中央揮舞長劍的少年，以及承接他攻擊的男人。

「你那什麼狼狽的樣子！還不快點給我滾回家！」

承接攻擊的男人——恐怕是考官的聲音傳到艾因這裡。

（那個人就是克莉絲小姐口中的考官啊，是說……嗚哇，嘴巴也太壞了吧。）

「可……惡……」

聽到考官的話，應考生少年不禁流下眼淚，露出不甘心的樣子。

事已至此，他的考試已經結束了。

「哼！就憑你這傢伙別說海龍了，連低級魔物都贏不了！不錄取！」

然而，這裡可是王立學園。

是培育侍奉王人才的場所，就算揀選方式嚴苛也在所難免。

而且剛剛的少年若是沒有哭泣，展現出自己的骨氣，或許就能獲得不同的結果了吧。

「是！請多多指教！」

下一位應考生向前走去。在這個王立君領學園，應考生不能自報姓名。

這是為了避免貴族的孩子，或與學園有關係的人員獲得特殊待遇的措施。

艾因聽到這條規則時，覺得心情變得輕鬆並放下了心。

「哼！你也一樣不錄取！配不上這所學園！」

就在忙亂之中輪到艾因上場。

雖然不能說完全不緊張，他用手輕壓胸口，感受到超乎想像的寂靜。

然後看著考官了解了一些事。那就是他的實力比起王城騎士還要強。

不過，艾因並不認為——自己的力量對他來說是無用的。

「請多多指教。」

呼出一口氣後，艾因向前。

「來吧小鬼，贏下錄取資格給我看。」

這句話就是戰鬥的暗號。艾因握緊木劍擺出臨戰姿勢後，一下子拉近與考官的距離。

「唔——哦……挺能幹的嘛！」

他絲毫不在意考官的稱讚，持續進行攻擊。

瞄準腳、瞄準關節、瞄準脖子。他不固定目標，多方攻擊幾個部位，不讓對方猜到他下一個攻擊的目標。

「哼！可別以為這種小孩子的小聰明有用！」

「唔……啊！」

兩人體格差距頗大，他的側腹一下子吃了一擊。

考官的武器也是木劍，卻一下子擠出艾因肺裡的空氣。

「哼，完全依賴數值啊，技術根本追不上，看來你的老師也沒什麼大不了的嘛！」

雖然大概是為了考驗他才如此毒舌，但是這會不會破壞他的心情就另當別論了。

羅伊德和克莉絲他們被間接侮辱，他的心裡開始積蓄不滿。

「不，再請多指教。」

考官很強。和克莉絲說的一樣，是個相當有實力的人物。

至少比王城騎士要高強幾階……不過──

「……那就再告訴我一次自己有幾斤重吧！」

「是、是……請多多指教……」

只是竟然能講出如此汙辱，也真令人訝異。

即便他懂這是出自於要求應考生在精神方面的強韌度……

「不知天高地厚的傢伙，大多都是因為父母太散漫，你這傢伙也一樣吧……！」

（原來如此──來這招啊。）

……我要用黑暗騎士。艾因下了決定。

儘管是為了考試而挑釁學生，聽到奧莉薇亞被侮辱，艾因不再忍耐。

因為要是在這裡不為所動，就等同於接受對方侮辱她。

（克莉絲小姐，對不起，唯有這一點不能退讓……！）

──了解自古至今魔物的研究者，是這麼評價杜拉罕的。

若要和牠們戰鬥，絕對不能接受一對一單挑。

若要和牠們戰鬥，絕對不能在牠們的攻擊範圍內戰鬥。

在劍術方面無人能比的最強劍士，那就是人稱杜拉罕的魔物──

「雖然知道是工作所需，但我能不能接受就另當別論。」

艾因喃喃自語。他漸漸將力量注入全身，閉上眼睛提升專注力。

「小鬼你剛剛說了什麼嗎？……如果有時間……抱……怨……」

他還沒辦法完全駕馭黑暗騎士的能力。

不過，唯一能做到的就是幻想之手。

就像樹妖族與生俱來便會吸收一樣，對杜拉罕來說，幻想之手亦是同等技能。

（來吧，吸食魔力變大吧……！）

比起注入魔力，艾因傾向讓它吸食魔力。

不愧是依照提供魔力量的多寡就能自由控制強度，那隻手可說是魔力貪吃鬼。

若是任憑憤怒暴走讓它吸食魔力，就能發揮無止境的力量吧。

「小鬼……你在做什麼！」

看見顯露出來的黑色氣場，考官逼問他究竟在做什麼。

「早知道會這樣，就應該事先多測試一下幻想之手。算了，只要一點一滴加強就行了吧。」

接著出現的黑色觸手變得強壯並節節分明，讓看到的人只是一個勁地感到震驚。

出現的幻想之手有兩隻，從艾因的肩胛骨處冒了出來。

「這並不會噴火之類的，沒關係吧？」

這不是投擲道具，所以沒有違反規定吧？艾因詢問。

「我是叫你給我解釋！」

「不需要解釋吧？又沒有這麼規定。」

面對慌張的考官，艾因用冷漠的眼神如此回答。

這彷彿反挑釁他的態度，是不允許出現在身為應考生的艾因身上的。

然而對奧莉薇亞受到汙辱的怒氣，讓他無法壓抑自己。

「——雖然不知道這是什麼技能，不過也罷。如果只是手臂數量增加就會變強，那麼蟲可就比你強了……呢！」

考官使用比剛才更強的力量，加快速度瞬間進入艾因的範圍，並揮劍朝艾因的肩膀落下。然而——

「還真是靈巧的手臂啊……嘖！」

一邊的幻想之手抓住考官揮下的木劍。

接著這次，艾因用自己的雙手面對考官高高舉起木劍。

「哼！雖然只是增加了手……但手的數量這麼多可真麻煩。」

（……這個人果然非常強呢。）

考官很強。就連現在艾因的攻擊，他都能靈巧地應對。

方才展現的訝異，大概純粹只是對異變感到驚訝而已吧。

「和剛剛說的不一樣呢……喝啊！」

他用另一邊的幻想之手猛然揍向考官。

不過這下也被靈巧到極點的考官用手臂防了下來。

「唔……嗯……還真是沉重啊，該死！」

這樣下去會呈現膠著狀態。此時的艾因下定決心。

「不，還需要一點……既然這樣……」

為了打倒對手，吃吧。艾因對幻想之手傳遞強烈意志。

考官也察覺到這個情況。

「……小鬼，你強化了呢。」

宛如血管吸收血液，幻想之手劇烈地脈動。

配合著脈動開始散發淡淡蒼藍光芒，加強了考官的警戒。

「這次就由我主動進攻。」

艾因拉近和考官之間拉開的距離。但是艾因的速度絕對不算敏捷。

這可說是杜拉罕的性質，也可說是強化力量和硬度的副作用。

「雖然會用些怪招，不過還好你這傢伙的動作遲緩……喝！」

艾因揮下的劍被考官防禦下來。

然而，大概是因為這一擊使力猛烈，考官不禁穩住下半身用雙手防禦。

「——那麼做好嗎？」

艾因用冰冷的眼神如此說道。

考官瞬間受到毛骨悚然的感覺籠罩，看向從艾因背後出現的黑色手臂。

那黑色手臂朝著雙手並用的考官蠢蠢欲動。

……不過，考官也展現毅力。

「才不讓你得逞……唔！」

他硬是扭過身，躲過伸來的一隻幻想之手。

然而剩下一隻卻沒能躲過，只能用裝備在手臂上的防具進行防禦。

「……已經沒辦法再用那種防禦撐下去了喔。」

艾因殘忍地說道。

經過強化的幻想之手能輕易地貫穿那種程度的防禦。

考官被幻想之手的力量推飛，在考試會場的地面打滾了好幾公尺。

「呼……呼……到底是怎樣啊？真是的……還是第一次遇到這種小鬼……！」

「那還真是光榮。那麼就繼續——」

這種程度已經只能老實稱讚。考官拖著身體站起來，將劍扔到地上舉起雙手。

「別說蠢話了！考官竟然會在考試上打輸，根本前所未聞吧……你錄取啦。」

考官宣布他錄取，然而在此同時，艾因不禁感到後悔。

當然是因為使用了黑暗騎士，不過也因為自己對考官的態度，讓他感到自責。

「……那個，擺出自大的態度，真的非常抱歉。」

「彼此彼此吧。真是的，虧我還要監考，這下得拜託別人來代替了。你一定會是這個學園史上第一個——打倒考官的新生。」

接著考官從懷裡拿出一張紙。

「這就是錄取證明書。可別弄丟了啊，之後辦手續會用到。」

「是、是的，我明白了。」

考試一結束，無論是因憤怒生產過剩的腦內物質，還是充斥全身上下的燥熱，全都消聲匿跡。

剩下來的只有純粹的疲勞，以及對自己失控激昂的一點後悔。

不過錄取就是錄取。艾因吐出一口氣。

好了，結束考試的艾因，帶著複雜的心境離開會場。
走過來時通過的路，回到克莉絲大概會在的學園大門。
「艾因殿下，恭喜您錄取。」
她在大門等待艾因出來。
和往常一樣的溫柔聲音，不知為何聽起來和平時不同。
「謝……謝謝妳的祝福……嗯。」
因為頭盔的關係，艾因看不見她的表情。不過感覺得到靜靜的怒氣若隱若現。
「您應該累了吧，非常抱歉，回程路上要說教……不，有些事必須告訴艾因殿下，您明白嗎？」
克莉絲知道艾因使用了暗黑騎士。
就算彼此有距離，她仍能感應到他釋放出來的黑暗騎士氣息。
「欸，克莉絲小姐。」
「是，什麼事？」
克莉絲以僵硬的聲音回應。
但是其中讓人感到莫名冰冷的音色，讓艾因露出苦笑。
「妳是賭氣地在生氣？還是純粹在生氣？」
「兩邊都是。」
問題很抽象，不過克莉絲似乎有接收到他的意思。
那應該沒問題吧。艾因這麼想。若有些賭氣成分，還有挽回的餘地。

「儘管是為了考試，和克莉絲小姐你們共度的時光被汙辱，就算是我也會生氣。」

正確來說，那後面的話才是壓垮他的最後一根稻草，但他沒說謊。

實際上，艾因從那時候開始就感到煩躁了。

「唔……唔……！就算是這樣也不行！因為您用了不可以展現給人看的技能，就算您是抱著那樣的心情也……！」

感覺還差一點。

雖然他很清楚自己做了壞事，但現在覺得很疲憊，希望可以不要接受說教。

「……唉，我想陛下會透過學校關係聽說這件事喔。」

「比起這件事，我不小心讓考官受傷了，那個樣子……不要緊嗎？」

「學園有專門的治療師。而且這是受了傷的那方不好。我也認識那位考官，他原本是有名的冒險家，也是相當有實力的人物。」

祖父辛魯瓦德不知會有什麼反應？

即便艾因多少感到有些憂鬱，總之想先回王城好好休息。

（從明年開始要上學啊……是很期待啦，不過庫洛涅什麼時候才要來這裡呢？）

艾因回憶起公開亮相宴會那天，和她初次見面時的事情。

不久前他寄了信回去，但在那之後就完全沒有收到回信。

不過沃廉他們應該有在幫忙聯絡。艾因如此相信他。

（在新春來臨之前……見得到嗎？）

雖然學園的生活也是，庫洛涅要來也讓人期待。要他只是乖乖等待，不禁讓他感到蠢蠢欲動。

艾因想著這件事，便感覺身體累積的疲勞似乎受到撫慰。

◇◇◇

那一天的埃伍勒迎來了兩組客人。

一方是伊修塔利迦船團，另一方是從海姆來的大貴族。

好幾艘伊修塔利迦的船並列著。

人員拿出庫洛涅從未見過的巨大魔具，進行著海結晶的挖掘作業。

「……那是普通的調查船？」

「嗯，那肯定不是戰艦。若是戰艦，會是更巨大的船喔。」

聽了祖父的話，庫洛涅訝異得愣在原地。

不知道一艘調查船的價格是多少。不，是她無法預測。

面對與海姆過大的文明差距，她的思緒還跟不上。

「但、但是……就算對象是調查船，海姆的水軍還是打不贏吧？」

「哈哈哈！怎麼可能贏得了嘛！簡直是以卵擊石啊！」

這簡直到了自虐的境界，葛拉夫也只能笑了。

接著伊修塔利迦人的聲音傳到那樣的兩人身邊。

「轉告三號船，現在開始展開兩翼進行作業。」

「是——三號船，這裡是司令部。按照規定，展開兩翼。」

站在附近的伊修塔利迦人們。

聽著他們的對話，庫洛涅再次被震驚。

「……不、不會……吧？」

調查船聽從指示，一瞬間便進行展開。

動作迅速，合作無間，甚至令人畏懼地精準。

這讓她窺見技術方面的差距，同時再次認知到統率力之高。

若是要和他們打仗，海姆肯定在不知不覺之間就被全體包圍了。

「哎呀，原來兩位在這裡啊。我們的船如何呢？」

前來攀談的男人——他是伊修塔利迦的文官，負責引導兩人的工作。

「……是啊，真是不斷感到驚訝。」

「那真是……有讓二位樂在其中，倍感光榮。」

接著他引導兩人前進。

「請來這邊，我們有為各位準備房間。」

他伸手指向一艘船。

是一艘和陸地緊貼的調查船。

「那艘船裡，準備了我們的房間？」

「是的。二公主殿下囑咐過，接下來有一個月的期間要讓各位過得舒適。」

庫洛涅緊緊握住手，向海的另一端，伊修塔利迦的方位傳達感謝。

「……我由衷地感謝二公主殿下。」

「是啊，公主是位心地善良的大人——那麼，請跟我來。」

兩人繼文官之後邁開步伐，沿著海邊走下斜坡慢慢地前進。

有時猛然打來的浪濤聲，讓他們感覺到和海姆的差異。

「抱歉，稍後能不能搬入我們的行李呢？」

「啊啊，不不不，我們已經幫您搬運好了，還請放心吧。」

「唔，嗯，十分感謝。」

葛拉夫之所以會愣住，是因為伊修塔利迦的效率實在太好了。

就算什麼也沒說，也能迅速完成工作……他再次切身體會到他們的能幹。

接著兩人抵達調查船的入口處。

那裡和海姆的船不同，既堅固也帶著一股高級感。

「今後一個月，就請各位在這裡休息。」

他重複說了一次剛剛說過的話。

葛拉夫和庫洛涅，以及兩人帶來的侍從，將在這艘船上度過一個月的生活。

那麼所謂的理由是——

「理由正如同先前說明的，是為了不讓兩位曝光。雖然這麼一來要讓各位等待我們一個月的工作期間，還望各位諒解。」

那種事根本小菜一碟。因為只要稍微忍耐一下，就能夠去伊修塔利迦了。

「你客氣了，我們很感謝。」

硬要說的話，他們本來還得靠別的手段渡海。

現在卻能讓他們搭乘與埃伍勒交易的順風船，他們只有感謝。

而且信件也成功寄到艾因本人那裡，甚至收到了回覆。

接著庫洛涅之後被宛如高級旅館的裝潢給驚呆了。

——她便這樣踏出前往伊修塔利迦的第一步。

與她重逢

這陣子，早晚開始變得寒冷。

過了中午左右——奧莉薇亞在王城中庭，一邊微笑著一邊發出冰冷的聲音。

「父王？您剛剛說了什麼？」

「不、不是啦……所以說，也差不多該讓艾因處理公務……」

貴為伊修塔利迦這個大國的國王，現在的他卻畏畏縮縮。

女兒奧莉薇亞的氣場就是如此強大。

「不，我是說在那之後。能請您再說一次嗎？」

「……艾因處理公務時，會讓沃廉和克莉絲跟著。」

「然後？」

「……同一天，朕會讓妳和凱蒂瑪一同處理別的公務。」

她的不滿就在於此。

自己為什麼非得和艾因去不同地方，處理別的公務不可呢？

她如此告訴辛魯瓦德。

「您打算把我的艾因給奪走嗎？」

「咦？爺爺……原來是這樣嗎？」

「當然不是這樣啊！真是的……艾因馬上就要七歲了，雖然還沒有舉辦公開亮相宴會，但也到該慢慢熟悉公務的時期了。」

不過儘管說是公務，其實也沒什麼大不了的。

應該說艾因會做的事情還很少，所以也沒有能拜託他做的事。

「說是公務，其實就是視察。埃伍勒的船就快要歸國了，所以朕想讓艾因負責進行海結晶與港口設備的視察！」

這個指令的言下之意就是……他大概有很多還不懂的事情，要他去見習一趟。

這對艾因來說正合他的意，然而奧莉薇亞看起來很不滿。

「唉……瑪格納可是很遠的。您打算把我和艾因分開幾乎一整天吧？」

「那個……母親？瑪格納是哪裡呀？」

「我們是坐我的船回來伊修塔利迦對吧？就是在說那時候換成水上列車的港都。」

其名為──港都瑪格納。

當時的艾因遵循的是踏出門走過通道，然後又進入門的路徑……根本沒有看過那所謂港都瑪格納的風景。

雖然是曾踏足過一次的地區，實質上說是第一次去的地方也不為過。

「確實……到那裡來往所需的時間，和可能會用在視察上的時間，兩者加起來幾乎是一整天，必須和母親分開──」

「對吧？父王真是的，為什麼要做那麼過分的事呢……」

「……艾因，你會理解朕吧？」

他當然明白自己必須學習諸多事項，並出色地成長才行。
正因為如此，視察是絕佳的機會。
「爺爺，我基本上是站在母親這邊，但是也明白視察這個機會很重要。」
「唔、唔嗯……這麼老實，很棒。」
不過自古常說父母會離不開孩子，這形容確實貼切。奧莉薇亞不肯屈服。
正當艾因心想要說服她才行時，辛魯瓦德便露出賊笑。
「朕就覺得妳會反對，所以……讀讀這個吧。」
他拿出來的是一封信。
雖然不知道內容為何，但他自信滿滿地將信遞過來。
奧莉薇亞接過信，拆開信封後拿出信紙安靜地讀了起來。
「……唉，原來如此，是因為這樣的理由啊。」
「一切時機都正好，妳會理解朕吧？」
「——是啊，我應該要忍耐……這一點也理解了。」
接著直到剛剛為止的強硬態度瞬間消失。
奧莉薇亞乾脆地同意，並允許艾因前往視察。
「朕有告訴沃廉，要狠狠確認……好好進行審視。」
「那一點您不必擔心。我想沃廉也會坦率地認同的。」
「那、那個……請問兩位究竟在談些什麼呢……？」
艾因想知道突然同意的理由，一臉困惑地詢問，然而……

「這是祕密喔。不過艾因前去視察的那天夜晚，城堡似乎會變得熱鬧呢。」

她將食指壓在美豔的唇邊，做出引人目光的動作並這麼說道。

結果這天的艾因還是沒能問出其理由……而在幾天後，正如辛魯瓦德提案，艾因確定要前往瑪格納進行視察。

「唔嗯……雖然有點在意，不過我知道了。」

接著迅速站起身來。

「哎呀，艾因，你怎麼了嗎？」

「我去一下洗手間，馬上就回來。」

這麼回答便直接穿過中庭，踏入城堡中。

高遠的天花板和寬敞的走廊，他走路的聲音迴盪在有如大理石拋光的地面。

「公務啊……我好像開始有點期待了。」

對自己的成長有了實感，能夠獲得這樣的機會，他感到十分高興。

不過就在心情大好的路途上，艾因停在某個房間前面。

「——剛剛的聲音是什麼？」

雖然不同於炸彈，聽起來像是什麼東西爆炸的聲音。

那裡是城堡中其中一個辦公室，艾因一邊心想發生了什麼事，一邊伸手開門。

「打擾了……」

儘管貴為王儲，他仍客氣地走進去。

「喵——喵喵喵喵喵！糟糕喵！」

看見好不繁忙地在房間中到處亂跑的貓——凱蒂瑪的身影。

這裡放置了實驗器具和魔物的素材，大概是為了她而準備的工作房間吧。

即使不知道為何要跟地下研究室分開，不過看得出狀況不是很好。

「艾因！快點逃喵！再這樣下去魔具會暴走——喵嗚嗚嗚嗚？」

有什麼要爆炸的破裂聲再次響起，巨大魔具開始冒煙。

凱蒂瑪被那力道吹飛，跌在地上呈現大字，眼睛直打轉。

「喵……喵嗚嗚……」

她最後耗盡力氣一動也不動，用看的都知道狀況不好。

艾因蹙起眉頭，用銳利的眼神看著魔具。

魔具呈現比一般馬車要大的球狀，發出黑色的反光並附有幾個刻度。

好幾根金屬管子插在地裡連接地板，其中一根管子則連接牆壁附近的爐子。

「唔……雖、雖然不是很清楚到底發生了什麼事……！」

不能放著不管……然而他不懂怎麼操作魔具。

正當他在思考該怎麼辦時，突然想到某件事情。

「對了……只要吸收魔石……唔！」

魔具的動力來源就是魔石，既然如此，只要吸收魔石應該就會停下來了。

他看向牆邊的爐子，魔石隨便放置在那裡。

「就是那個……只要吸光那個就行了！」

艾因沒有逃走，而是拚命跑向牆邊的爐子。

他懷抱強烈意志使用力量，魔具便漸漸停止動作，接著——

「呼……呼……停下來了……」

他吐出大大一口氣，為沒有釀成大禍而感到開心，接著靠近倒在地上的凱蒂瑪。

「啊……真是的。來，妳沒事吧？」

艾因靠近並拉她一把，把站起身的她身上的灰塵撣掉。

感到暈眩的凱蒂瑪終於搖晃起身。

「喵……就是那裡喵……」

「我不是在幫妳梳毛耶……不過算了，有沒有受傷啊？」

「……那倒是沒問題喵。嗯嗯，受你照顧喵。」

雖然她這麼回應，不過大概是因為房間的現狀和實驗失敗，看起來不怎麼有精神。

「話說回來，真是搞砸喵……唉，零件好像也壞了，該怎麼辦喵。」

「嗯？沒有備用零件嗎？」

「剛剛好用完喵。都城裡沒有，那東西若用訂的可要花上數週喵……」

可能是因為數量不多吧。看著失落的她，艾因這麼想。

「意思是別的都市有嘍？」

「沒錯喵，比如港都瑪格納之類的……得去到那裡才行喵。」

咦？記得港都瑪格納——

艾因腦中閃過不久前辛魯瓦德他們的對話。

「我因為公務要去那裡，要幫妳買回來嗎？」

「唔——！真、真的喵？」

她的雙眼發光，用充滿期待的表情看著艾因。

「嗯，我順便幫妳買回來吧。」

「拜、拜託你喵！可以報我的名字付款就好，拜託你喵！」

若能讓她變得這麼有精神，那他有想起來便有了意義。

艾因笑著回應說知道了，並離開凱蒂瑪的房間。

那之後去過洗手間，他回到奧莉薇亞一行人身邊，享受了歡談的時光。

◇◇◇

港都瑪格納是座巨大的都市。

從前幾天的對話後過了幾日，一大早離開都城的艾因乘坐王家專用的水上列車來到這片土地。

「您看，艾因殿下。並列在那裡的就是伊修塔利迦自傲的戰艦喔。」

如此說道的沃廉指向巨大戰艦團讓艾因觀賞。

上午的港都因為捕魚歸來的漁船和市場而十分熱鬧，不過艾因身在稱為軍港的其他地點，和市場有些許距離。

「還是跟之前一樣，船隻都很巨大呢。」

「畢竟這裡是國防要塞……啊，請您注意腳邊喔？」

艾因用有點愣住的表情回應，站在身旁的克莉絲便提醒他。

今天他去看了戰艦、設備以及都市的情況等等，進行了多項視察。

「今天的視察，我很感謝爺爺。不過最近只要一見面他就會碎碎唸……」

一想到考試結束，回到王城後的事情就感到胃痛。因為辛魯瓦德非常生氣。

他知道奧莉薇亞沒辦法嚴厲對待艾因，所以只有在那個時候，連平時寵溺他的辛魯瓦德都很嚴厲地斥責了艾因。

自那之後，每當他見到艾因，都會耳提面命地提醒他同件事情。

「——不過話說回來，這座港都真的很大呢。」

「畢竟這裡是伊修塔利迦第一的港都。除去都城，是伊修塔利迦三大都市之一喔。」

看著雙眼發光的艾因，克莉絲浮現溫柔的笑容說道。

寬闊又熱鬧的這座都市，其特徵就在於有許多房屋是紅色屋頂配上白色牆壁。

都市裡到處都有水路，並看得到人們滑著小船搬運物品的模樣。

「在這裡買得到的海鮮，味道可謂絕品喔，那也是奧莉薇亞殿下喜歡吃的食物。」

克莉絲的情報讓艾因的身體大大地抖了一下。

（這可不行！得買很多回去才是。）

……接著沃廉發現一艘船。

「哎呀？看來今天的目標似乎已經回來了呢。」

「是從埃伍勒回來的船呢。看來正在辦理手續。」

聽了克莉絲的話，他點了點頭，並對走在近處軍港的工作人員搭話。

「那邊那位，埃伍勒歸來的船已經卸好貨了嗎？」

「是！為了輸入資料，已卸下一箱的分量了……唔，那個箱子就在那邊。」

男人穿著滿身油漬的工作服，他的手指前方放著一個蓋有伊修塔利迦國徽的木箱。

沃廉向他道過謝後，男人便快步走回去工作。

「艾因殿下，讓您看看加工前的海結晶吧。」

這也是視察的一環。甚至可說是今天的正題。

（埃伍勒公國產，第一次採集品，管理號碼1-1。原來如此……也就是說，這完全是樣品吧。）

接著克莉絲向前一步。

她從腰際拔出禮劍，以眼睛無法捕捉的速度揮向它。

彷彿用了什麼魔法般，只感覺一陣風劃過，木箱的鎖釦發出聲響落到地上。

「請看，這就是加工前的海結晶。」

在他面前自木箱中取出宛如鹽岩的白色半透明結晶。

沃廉將其遞給艾因，艾因確認了一下摸起來的感覺。

「感覺好像鹽的結晶喔。」

「哈哈哈……哎呀哎呀，您說得沒錯。」

艾因舉起海結晶，看看它透光的樣子，並確認了重量。

重量單手可拿起，透過光觀察，也沒有什麼特別的特徵。

「——就是這樣，艾因殿下。今日的視察在看完這個海結晶後就結束了呢。」

「有很多饒富趣味的事情。今天真的很謝謝兩位。」

「艾因殿下，您要去看看送給奧莉薇亞殿下的伴手禮嗎？」

今天的事情姑且歸類在艾因的公務。

既然公務已經結束，那剩下的時間就能自由行動了。

如同克莉絲所說去購買送給奧莉薇亞的伴手禮，大概是個非常好的選擇吧。不過——

「那麼，克莉絲閣下就陪同艾因殿下——不，也有些文件需要克莉絲閣下做確認呢。」

彷彿突然想起什麼，沃廉這麼說道。

「若是這樣，那我就等克莉絲小姐工作結束吧。」

「嗯……那麼，我幫您準備休息的房間吧？」

沃廉說出體貼艾因的提議。

不過這種事不需要特別準備房間。如此心想的艾因視線移向棧橋。

「不用擔心，我會在棧橋一邊眺望海一邊等的。」

伊修塔利迦已經進入秋季。縱使如此，瑪格納的海仍澄澈而美麗。

或許因為是海港，這裡的溫度適中，水裡也能看見小魚的身影。

「您一個人太危險了，實在無法答應讓您去棧橋。」

表示不能答應的克莉絲，認為應該要準備房間。

接著沃廉便提出建議。

「克莉絲閣下，若是我們視線可及之處應該無妨吧。就算不小心掉到海裡，克莉絲閣下一定能馬上察覺。而且這裡並不是可疑人物進得來的地方。」

「雖然這裡是軍港，只有相關人士在這裡……但是……」

克莉絲感到猶豫。就算再怎麼近，她也無法同意讓王儲單獨行動。

「那麼……艾因殿下，請把這個戴在身上。」

沃廉將一顆小小的紅色寶石交給他。

（這是什麼？項鍊？）

那顆寶石是用細小的鎖鍊連著。

看這個長度，很明顯能看出這是條項鍊。

「大地之紅玉啊……我明白了。若有那個就同意您去棧橋。」

「大地之紅玉是什麼啊？」

看到克莉絲的態度大轉變，艾因詢問道。

他仔細看著寶石，裡面有如火焰般的東西在蠢動。

「這是很寶貴的魔具，是個濃縮強大巨龍的核心，鑲進海結晶裡的魔具——」

克莉絲開始說明。

懷抱惡意的人若靠近，寶石便會發光，為了保護佩戴者釋放出防護壁。

再來是在受傷瀕死的時候，也會發揮力量維持生命。

不過只要發揮過一次力量，就會失去效果。

因為其效果非常大，縱使只能使用一次，仍非常適合王族配戴。

「這寶石感覺很貴呢……」

「是啊，誠如您所說確實十分高價。其實原本想更早給您的，但昨晚好不容易剛做好。」

沃廉說明的同時，艾因戴上那條項鍊。

「還請您不要到比棧橋更遠的地方喔？」

「明白了。那麼我會等你們工作結束。」

和兩人說好後，他踏著輕盈的腳步走向棧橋。

彷彿能看見海底的透明，配上撩撥艾因鼻腔的海水香氣。陽光熱度正好，感受這舒適的溫暖，海風吹來的溫度差令人舒爽。

「──有好多魚喔。」

棧橋上在觸手可及的距離，有許多小魚自由地在海裡游著。

他仔細看著接近海底的地方，一片鮮豔的珊瑚礁一路延伸出去。

（克莉絲小姐好像還要一點時間，來睡個午覺好了。）

海的聲音，潮水的香氣，溫暖的陽光，沐浴在陽光下的棧橋溫度。

無論何者都引人入眠。

不過身為王族的艾因在這種地方午睡，真的能被允許嗎？

（……反正也還沒有正式發表，應該說這可能是最後的機會了？）

如此心想的艾因便下定決心，瞇眼露出笑容。

他看見附近並排的木箱。睡在那陰影下應該沒問題吧？他一邊這麼想像，一邊……

──嘎吱。木製的棧橋發出聲響。

「……不錯呢。」

在木箱旁呈現大字躺下，望著一望無際的藍天。

陽光也角度剛好地被木箱遮住，留下對艾因正好舒適的空間。
也因此決定閉上眼睛，享受這個氛圍。

……在棧橋午睡非常舒服。
那聽起來宛如搖籃曲的浪濤聲，還有**海鳥**的叫聲。
海風輕拂過臉頰，讓他沉浸在獨特的舒適感之中。
自閉上眼睛，開始沉浸在這舒適中，已經過了多長時間呢？
他絕沒有陷入深眠，不過就算只是輕淺的睡眠，也沒有體驗過如此充實的時光。
雖然不知道過了幾十分鐘，不過克莉絲還沒有來迎接他。
在輕淺的睡眠中，艾因靜靜等待克莉絲的到來。
也因為艾因的身體尚幼，在棧橋午睡並不怎麼顯眼。
在港都瑪格納從事大型船隻工作的人們，除了抵達目的地的船隻以外，鮮少移開目光。
因為幾個條件重疊，艾因得以享受珍貴的午睡時光。
……不過艾因之所以不顯眼，也僅止於只有他一人的時候。
比如說他的午睡並非一人，而是躺在別人的膝枕上又如何呢？
那麼引人注意恐怕只會是時間的問題吧。
「嗯……唔～嗯。」
艾因的意識隔了數十分鐘，愈來愈清醒。
要問為什麼，因為艾因的頭髮被比較強的風吹拂，讓他感覺到臉頰一陣搔癢。

「真是的……很癢嗎？」

他的頭髮被某個人的手指輕輕撥開，耳邊傳來令人舒服的聲音。

手指觸碰臉頰的溫柔動作、舒適的聲音。感覺到這兩者，艾因的意識走向清醒。

「……」

他還沒有睜開眼睛，因為尚未從朦朧之中完全醒來。

結束了被舒適氣息包覆的午睡，艾因感到滿足。不過有什麼不對勁。

他是靠著木箱睡的，頭碰到的感覺該是硬的才對。

然而現在卻感覺到頭受到某種柔軟的東西支撐，而且從那裡還飄來花朵的香氣。

（咦……我不是應該睡在棧橋嗎……）

感到不可思議的艾因疑惑地揉了揉眼睛。

他緩緩睜開眼，想確認究竟發生了什麼事……接著便看見了。

這場午睡，讓他感受到從未體驗過的充實感的理由。

「——欸，艾因，你第一句要對我說的台詞會是什麼呢？好久不見？還是……謝謝妳借我膝枕？」

映照在艾因眼裡的是一名少女，而自己正躺在她的大腿上。

她用那一如往常如銀鈴般的嗓音開口搭話。

接著艾因趕緊伸出手，想確認她究竟是不是真的。

要碰臉頰？那未免太超過。伸出的手輕觸她的髮尾。

絲綢般柔順的觸感傳來，她感到搔癢般笑了起來。

原來如此，是真的呢。艾因露出溫柔的表情，話語自然而然脫口而出。

「……『我很想妳』這句話不行嗎？」
她長大了，稍微成熟了一點，美貌也更加精緻。
這樣的她雙頰染上微微的紅色，輕撫艾因的臉。
為了掩飾害羞，她撥動長長的淺藍秀髮。
而她的手邊，有著玫瑰形狀的寶石，散發出不輸她嬌美的光芒。

◇◇◇

時間稍微回溯，艾因在瑪格納進行視察的時候。
「歡迎各位來到伊修塔利迦。而這裡就是伊修塔利迦自傲的港都──瑪格納。」
從埃伍勒歸國的船中，一位文官出聲說道。
與港都勞登哈特完全無法比擬的寬闊規模，並排而立的房屋如此美麗。
這片湛藍的海洋甚至連魚遨遊的姿態都看得很清楚，還有許多停泊的船隻。
對庫洛涅來說，一切都和過去宛如不同世界，不管看哪裡盡是新發現。
「在那邊運作的是水上列車，能跑得比駿馬還要快速，是跑遍整個大陸的交通工具。」
在海姆，移動交通工具基本都是靠馬車。
不過聽到能比馬匹還要快速行進，庫洛涅感到相當衝擊。
「也就是貴族專用的交通工具嘍？」
「不，雖然也要看距離，假如目的地不遠，價格會比魔石更便宜喔。」

明明都還沒下船，嶄新發現也太多了。
他們也要搭那個水上列車嗎？那是什麼樣的交通工具呢？庫洛涅不禁感到興奮。
「事不宜遲，葛拉夫閣下，我們去辦理入國手續吧。」
聽到他的話，葛拉夫靜靜點頭。
「在那之後，會請您見我的上司……沃廉宰相。」
他是統一制王國伊修塔利迦文官的頂點，也是國王辛魯瓦德的親信之一。
突然就碰到高牆了。葛拉夫內心被強烈的緊張包圍。
「……那麼就麻煩你帶路了。」

——下樓，走到下一層，又在通道上行走一陣子。
重複好幾次這樣的動作後，文官回頭。
在船的一樓部分有個巨大的中空部分。文官的視線另一頭有沙發，而那裡有一位老人就座，他的後方則站著一位連庫洛涅也看入迷的美女。
「葛拉夫閣下，在那裡的就是——」
正當他要進行介紹時，坐在沙發上的老人便發現葛拉夫一行人。
「喔喔！恭候已久。遠道而來，辛苦大家了。」
他露出和藹的笑容，並用親切的音色向一行人搭話。
「我叫沃廉·拉克。您是葛拉夫閣下吧？」
「初次見面，我是葛拉夫·奧古斯特……這次我們真的充滿感激之情。」

兩人握手後，沃廉的視線轉向庫洛涅。

接著他重複眨了幾次眼，浮現訝異的神情後低頭沉思。

「我是庫洛涅・奧古斯特。這次貴國接納我們一行人，我只有道不盡的感謝。」

雖然不是很懂為什麼，不過沃廉沉默了。

因此庫洛涅便先一步向沃廉進行自我介紹。

她行了屈膝禮並對他低頭致意後，沃廉終於開口：

「——是、是啊，我們才是，歡迎您們的到來。」

站在後方的克莉絲感到不可思議。

因為沃廉和平時不同，舉動看起來很可疑。不過他馬上就找回步調。

「哎呀……我也得介紹一下這位才行。」

沃廉清了清喉嚨，重整心態。

克莉絲向前一步。在介紹中也提到她是擔任艾因等人護衛的重要人物。

「……那麼，既然也已經打完招呼，我能請問庫洛涅閣下幾件事情嗎？」

接著沃廉的神情隨之改變。

作為大國伊修塔利迦的重要人物，他必須針對葛拉夫一行人及其為人進行調查。

他的眼神銳利，柔軟的聲音中也讓人感受到莫名威壓。

「只要是我能回答的事情，請您儘管詢問。」

她心裡很明白。

這一定是試煉，是最後的調查。

「——妳是為了什麼來到我們伊修塔利迦？」

從笑得一臉親切的沃廉身上，傳來令人不寒而慄的氣息。

和表情相反，他用彷彿能射殺人的視線看著庫洛涅。

「我還沒有辦法下判斷——不知是否該迎接兩位入國。」

沒錯，他是在要求庫洛涅展現自己的價值。

「情報方面，我們這裡已經有所調查，妳就不用說了。勞登哈特的新宅邸落成宴會，庫洛涅大人和哈雷先生都有出席對吧？」

不知他們是何時進行調查的，這句話甚至讓人感到恐懼。

「希望妳能告訴我，我們把妳放在艾因殿下身邊究竟會不會有問題？」

被氣勢壓制，葛拉夫不禁露出苦澀的神情——然而……

「……是，我明白了。這就回答您。」

庫洛涅沒有被氣勢壓迫，只是很正常地開口。

如此說道的她伸出左手。

「我從王儲殿下那裡收到這個——我是為了見他，才會跨海而來。」

「……這是星辰琉璃結晶，對吧？」

面對認真注視的沃廉，她用嚴肅的聲音反問：

「那麼請容我發問。沃廉大人知道，送異性這顆寶石……究竟是什麼意思嗎？」

這是她戀慕的契機，也是走到這裡的原動力。

面對懾人的視線，她用宛如奧莉薇亞聖女的雙眼看著他。

「我當然很清楚。不過妳有這是艾因殿下贈送給妳的證據嗎？」

哪有那種證據？葛拉夫皺起眉頭，深深感受到處於劣勢，然而——

「同樣的寶石，二公主殿下也從艾因大人那裡收到了。而這顆寶石是在同一天做出來的。」

接著克莉絲露出想起來的表情。

當她去迎接艾因時，奧莉薇亞曾說過那是艾因送的。

不過製作出來的星辰琉璃結晶只有一個，這種話她一句也沒有說。

「……假定殿下真的也擁有，那也不一定就是妳口中的另一朵。」

「海姆僅存在兩顆星辰琉璃結晶，而無論是哪一顆，都是王家的所有物。照您方才提到的調查能力，這件事情我想您應該也知道。」

確實如她所說，沃廉便「嗯」地點點頭。

「不過艾因殿下應該不知道贈送的含意吧？」

所以沒有意義。他原本打算這麼說……這個瞬間，庫洛涅不禁失笑。

「呵呵……到時候就算二公主殿下在場，您這招還管用嗎？」

「唔——嗯嗯……原來如此……」

二公主沒有責備這一點——縱使有許多細節內幕，這一點都不能無視。

而這就代表她認同庫洛涅可以待在艾因的身邊。

「捨棄國家、遠渡大海而來……是因為我也有不能退讓的情感。」

如何？您還要繼續進行詢問嗎？庫洛涅用更堅強的視線如此詢問。

在對話的來往中，她展現了臨場反應及膽量——也展現自身才華的一隅。

自己並非只是為了來見他而已。

她透過剛剛簡短的問答，闡述了這份心意。

「——面對我，不僅流利地進行問答，再加上頭腦十分聰慧，容貌也無可挑剔……嗯嗯。」

透過剛剛的問答，沃廉計算她是否能成為艾因的助力。

最後他頷首露出滿意的表情，隨後突然浮現笑容說道：

「那麼好吧——不過我還有些事情必須詢問葛拉夫閣下。妳覺得如何？要不要去棧橋看看海呢？」

這句話給出試煉已經結束的暗號，也代表庫洛涅獲得了入國許可。

……對自己的試煉結束了呢。庫洛涅暫時放下了心。

然後大概是希望自己離席吧……她在心裡默默察覺。

「其實我方才就覺得景致很美了。那麼就恭敬不如從命。」

庫洛涅同樣微笑著回應，不過……

「——沃廉大人！」

「克莉絲閣下，我稍後會聽妳說的，現在先照我說的做吧。」

克莉絲露出慌張的模樣靠近他。

然而在沃廉強硬地要求下，她不情不願地退後。

庫洛涅雖然感到疑惑，畢竟已接收到提示，便獨自前往棧橋。

沒有任何護衛或隨從，庫洛涅自己一人下了船。

即使感到有一點不安，不過都到了這一步，她實在不認為伊修塔利迦會加害自己。

「突然問我要不要來看棧橋，真讓人不明所以……」

雖然不知道自己為何被支開，不過瑪格納的海十分美麗，光是看著也能撫慰人心。

也因為過了一段船上生活，久違地用自己的雙腳走在外頭讓她感到開心。

「娶了這麼厲害國家的公主，竟然還做出那種事情。勞登哈特根本是個笨蛋。這種話……不能說出口就是了。」

這個回答實在一點也不賢淑，因此面對沃廉，庫洛涅沒有這麼回答。

「儘管和一開始的預定不同，多虧伊修塔利迦，經歷了一趟美好旅程呢。」

原本他們預定準備船隻，並僱用冒險家擔任護衛，再前往伊修塔利迦。

不過對於聽說了和埃伍勒交易一事，再加上有奧莉薇亞好意鋪陳，才得以實現的現狀，她有說不盡的感謝。

「……天氣真好。」

她一邊走在棧橋上，一邊感受風吹並眺望美麗的海洋。

雖然可能會稍微弄髒衣服，不過在她心想要坐下來時，便發現放在附近的木箱。

就去那裡吧。庫洛涅走了過去，在看到先一步占用的人時感到訝異。

「——艾、艾因……？」

她不可能看錯。

那遺傳自奧莉薇亞的美麗秀髮，神情溫柔，卻又展現出有點成熟的男子氣概。

她渡海來到伊修塔利迦的理由。那個理由，現在就在木箱的旁邊享受著午睡。

「呵呵……這樣啊。沃廉大人真是的，原來是這麼回事啊。」

她理解對方讓自己來棧橋的理由了。他是讓自己來艾因的身邊。
同時也了解克莉絲慌張的原因。
她是在戒備庫洛涅吧？這也是理所當然。
她帶著輕盈的步伐靠近艾因。
「——咦？這顆寶石是什麼呢？」
是女性贈送的禮物？一想到這裡，她的內心掀起波瀾。
不過，身為王族多少也會配戴個寶石在身上吧。她自顧自地表示理解。
「艾因？你在這種地方午睡，頭會痛吧？」
未婚女性讓他人躺膝枕，或許有些不檢點，庫洛涅還是讓艾因的頭枕在她的腿上。
因為看到艾因睡在堅硬的地板上，實在是覺得他很可憐。
「貪睡鬼，夢裡的世界好玩嗎？」
她用指尖輕輕戳他。艾因感到搔癢而動了動臉，卻沒有要醒來的跡象。
看到他可愛的動作，讓她的笑容加深。
「這可是大公爵家千金的腿喔？你可真大膽呀……啊，畢竟你是大國的王儲，身分也相符呢。」
開了開玩笑，庫洛涅看著他絲毫沒有要醒來的睡臉，一臉幸福地梳理他的頭髮。
接著過了不久，艾因醒來後看到眼前的庫洛涅，露出訝異的表情。

◇　◇　◇

「欸，那個項鍊是哪裡來的啊？」
庫洛涅詢問站起來的艾因。
「是沃廉先生給我的，說是用來保護王族的東西。」
「……這樣啊。」
庫洛涅撥了撥頭髮，爽快地回應。
她當然放心了，不過因為很不甘心，所以沒有表現出這份情感。
「謝謝妳的膝枕，多虧於此我好像睡得很好。」
「呵呵，那真是太好了。」
艾因環顧四周，發現有人正看著艾因和庫洛涅兩人。
大家一臉溫馨地露出笑容，與此相對，艾因則感到如坐針氈地笑了。
「在這種地方午睡的王族，妳怎麼看？」
「未來令人擔憂吧。」
「也是呢……我下次會留意的。話說回來，庫洛涅是自己來的嗎？」
說到庫洛涅，就算只有她一人，感覺也什麼都辦得到。他半開玩笑地心想並詢問她。
「祖父大人及幾位長年服務的僕役也在喔？啊，你看，在船那邊。」
「那個人就是奧古斯都大公爵啊。不愧是海姆的重要人物，真是有威嚴的人。」

不愧是長年作為大貴族君臨貴族之首的人。艾因坦率地這麼說。

「是『前』大公爵喔。畢竟祖父大人也上了年紀，是在把當家之位讓給父親大人之後才來的。」

接著兩人之間迎來沉默。

就在彼此思考著要說什麼時，庫洛涅先開口：

「……我聽說你是王族時嚇了一跳。」

「我也是，突然被告知嚇了一大跳呢。」

「聽到你要去別的大陸，還以為再也說不上話了。」

「不過，現在說上了。」

宛如條列事項般的問答，都是為了想盡快確認狀況。

兩人對於這毫無疏離的關係感到滿意。

「你看啦，誰叫你要睡在這種地方，好好的衣服不都弄髒了嗎？」

庫洛涅幫艾因拍去背上的塵土。

……好丟臉，都成了王族，竟然連這種事都要勞煩她的手。

「總覺得才剛重逢就一直受妳照顧呢。」

「——沒什麼，這點小事我覺得你不用在意啦。」

另一方面看向庫洛涅，她早已將自己身上的灰塵都處理得一乾二淨。

在這方面來看，能感受到她千金小姐的一面。

「唉……只有今天喔，竟然在這種地方睡午覺。」

「我知道。被大家看著，我也經歷了挺丟臉的經驗。」

走來他們身邊的克莉絲不禁碎碎唸。

從她在的地方，應該可以很清楚地看到艾因正在午睡。

至於她沒有因此前來責備他，就代表她默認了艾因的午睡。

「工作結束了嗎？」

「是，剩下的就交給沃廉大人了。」

他似乎有話要和葛拉夫談，因此只有克莉絲先一步離開。

「即便我想已經不需要介紹，這位是庫洛涅．奧古斯特小姐。」

雖然都認識了，姑且走個形式。

克莉絲語畢，庫洛涅便行屈膝禮開口：

「小女子是庫洛涅．奧古斯特。能和王儲殿下重逢，這份喜悅之情實在言語難以形容——由衷地感謝您回應我的要求。」

「那個……庫洛涅？我覺得妳擺那個態度有點太遲了吧……」

她表現得如此有禮，即使一想到理由他能夠理解，但都事到如今了。

「艾、艾因殿下……您說這種話，庫洛涅大人也太可憐了吧……」

「畢竟一直到剛剛為止還躺了膝枕……而且，事到如今用這種態度，我覺得有點寂寞……」

面對這句話，庫洛涅也沒多說什麼。

不過同時，她打從心底對艾因沒有改變這件事感到喜悅。

「唉……庫洛涅大人，雖然艾因殿下如此遲鈍，不過能請您再多陪同一下嗎？」

「是……是不要緊，有什麼事嗎？」

「我們接下來要去選購送給奧莉薇亞殿下的伴手禮。若您不嫌棄，請務必一同前往。」

既然她這麼說，就代表沃廉和葛拉夫都已經許可。

當然了，對庫洛涅來說，無論如何都會同意。

「我非常樂意一同前往。」

她應允後，便露出惡作劇的笑容。

「王儲殿下，請問您允許讓我陪同前往嗎？」

「咦？嗯……我才要請妳多多關照……」

還有什麼好允許的？明明是自己這邊拜託她的。

不過，庫洛涅又接續剛才的禮儀，用死板的態度對待艾因。這是在報剛剛的仇吧。

「這麼說起來，妳真的如妳所說的來到了港都呢。」

「……是啊。不過這和你口中的港都可差真遠啊。畢竟來的路途花了不少時間。」

在訂下約定之日，庫洛涅這麼說了——她也會去港都找他……

雖然花了時間，地點也完全不同。可是唯有這句話絕無虛假。

兩人相視而笑，再次為重逢感到喜悅。

（沒想到竟然能和庫洛涅重逢……）

儘管他感到非常震驚，喜悅的情感也同樣主張它的存在。

加上庫洛涅，三人一起享受瑪格納都市後，傍晚時分大家一同搭上同一班水上列車。

艾因的第一次公務，便以熱鬧的方式拉下了終幕。

◇　◇　◇

在抵達都城之前的路途，對庫洛涅而言是一連串的衝擊。
她第一次搭乘水上列車這般行進快速的交通工具，一路上也有許多想一探究竟的城鎮。
而她最喜歡的，是靠近都城的景色。
人們的生活化成夜晚的燈光映照在庫洛涅眼中。那彷彿打翻珠寶盒的景色，和海姆都城可謂是不同的世界。
她親眼看見葛拉夫以前用緊張的神情談論伊修塔利迦的理由。
……而在抵達王城的現在，她也對王城的光景感到驚訝。
「咦？凱蒂瑪阿姨，妳怎麼在這裡？」
「零件喵！我可伸長了脖子等很久喵！」
在訝異的她身旁，艾因和凱蒂瑪正在交談。
她因為過於震驚，意識絲毫沒有轉移到身為貓妖族的凱蒂瑪身上。
「我有買啦。應該在別的馬車上，妳去拿吧。」
「什喵？不、不能再等下去喵……艾因，謝謝你喵！」
目送凱蒂瑪離開，艾因一邊露出苦笑，一邊走近庫洛涅。
接著他向一臉呆滯的她搭話。
「庫洛涅，怎麼了？」

「對、對不起，那個……因為城堡太壯觀了，我只是感到很驚訝而已。」

她帶著慌亂回答艾因，接著閉上眼睛，不斷重複深呼吸。

「王儲殿下，庫洛涅在到都城的路上，也因為諸多事情而非常訝異。最後來到這最令人震驚的王城，因此似乎有些失去平常心。」

聽了葛拉夫的話，艾因露出苦笑回應。

「啊哈哈……我之前也一樣，能明白妳的心情。」

就在三人像這樣聊天時，沃廉也笑著靠近。

「……哦，話說回來，沃廉閣下。」

葛拉夫清了清喉嚨。

「不好意思，不知道你能否介紹我旅館，以及能把寶石換成現金的地方呢？」

「這件事情您不必擔心，我們已經在王城裡準備了房間。」

啊啊，原來是這件事啊。艾因表示理解，然而葛拉夫及庫洛涅卻很驚訝。

那是當然的，畢竟他們一點也沒想到竟然能借宿城堡。

「沃廉閣下！這樣實在是……」

「是、是啊……光是到這裡已經勞您費了許多心，竟然還勞煩您準備房間……」

見兩人慌張地想拒絕，沃廉不禁笑著回應：

「這件事情是奧莉薇亞殿下的提議。若您無論如何都不能接受，我會如實稟報……」

糟蹋公主的體貼之情……身為客人的兩人不可能做得出來這種事。

庫洛涅用傷腦筋的眼神看向艾因。接著艾因以唇語告訴她：「沒問題的。」

「……祖父大人，我們就感謝二公主殿下的恩情吧。」

這應該是最好的答案。庫洛涅決定好好感謝奧莉薇亞。

沃廉滿意地點頭，並催促在場的所有人。

「來吧，請各位快進來。奧莉薇亞殿下希望能和兩位一同共進晚餐。」

聞言的葛拉夫和庫洛涅的表情為之一變。

絕對不是因為心情不好，而是因為要和公主共進晚餐，實在教人緊張。

（……怎麼反而開始覺得對不起他們了。）

他在心裡喃喃自語，並帶著訝異的兩人一同前往奧莉薇亞等待的場所。

走過幾次樓梯後，經過長長的走廊。

一行人的目的地，是王城中的其中一間餐廳，而瑪莎就站在入口處。

「歡迎您回來，艾因殿下。」

送到這裡，沃廉便安靜地離席。

「兩位是葛拉夫大人以及庫洛涅大人，沒有錯嗎？」

「是，如同瑪莎小姐說的一樣——那麼母親在裡面嗎？」

「是的，您說得沒錯。來，殿下恭候各位多時，請進去吧。」

瑪莎打開門，奧莉薇亞正理所當然地坐在餐廳裡等待。

「——歡迎回來，艾因。」

稍微大了一點的桌子旁，並列著幾張椅子。

在席位的一角，奧莉薇亞一如往常優雅地坐著。
「我回來了。您先前說晚上大概會變得很熱鬧……原來就是這麼回事啊。」
「呵呵……嚇了一跳嗎？」
奧莉薇亞溫柔的笑容，和庫洛涅當初在奧古斯特宅邸看到的一樣。
看到那表情讓她放心下來，感覺緊張不知不覺緩解了。
「瑪莎，幫兩位安排座位。」
話雖如此，兩人的模樣看起來仍然緊張。
兩人坐到瑪莎安排的位置後，葛拉夫帶著覺悟的神情開口：
「二公主殿下——雖然想了許多話，然而最重要的應該是賠罪的話語。」
他想為在海姆發生的事情賠罪，然而——
「葛拉夫大人，已經沒關係了。我現在在伊修塔利迦過得很幸福。」
「但、但是！海姆犯下的罪過不會消失，而在老夫家也因為宴會安排不慎……！」
「唔……唔嗯……欸，艾因，我該怎麼做好呢？」
「我認為接受賠罪的話語，並改掉『大人』用『閣下』稱呼，葛拉夫閣下會比較不緊張。」
這樣應該最能圓滑解決。艾因向奧莉薇亞提出建議。
「二公主殿下，非常感謝您這次回應我無理的請求——」
緊接著庫洛涅優雅地行屈膝禮，並一臉緊張地向奧莉薇亞打招呼。
「嗯，庫洛涅大人——啊，已經不能稱『大人』了，所以是……『小姐』吧？」
接著轉向艾因用笑容道謝。

艾因獨占了奧莉薇亞浮現的絕美笑容。

「不過兩位稱我為公主實在太寂寞了，還請照以前那樣跟我說話吧。」

「言下之意就是要像過去在海姆時那樣子……是嗎？」

奧莉薇亞點頭。但是現場還有一位身為臣子的瑪莎。

臣子會容許他們在自己面前擺出那樣的態度嗎？

「……庫洛涅大人，奧莉薇亞殿下從小就是位自由自在的大人。因此若您能依照奧莉薇亞殿下的期望應對，我們臣子也會感到非常高興。」

意思就是要他們遵照她的意思。

這樣真的好嗎？庫洛涅不經意地看了艾因一眼。

「當然了，我也是一樣喔。」

「……我知道了。不過我也會依照我自己的判斷，根據時間和場合改變應對方式，可以吧？」

與其說她認命，不如說比較近似於被艾因和奧莉薇亞的話語說服。

雖然伊修塔利迦這樣的國家十分驚人，不過兩人仍要求她以不變的態度來和他們相處。

「嗯，謝謝妳。」

艾因露出毫無芥蒂，一如往常的表情。

看到這樣的笑容，庫洛涅回想起初次見面時感受到的溫暖。

「不過話說回來……庫洛涅小姐又出落得比以前更加美麗了呢。」

「唔……不，您過獎了。」

「在海姆的時候，一定有許多人想締結良緣吧？」

庫洛涅一臉傷腦筋地歪頭，支支吾吾地回答：

「……確實是有挺多申請。不過寄到宅邸的文書，我總是沒有閱讀便丟棄了，所以也不清楚究竟是誰的申請……」

對吧，祖父大人？庫洛涅將話題丟到葛拉夫身上。

「嗯，麻煩的──不，讓人有些困擾的，大概只有第三王子的求婚吧。」

「哎呀，是正式的申請嗎？」

曾有王子求婚。坐在奧莉薇亞身邊的艾因也同樣表示出興趣。

「雖然姑且算非正式，不過只要王子說出口，隨時都會變成正式求婚啊。」

「那麼兩位渡海來伊修塔利迦，肯定也吃了苦吧？」

葛拉夫對此做出回答：

他決定隱居並為了療養離開海姆，庫洛涅則以陪同他的形式有了不在場證明。之後再放出幾項情報混淆，並動手腳不讓人發現兩人前往埃伍勒。

「不愧是擔任著名奧古斯特家當家的大人啊。」

奧莉薇亞稱讚葛拉夫──接著瑪莎出聲詢問：

「打擾各位了，請問可以為各位上菜了嗎？」

「嗯，那就麻煩妳了。」

於是艾因和奧莉薇亞交換了一個眼神後，他突然站了起來。

「葛拉夫閣下，在我們伊修塔利迦也有些和海姆不同的食材。能請您到那裡告訴我，是否有兩位不喜歡的東西嗎？」

「等……等等，艾因！我沒有什麼不喜歡的……！」

「唔，嗯……老夫也沒有特別不喜歡吃的食物……」

實在太突然了。這種事情不該在這樣的場合開始詢問。

庫洛涅感到疑惑，葛拉夫則一臉不解地回答。

「葛拉夫閣下，在伊修塔利迦第一次享用的餐點，我不希望讓庫洛涅感到不合胃口。能拜託您協助我嗎？」

聽見這稍微有點強硬的話，葛拉夫感覺到似乎有什麼意圖。

「……若是這樣，我就必須奉陪了呢。」

他加入了這齣戲碼。

不知道艾因有什麼意圖才會想把他帶離現場。

話雖如此，他卻從艾因的眼中感覺到某些強烈的意志。

「母親，那麼我們稍微離席。」

「嗯，慢走。」

語畢的艾因自座位站起，葛拉夫繼他之後也站起身。

兩人默默地離開房間，留下奧莉薇亞和庫洛涅兩人。

「——那麼庫洛涅小姐，因為一點緣由，我讓艾因暫時離席了。」

「……您有事情要問我，是這麼回事吧？」

庫洛涅十分聰明。

她察覺只剩自己留下，必定是有什麼事情要問。她注視著奧莉薇亞。

奧莉薇亞拿起放在桌上的紅茶啜飲一口，同樣筆直地回視庫洛涅。

「——今後妳打算怎麼做呢？」

她用認真的表情直截了當地詢問，狠狠刺中了她的心。

「現在只有我和庫洛涅小姐在這裡，妳沒有必要隱瞞喔？」

她希望庫洛涅能夠說出真心話。奧莉薇亞將那份心意化為言語。

「……老實說，我很猶豫現在的我是否能這麼說。」

她的問題並非想在伊修塔利迦做什麼。肯定是在指艾因的事情不會有錯。

然而畢竟也有身分相關的問題，她沒有辦法這麼輕易闡述自己藏在心中的情感。

「呵呵……那麼，妳有打算要在伊修塔利迦度過這一生嗎？」

這算是援手吧。奧莉薇亞改變問題詢問她。

「這份覺悟，我打從離開奧古斯特宅邸就已經做好了。」

庫洛涅毫無迷惘，十分快速地回答她。

就算被咒罵是拋棄祖國的無情之人也無妨。畢竟她就是懷抱著如此強烈的情感。

來吧，她會如何看待這個答案呢……庫洛涅感受到胸口深處陣陣抽痛。

「這樣啊！那麼就沒有任何問題了呢！」

奧莉薇亞在豐滿的胸前雙手合十，露出天真爛漫的笑容。

看到這個動作，意想不到的庫洛涅露出「奇怪？」的表情。

「那、那個……奧莉薇亞殿下？」

「——庫洛涅小姐也從下個春季開始去學園上課吧。雖然和艾因不同學校，不過是母后……王妃殿下擔任理事的女子學園喔。」

「非……非常抱歉，奧莉薇亞殿下。那個，為什麼突然會提到學園……?」

她一臉困惑地詢問奧莉薇亞。

「我們王家會為雕琢名為庫洛涅小姐的寶石準備場所。」

奧莉薇亞沒有明說意圖。不過縱使如此，庫洛涅仍接收到了其意圖。

「只要成為任何人都憧憬，最完美的寶石，大家一定也會默默地點頭吧。」

庫洛涅小姐，妳覺得如何呢?奧莉薇亞繼續說。

要察覺那個意圖絕對不是難事。奧莉薇亞正是在說，她支持庫洛涅與艾因的關係。

只要繼續努力，那份情感一定能實現。她就是這個意思。

「如何?為了磨練妳，願意讓我也提供協助嗎?」

啊啊，或許她……才是真正的女神吧。庫洛涅的心神被奧莉薇亞的話奪去。

能夠站在他的身旁。為此自己獲得了努力的機會。

「……奧莉薇亞殿下。」

吸……吐……庫洛涅不斷重複深呼吸。

在重複了幾次之後，她的視線移向左手的星辰琉璃結晶。

最後她的雙眼移回奧莉薇亞的臉，並深深地，用力地點頭。

與無力的過去訣別

庫洛涅來到伊修塔利迦已經過了兩天。
打從第一天夜晚之後，艾因和庫洛涅便一直沒有能好好聊聊的時間。
要問為什麼，是因為葛拉夫和庫洛涅有好幾個必須要做的事情。
不過那些事也都告一段落，現在終於有了閒暇時間。今天的庫洛涅，便去王城的練習場參觀艾因的訓練。
「……好厲害。」
不禁感嘆的庫洛涅所看見的，是艾因和騎士戰鬥的樣子。
年少的他面對一位成熟騎士戰鬥的模樣，強烈地撼動內心。
「庫洛涅閣下。我們伊修塔利迦雖然是實力主義，不過和海姆不同並非技能主義，而是追求以努力向上爬的實力主義。」
至今為止，艾因都拚命努力過來了。
正因為如此才有這樣的體術和劍術，並造成戰鬥方式有所變化。
「艾因殿下擁有稀有的才華，但是他的努力更超越天賦。每天早上都很早開始進行訓練，並且還會鑽研學問到深夜時分。」
羅伊德說出毫無誇飾的稱讚，用笑臉看向艾因奮鬥的身影。

「——是。看著現在的艾因，就會很清楚明白……他這一路走來非常努力。」
「那真是太好了。雖然艾因殿下能夠吸收魔石是巨大的力量，不過他也累積了在那之上的訓練，很高興妳能了解這件事。」
就算身在努力主義的大國之中，艾因也漸漸展露頭角。
那一定是因為他盡了超乎她想像的努力吧。庫洛涅緊緊抓著胸口。
「呼……呼……唔——！」
此時，對打的騎士不斷喘息，看得出來對艾因的動作感到棘手。
「來吧——最近的艾因殿下可不止如此而已喔。」
在一旁看著庫洛涅，羅伊德露出賊笑如是說道。
不知道他是什麼意思，庫洛涅靜靜地觀察艾因的模樣。
「……喝啊！」
他猛力揮劍破壞騎士的重心。騎士慌張地想重振姿勢。
然而他卻不禁疏忽手邊力道，艾因便瞄準那裡揮出一擊。
——喀啷、喀啷！遭到艾因彈飛的劍滾落地面。
「到此為止！」
羅伊德放聲制止，戰鬥便以艾因的勝利結尾。
艾因和騎士，兩人都喘著氣敬禮。
「殿下……您的技術似乎又變高超了。」
「還差得遠呢。不過我很開心能獲得稱讚。」

兩人像這樣交談了幾句，隨後艾因便離開騎士身邊，走向庫洛涅的所在之處。

接著庫洛涅也拉近與他的距離，並向結束訓練的他攀談。

「那個……辛苦了，艾因。」

她將軟綿綿的毛巾和裝了水的大杯子交給他。

艾因接下這兩樣東西後擦汗，接著將水一飲而盡。

「嗯，謝謝妳。」

大概是因為勝利的餘韻，艾因的表情十分清爽。

他對她露出天真的笑容，感謝庫洛涅的貼心。

「……對手是真正的騎士吧？」

「當然是平時負責幫忙護衛城堡的精銳……怎麼這麼問？」

「你、你還問為什麼……我想說對方實在不像是艾因這種年紀贏得了的對象……」

會有這個疑問也是當然的。她只是感到非常震驚而已。

還在海姆的時期，她耳聞過許多艾因的傳聞。

在勞登哈特宅邸的宴會，她也從僕役那裡聽說過艾因的事。

她聽說艾因是位勤奮之人——但是，就算這麼說好了。

她根本從來沒想過艾因有辦法抗衡伊修塔利迦這般大國的騎士，並且還能戰勝其中在王城任職的精銳。

「不過我的情況……畢竟吸收了魔石，數值也有上升。」

艾因露出宛如自嘲般的神情，羅伊德卻插話說道：

「您在說什麼啊？之前我也說過，艾因殿下能有現在可是因為付出了努力喔？修練的贈禮——正因為有這項技能，才能活用艾因殿下的技能啊！」

「——真的，能聽到羅伊德先生這麼對我說，會打起精神呢。」

「哈哈哈！那真是太好了！那麼我先失陪了。」

今天的訓練到此為止。

接下來就是自由時間，他和庫洛涅約定好要聊天。

「抱歉，我可能要先去洗一下澡比較好。」

流太多汗了。

艾因複雜的男人心開始在意氣味，並和庫洛涅保持一步之遙。

不過她不在意地拉近那一步的距離。

「……不會，我不在意，沒關係的。」

「但、但我會在意耶……」

接著庫洛涅突然牽起艾因的手，邁開步伐。

「等、等等！」

「就說我不在意了，沒關係啦！好了，我們快走吧？」

「……在海姆聊天時我就這麼想過，庫洛涅是不是意外強硬啊？」

「呵呵，誰知道呢？不過既然我都像這樣渡海來找你了，或許就是這樣吧。」

聽見這麼有說服力的比喻，艾因點點頭。

膽識、決策力，還有知性等等。

名為庫洛涅的女性，在各種層面上來說都太超乎常規了。

（就連有一點強硬這一點，我也覺得挺可愛的。）

話說回來，在贈送星辰琉璃結晶的那天夜晚，兩人也像現在這樣牽著手。

現在做著同樣的事讓他莫名覺得好笑，便不禁笑了起來。

「啊，雖然我講得有些晚——」

接著她笑得一臉開心，發出「咚、咚……」的腳步聲走在艾因前方。

彎下腰回頭看著艾因，身體呈現弓形。

「剛剛的艾因非常帥氣喔。」

如此說道的庫洛涅表情保有少女風情，卻又隱約帶有成熟韻味。

「唔——突、突然這麼說很狡猾耶。」

艾因瞬間遮住嘴邊，並撇開臉。

一看就知道這個動作是因為突然被稱讚而感到難為情。

「你害羞了呀？」

她探頭看向艾因的臉說說。

「……我只是嚇到而已喔。」

「哼～嗯……這樣啊。你的臉很紅耶，是因為嚇到嗎？」

她明明很清楚真相，卻仍歪著頭這麼問。

動作如此可愛又好狡猾。

「這是那個啦，畢竟一直訓練到剛剛……」

艾因也是男孩子。

雖然他努力逞強，遺憾的是逞強的力道過於脆弱。

「你剛剛說我很狡猾吧？那又為什麼跟訓練有關係呢？」

「……庫洛涅果然很狡猾。」

「呵呵……謝謝。」

結果還是敗給了她。

應該說本來就沒有機會贏，她可是很難纏的。

（這也是庫洛涅的魅力吧。）

不僅一點也不壞，連這一點艾因都抱有好印象。

大概是因為看見艾因認輸了吧，她的心情變得更好，並與他並肩而行。

就在兩人這麼走著的時候，沃廉走了過來。

「哎呀，艾因殿下和庫洛涅小姐，二位來得正好。」

有什麼事嗎？兩人停下腳步。

「這是剛剛才定下來的，王城決定要舉辦慶祝宴會。」

「慶祝宴會？」

要慶祝什麼呢？

看到庫洛涅也露出類似的表情，艾因詢問。

「是的，就是宴會。這也是為了要慶祝成功從埃伍勒採集到海結晶一事。」

「啊～原來如此，確實值得慶祝呢。」

「再加上也要慶祝奧莉薇亞殿下歸國──兼具兩項喜事的慶祝宴會，將會辦在從今天開始算起的兩週又過幾天後。艾因殿下……還有，也希望邀請庫洛涅小姐與葛拉夫閣下出席。」

這下他們理解「來得正好」的意涵了。

不過艾因卻懷抱著自己究竟該不該出席的疑慮。

要問為什麼，因為他尚未舉辦公開亮相宴會，出現在這樣的官方場合好嗎……？

「那個，就算庫洛涅願意參加，但我出席也不要緊嗎？」

「我說啊，艾因。就算我願意參加……我覺得以這個為前提也太奇怪了吧？」

如果艾因不參加，那我也不參加。

彷彿這麼訴說般，她露出困擾的表情微笑。

「哈哈哈！兩位感情這麼好再好不過了。當然了，兩位參加這場宴會都不會有問題。我們會當作兩位均是我的客人。」

也就是說要隱瞞身分。這麼一來，艾因也能夠參加宴會。

仔細思考，這還是他第一次參加正式宴會，從現在就開始慢慢緊張了。

「必須製作兩位的服裝才行。因此今天晚上也行，希望能占用點時間。」

這是為了測量身體尺寸。

畢竟要參加宴會，至少要穿著正裝吧。

「那、那個……沃廉大人？服裝我就穿自己的……」

「這是來自奧莉薇亞殿下的贈禮喔，還請妳收下吧。」

「……我明白了。那麼再麻煩您代我向奧莉薇亞殿下傳達感謝之意。」

伊修塔利迦的正裝——庫洛涅將要穿的是禮服，她對此非常感興趣。

和海姆大概會有所不同的服裝，強烈地撼動了她的女人心。

再加上聽到這是奧莉薇亞贈送的禮物，那麼當然不能糟蹋。

「事情就是這樣，稍後我會讓傭人去找二位。那麼失陪了——」

莫名突然地被搭話，兩人不禁相視而笑。

竟然能這麼早就一同出席宴會，真的是作夢也沒想到。

「殿下？我會期待殿下穿正裝的模樣喔。」

「嗯，公主身穿禮服的身影也是，我從現在就期待得不得了呢。」

兩人配合彼此做出誇張的動作，並開始期待大約兩週後的宴會。

互相做出充滿戲劇意味的模擬動作，兩人在中庭相談甚歡。

◇　◇　◇

這天晚上，庫洛涅在王城中自己的房間裡，完成了沃廉出給她的日常作業。

「請妳記得，世上存在著許多凶惡的魔物——而這時常會隱匿在和平之下。」

時刻來到即將變換日期之前。今天的課程還真是漫長。

「今日的講座就到這裡結束。那麼關於今後的方針……我這邊會儘快思考。」

「是，還請您多多關照。」

結束了充滿艱澀知識的課程，那是身為九歲的庫洛涅其實還不用學的內容。
然而她卻跟上那份嚴苛，十分拚命地努力鑽研。
「庫洛涅小姐，我想妳應該累了，請去使用大浴場吧。」
接著沃廉便向疲憊的庫洛涅如此提議。
「那、那樣子實在太……」
「不，消除疲勞也是很重要的職責，請務必使用。」
他說得沒錯，但她平時都是使用房間附設的浴室。
那個王族也會使用的大浴場，讓她不禁客氣地敬而遠之。
「……我明白了。那麼今天就恭敬不如從命。」
「嗯，就請妳這麼做吧。那麼……我就先失陪了。」
沃廉語畢，便離開了庫洛涅的房間。
呼……庫洛涅露出疲憊的表情嘆息，從椅子上站起來。
她緩緩邁開步伐，走出門外前往大浴場。
「不過我確實也很期待啦。」
即使她客氣地沒有使用，依舊很期待能夠去大浴場。
她的興致漸漸高昂，腳步輕盈地前往大浴場的方向。
「哎呀？庫洛涅大人，這麼晚了怎麼了嗎？」
「啊——晚安，瑪莎大人。」
「不不不，請您稱呼我瑪莎即可。」

聽到自己被稱呼為「大人」，不禁苦笑著這麼說。

可是不加稱謂實在讓她過意不去。

「那麼……我可以稱呼妳為『瑪莎小姐』嗎？」

「雖然直呼名字就可以了，不過……是，當然可以。」

獲得她在稱呼上的同意，庫洛涅回答方才的問題。

「其實是沃廉大人說我可以來大浴場，所以才想說今晚務必想借用。」

「啊啊，難怪會在這樣的時間……請吧，還請您好好休息。」

瑪莎深深地低下頭說道，準備離開庫洛涅身邊。

「話說回來──」

如此說道的她停了下來。

「在去大浴場的路上，有間王城自傲的書庫。」

「是。就我聽到的話來看，似乎相當寬敞。」

「我剛剛才拿了飲品給艾因殿下，正好從書庫離開呢。」

她最後對著庫洛涅微笑，再一次低頭致意後便離去了。

「……也就是說……我獲得了夜晚幽會的許可嗎？」

在一天的結束能看到他的臉。

她的心自然而然雀躍了起來，便決定繞路去書庫一趟。

由於庫洛涅本來就以大浴場為目的地，因此距離書庫相當近。

下了一、兩個樓梯後，她抵達的房間擁有一扇特別大的門。

她的手放上那有歷史感的門扉，慢慢不發出聲音地開門。

接著映入眼簾的是在視線中擴散開來的一列書架。

占滿一整面牆壁的書，有好幾層樓般高挑，實在令人想像不出到底有幾本書。

嗅著陳舊的紙香，庫洛涅開始尋找艾因。

「……他在哪裡呀？」

到處放置的椅子和桌子周遭，都沒有看見艾因的身影。

愈來愈往深處前進，她來到牆壁附近的——窗戶高挑而深遠的地方。

「啊……」

目標——艾因獨自坐在椅子上，桌上疊著好幾本厚重的書。

其中最吸引庫洛涅目光的——

「……那就是傳說中艾因造出來的紙山啊。」

堆疊起來的紙山上，寫滿了艾因抄寫的字。

只要看一眼這堆疊了不知道多少張的紙山，就能了解他有多麼拚命努力。這些優秀成品，是常人無法比擬的努力結晶。

他的專注力強到沒有注意到庫洛涅，只是靜靜地動著筆。

「他獨自一人努力到這麼晚啊……」

看著早上進行劍術訓練——然後晚上鑽研知識到深夜的他，不禁感到惹人憐愛。

「……呼～」

於是她惡作劇地朝他的耳朵吹氣。

——瑪莎剛剛說自己來幫他送飲料。
也就是說，艾因正好在休息，所以她稍微鬧了一下。
「唔——咦……咦……？咦咦咦咦咦！」
「你、你會不會嚇得太誇張了……？」
艾因先是身體一震，左瞄右看地環顧四周後，視線才轉向身後的庫洛涅。
終於知道犯人是誰，對自己剛才的驚嚇感到難為情地嘟起嘴唇。
「我——我才沒嚇到呢……硬要說的話，只是覺得很癢而已……！」
雖然他很明顯在逞強，不過那個動作實在很可愛。
要是她說出口，他絕對會感到不悅，因此庫洛涅將這件事放在心裡。
「我也結束了今天的課程喔。聽說艾因還在念書，就來看你的情況了。」
「……原來如此，那麼下次若能正常向我搭話，我可能會比較高興吧。」
「那如果我有先向你搭話，就能做像剛剛那種事了嗎？」
他什麼都沒有回答，只是啜飲著瑪莎剛端來的飲料。
發出「咕嚕」的聲音吞下，他看起來稍微冷靜下來後看向庫洛涅。
「就算來看我讀書的樣子也不好玩喔？」
「才沒那回事。看到很壯觀的東西，我很滿足喔？」
她的視線移向紙山，開始談論關於紙山的事。
「因為我看到傳聞中艾因的紙山了。」
「傳、傳聞是……什麼？」

「祕密。我只是在說……艾因非常努力而已啦。」

艾因完全不知道她在說什麼，只能露出不可思議的表情看著她。

「我也得更努力才行……的意思喔。」

她絕對沒有怠忽努力，也認為自己相當努力了。

但是知道心上人比自己更加努力，就讓她下定決心……要更加努力才行。

「啊，我一直很想問……艾因真是的，聽說你揮斷好幾把木劍是真的？」

「啊……咦，為什麼妳知道……怎麼會……？」

勞登哈特家的僕役所說的是真的呢。

庫洛涅微笑眺望艾因慌張的模樣。

「艾因……意外地很粗魯嗎？」

她並沒有這麼想。不過和他聊天實在太開心，便不禁想鬧他玩玩。

「……我每天早上都自己削木頭做成劍，但不知道為什麼到了傍晚就很容易斷掉。」

「哦……是很便宜的木材嗎？」

「不，還算是高級的……是能用來造船或當建材的木材喔。」

庫洛涅不禁露出詫異的表情。

「那、那樣的木劍，你僅用一天就用到傷痕累累嗎？」

「……可能因為我不斷重複在揮劍，對木劍造成很大的負擔吧。」

但也不可能因為這樣，就因為一名少年的力氣而斷裂啊。

而且還僅用半天。

或許他從那時候開始就有天賦了。庫洛涅在訝異中思考。

就算是十分熟練的成年騎士，大概也很難做到和艾因同樣的事情吧。

「你的身體之中，存在著技能無法衡量的強勁呢。」

她小聲喃喃道，並更強烈地思考——為了站在艾因身旁，自己必須更拚命努力。

接著庫洛涅輕輕轉身離開了艾因身旁。

「啊——我正要去洗澡呢，艾因要不要一起洗？」

她不禁呵呵地笑，說出不知道第幾次的戲弄。

聞言的艾因馬上紅著臉回應：

「我、我才不去呢！好啦，妳快去洗澡休息吧！」

看見他誇張的肢體動作，庫洛涅感到更開心了。

既然他會感到害羞，那也就證明自己對他來說是有魅力的。

「呵呵，那就下次嘍？」

所以她故意暗示下一次的機會。

對紅著臉沉默的艾因說了句晚安，便前往大浴場。

——今晚帶著非常好的心情進入了夢鄉。

今天深切體會到只要在他的身邊，自己的心就會感到如此溫暖。

◇ ◇ ◇

——庫洛涅來到伊修塔利迦過了三週。

夜更深沉之時，身穿華麗服裝的高階貴族們正前往王城的大廳。

王城舉辦的宴會，在伊修塔利迦中也是特別的吧。

吊在天花板上的水晶燈散發光輝，其華麗程度超過艾因的想像。

「抱……抱歉，艾因，讓你久等了。」

「沒事，我沒有等很久。」

庫洛涅慌慌張張地來到在宴會會場一隅等待的艾因身邊。

身穿櫻花色禮服的她，模樣和平時不同，十分可愛。

艾因也同樣穿著不同於平時的正裝。

「那個，因為我也得一起去打招呼才行……」

她是作為沃廉的賓客參加的。

或許就是因為這樣，必須花點時間才能和艾因會合。

「我就說沒事了。還有……那身禮服很適合妳喔。」

「唔——呵呵，謝謝你。艾因才是，你的打扮非常適合喔。」

他們彼此稱讚對方的服裝，並拿起放在桌上的玻璃杯乾杯。

喝了一口杯中的水果水，庫洛涅用疲憊的表情開始闡述：

「雖然我早已做了覺悟，不過聽到海姆的名字，果然會迎來嚴厲的目光呢。」
「……發生了什麼事？」
「唔，沒什麼，只不過是……讓我很清楚地感受到自己被討厭了。」
主要是因為艾因與奧莉薇亞遭受的待遇。
根據她的說法，人們的眼神和態度對她充滿敵意。
「沃廉先生不是在妳身邊嗎？意思是……那樣也沒用？」
「不過沃廉大人有替我譴責他們了。這點待遇我也覺得是莫可奈何。」
「……但我不想只說莫可奈何就了事。」
「沒事的，我並不在意──話說回來，這還真是豪華的宴會呢。」
如此說道的她，視線轉向兩人身邊的餐桌上。
「沒想到竟然還拿魔石來裝飾。」
並排的桌子上，幾乎都會裝飾巨大的魔石。
那是所謂裝飾用的高級品，確實輝煌而美麗。
「我也是啊。還沒有經歷過公開亮相宴會，其實這是我第一次參加宴會。」
那天真無邪的態度，讓庫洛涅也不禁發愣。
看著很享受的艾因，直到剛剛的疲憊便消失無蹤。
「呵呵……這樣就得好好享受才行呢。咦？你正式的公開亮相是什麼時候啊？」
「好像是在冬天過後──我和庫洛涅去學園之前。」
現在是秋季，距離公開亮相宴會感覺意外接近。

「那麼之後得好好思考演講內容了呢。」

王儲的演講，必須能夠抓住百姓的心。

這讓艾因一個人思考，或許還有些過於沉重。

「常見的演講內容……大概是闡述想模仿憧憬人物的一些什麼吧？」

「憧憬的人物啊，原來如此。」

——硬要說的話是目標才對。他腦中閃過初代國王。

他將其當成目標的契機，是因為只要成功，正好可以讓海姆的人們對他刮目相看，而作為王儲也會是出色的國王……就是出自這些想法。

「問題在於有沒有辦法像爺爺他們那樣說話，我比較擔心這一點。」

「呵呵……也是呢，畢竟艾因的說話方式很溫柔啊。」

而且嚴苛也不適合他。

但是演講時也不能說的那麼謙遜，所以他一直在猶豫要不要練習說話方式。

就在他這麼想時，艾因的耳邊聽到某個聲音。

「不過，宰相閣下的想法真令人不解。」

「就是說啊，竟然會邀請海姆的人來參加宴會……感覺王城都要被汙染了。」

「唉……真是的。」

（他們毫不客氣地表達不滿。）

站在他身旁的庫洛涅，應該也聽得到那些聲音。

雖然那讓艾因也感到煩躁的話語持續傳來，不過她已經不在意了吧。

兩人視線相交，接著她一如往常地露出可愛的笑容。

「真是的，我的臉上有什麼嗎？」

「……兩隻眼睛、一個鼻子和一個嘴巴……吧？」

「哎呀，那和艾因一樣呢。呵呵，真是太好了。」

……那他也不要去在意吧。

我要專心好好享受與她共度的宴會——艾因在心裡下定決心。

這麼決定後，庫洛涅一臉忽然想起什麼地開口：

「啊，話說回來，那邊有道美味的料理喔。我也去拿給艾因吃。」

「那麼我也一起去。」

「你是王儲殿下吧？我馬上回來，你在這裡等。」

艾因想跟上，卻被她制止。

「等……唔，走掉了……」

庫洛涅優雅地走過會場，離開了艾因身邊。

只是拿個料理他可以一起去，不過決定接受她獨有的體貼，老實地等在這裡。

在她離開後不久，沃廉便悄悄靠近。

「看到您似乎很享受宴會，真是太好了。」

他來到艾因身邊，露出了燦爛而柔和的笑容。

「因為庫洛涅也在啊……話說宰相來我這邊也沒關係嗎？」

「沒有問題喔。我每次參加宴會，都會向來參加的賓客們打招呼。」

沃廉一邊說著，一邊將手上的玻璃杯放下。

大概是這個位子有能放鬆的空間吧。既然這樣……正當艾因想聊天時，沃廉搶先開口：

「——話說回來，若要模仿憧憬人物，選擇初代陛下果然是最好的吧。」

「咦？原來你有聽到我和庫洛涅的聊天內容啊？」

「非常抱歉，雖然這樣很沒規矩……因為我剛好在附近。」

就算聽得到也不奇怪。

艾因感到有點難為情，沃廉卻開始稱讚艾因最近的行動。

「若只是單純談論憧憬便是愚策。不過艾因殿下不僅勤學，在武技方面的努力也相當有才華。」

「……這是不是有點稱讚過頭了？」

「沒有那回事。您明明年僅六歲，卻已經獲得了以這樣的年齡也能戰勝王城騎士的成果。您將目標放在初代陛下這件事——對百姓來說也會有強烈的說服力吧。」

沃廉的言下之意是艾因為了接近初代國王，平時總是不斷地努力，這個證明一定也會傳達到伊修塔利迦人民的心裡。

不過即便能獲得認同讓他很高興，艾因卻還不滿足。

「那個，雖然能獲得稱讚我很高興……」

畢竟自己憧憬並當作目標的人物，可是討伐了魔王的男人。

王城騎士雖然不弱，然而還有像羅伊德與克莉絲那樣過於高強的難關。

「嗯，有上進心是好事呢——話說回來。」

沃廉捋了捋長長的鬍子，慈祥地看著艾因。

「——今天的宴會，是陛下送給平日很努力的艾因殿下的贈禮。」

「贈、贈禮？送宴會嗎？」

「艾因殿下的公開亮相宴會……陛下因為那天的事感到十分痛心。」

竟然會比身為當事人的自己還要在意，辛魯瓦德這位國王果然很溫柔。

不過沃廉卻有些不滿地接著說：

「雖然我有想過——乾脆把今天的宴會辦成公開亮相宴會……」

沃廉接著解釋，先對貴族們正式宣布，似乎是常有的事。

「其實關於艾因殿下的公開亮相宴會，身為宰相的我有決定日期的權利。」

「是哦……那就不需要爺爺的許可了嗎？」

「就制度上來說不需要。不過還是事先詢問過陛下比較有禮吧。」

但是若要舉辦公開亮相宴會，艾因就需要準備演講。

（感覺必須事先……想好講稿呢。）

然而就在他心裡這麼想的時候——

「……失禮了，似乎發生了點不容忽視的事情。」

沃廉邊說著邊看過去，庫洛涅和一名貴族就在視線前方。

不過狀況有一點奇怪，而周遭的貴族似乎也都在遠遠觀望。

「儘管是宰相閣下的舊識，真虧妳還敢來伊修塔利迦露面呢——！」

貴族的巨大音量傳來，他狠狠瞪視著庫洛涅。

貴族散發著危險的氣息，簡直像是隨時要對她出手。
「妳這傢伙不配參加這場宴會！過來！我來告訴妳該待的地方！」
坐在遠方的辛魯瓦德也察覺到異狀，給了沃廉一個眼神。
接著看到貴族抓著庫洛涅的手，艾因的腳瞬間有了動作。
「沃廉先生，我們走吧。」
雖然嘴上說著「我們」卻逕自往前走。
「請、請等一下……！邀請的人是我，由我來應對那個貴族……！」
但是他的話語傳不到深入思考現狀的艾因耳中。
（簡直就像是那天的我與母親。）
沒能參加公開亮相宴會的那天……他將那個晚上的自己和庫洛涅重疊在一起。
然後他的腳便不可思議地自己動了起來。
（我也變得比那天還要強了，所以……我不會逃。）
「艾因殿下！所以說那位貴族請交給我——不，這情況應該……」
接著沃廉也露出想到什麼點子的表情。
他向前走了幾步，露出賊笑並在艾因耳邊低語：
「——那個貴族算是強硬派。他以前曾經說過『應該要攻打海姆』這句話。」
聽到耳邊的低語，艾因終於有所反應。
「意思是說他比別人還要討厭海姆嗎？」
「愛國心也強別人一倍，並且非常鄙視海姆。」

他並沒有阻止艾因，反而故意說出這樣的情報。

「知道了。我會讓他知道，這情況我們不會坐視不管。」

聞言的沃廉偷偷地看了辛魯瓦德一眼。

不知道他打算做什麼，辛魯瓦德露出不安的表情，而沃廉則露出意味深長的笑容。

「……那個老奸巨猾。」

辛魯瓦德暗自低語抱頭，但是最後選擇默默守望兩人的行動。

就連在附近被貴族包圍的奧莉薇亞，都露出不安的眼神看著。

「艾因殿下，給您一項建議──艾因殿下是王儲，因此應該要用相應的態度去面對。」

「……縱使沒有公布我是王儲也是如此嗎？」

「那當然──請您回想起陛下平時的口吻。」

氣勢不可落於人後。他暗中說道。

（虧我還在想要練習說話方式，沒想到竟然會變成這樣啊。）

雖然錯失了練習機會，但此時此刻他無意逃跑。

我明白了──他回答沃廉，並一邊向前一邊深呼吸。

接著他冷靜地控制心中的責任感、怒氣等眾多情感，不知不覺一股獨特的霸氣油然而生。

「失禮了，請問您找我的客人有什麼事嗎？」

艾因來到庫洛涅和那位貴族的身邊。

他介入兩人之間，有些粗魯地揮開貴族的手，並將庫洛涅護在身後。

「艾……艾因……我、我沒事的……」

她表現得很堅強，卻帶著泫然欲泣的表情。

艾因感到十分心疼，在用力握著她的手後，視線再次轉向貴族。

「突然插進來還想說你要做什麼呢，你是誰？她是宰相閣下的客人吧？」

然而沃廉的身影不知不覺消失，來到這裡的只有艾因一人而已。

艾因為了保護庫洛涅而站出來，絕對不退任何一步。

「不，這位是也獲得陛下認同的，我的客人。」

「……原來如此。雖然不知道你是哪位貴族的公子，不過確實無禮呢。」

艾因毫無畏懼地回看著貴族。

「你應該要好好想想吧？我們貴族理所當然會憎恨海姆。」

很遺憾的是有幾位貴族點頭。

唯有這一點無法逃避，艾因也同意這一點，不過他想到了某件事。

（……並不是庫洛涅不好，原因出在我。）

因為自己沒有價值所以被廢嫡立庶，就像以前的奧莉薇亞那樣，甚至讓庫洛涅他們都受到影響……

他無法忍受這一點。

（啊啊，知道了。由我——得由我親手來做才行啊。）

堅定地在心裡做好覺悟，艾因筆直地看著貴族開口。

「——若你憎恨海姆，那麼你的怨言應該由我承受。」

遵從沃廉的建議，艾因自這個瞬間起改變了語氣。

「什麼……我完全聽不懂你想表達什麼。」

「我想也是。不過我能理解是哪裡不對。」

接著艾因的氣場改變，散發出宛如辛魯瓦德般的獨特霸氣。

同時他向前走一步，貴族便無意識地向後退一步。

他被艾因釋放的那無法形容的魄力給壓制住了。

「我再說一次。若你憎恨海姆，那一切原因全出自於我。」

他究竟在說些什麼啊？對於自己在氣勢上輸給這麼小的孩子這件事貴族雖感到疑惑，卻也不認為自己有辦法抵抗，就這樣繼續受到壓制。

「明明繼承了王族的血脈，和弟弟相比卻是劣質品，甚至到最後還遭廢嫡立庶，只能由母親帶回國家。我也不認為大家有辦法接受──這種男人的一切。」

「……繼承王族的血脈？你該不會要說自己是王儲殿下吧？」

王儲的公開亮相還有段時日──沒錯，至少一般來說，不會像這樣在沒有任何預告之下突然出現在貴族面前。

也因為在場突如其來的事件，貴族並不相信艾因就是王儲。

「──總之，面對這針對海姆的怨恨……這個嘛。」

不過看著沒回答問題的艾因，比起指責他無禮，貴族認為面對這段話，自己應該要閉上嘴──他感受到如此霸氣。

「你認為是鄉下國家、下等國家的海姆。對於在那種地方出生的王儲，那個在海姆被廢嫡立庶的王儲，肯定有什麼怨言吧？」

他不過是對海姆出身的女孩說出不滿，卻不知不覺指責了艾因的內心想法。
並且很遺憾地說中了心聲，他那半是遷怒的情感也被識破。
這簡直可說是展現出自己打從心底對艾因的存在有所不滿。
「唔——不對！我對王儲殿下沒有怨言……！」
但是假如沒有否定這一點，等同於不敬。
貴族慌忙否認，艾因卻伸手制止他。
「我無意斥責你這一點，不僅如此，還想容許那一點……話雖如此，你對這女孩出手這件事，我並不打算原諒就是了。」
——不知不覺間，全會場注目的焦點都轉向了艾因與貴族。
並且因為辛魯瓦德與沃廉都沒有介入制止，因此其他貴族也同樣緘口不言。
部分貴族看到現狀後，開始感到疑惑地想：那個男孩搞不好真的是王儲吧？
（沃廉先生……的確，乾脆把今天辦成公開亮相宴會，這個想法或許是正確的呢。）
艾因回想方才的對話，低著頭不禁露出笑容。
「閣下當然會有那樣的感受。」
艾因深深地吸了一口氣才開口：
「我天生就十分無力。讓母親受苦，被父親拋棄，甚至遭弟弟蔑視。」
為何突然講起自己？不過這些話已足夠吸引周遭人的注意。
「讀了好幾本書、揮斷好幾把木劍，僅靠自己不斷努力過來——然而獲得的結果卻是廢嫡立庶。最後在宴會上，甚至還被弟弟奪去主角的寶座。」

雖然口中說的是自己，不過真的很沒出息啊。他不禁苦笑。

可是故事到這裡還沒有結束。在那之後，還發生了重要的事情。

「然而，我在那天夜晚與她相遇，並獲得了證明自我價值的契機。」

說話的同時，艾因瞥了一眼在他身後神情不安的庫洛涅，用眼神告訴她不會有問題。

「那之後回過神來，我橫渡海洋，來到了伊修塔利迦這個國家。直到那個時候才第一次聽說，我有位偉大的祖父。」

聽到孫子說自己很偉大，感覺真不錯。

辛魯瓦德聽著他的話，托著腮幫子露出笑容。

「我想針對自己的軟弱向各位道歉，但是——」

接著艾因緩緩伸手，赤手抓住放在桌上的蒼藍色魔石。

「唔——你、你在做……不行，快點放開！」

「——無須擔心。」

固守堅定，艾因絲毫不在意貴族的制止地回答：

「因為我已經變強……並且也成為配得上這裡的存在了。」

會場開始騷動，所有人的注意力都集中在艾因的一舉一動。

那是當然的，竟然赤手抓著高價的魔石，那行動會導致身體被劇烈侵蝕，根本是自殺行為。

「至於理由……我現在就展現給大家看。」

他將魔石高高舉起，並如往常運用毒素分解緩緩吸收內容物。

蒼藍漸漸稀薄，取而代之的是澄澈透明的白——換個說法便是……

「我們伊修塔利迦……身為其象徵的白銀，現在就在我的手中。」

其顏色所代表的，便是伊修塔利迦這個國家的驕傲。

（……我……多少也成長一點了吧。）

說不定今天一天會是他此生最感謝修練的贈禮的日子。

艾因僅露出瞬間的笑容，環視會場中的貴族。

他引用初代國王傳說中喜歡的白銀，以宏亮的聲音宣言：

「沒有輸給魔物的力量，我孕育出了這顆白銀。」

貴族目瞪口呆，縱使如此艾因仍接著說下去。

「——所以我在此詢問。在場存在著——將此白銀、將這份驕傲……認為是脆弱的人嗎？」

艾因在內心苦笑。實際上這個問法實在太狡猾了。

若是有人在此反對，那麼那個人就是間接對初代國王提出異議。

「我再次詢問。有人認為此白銀——認為我們伊修塔利迦是弱者嗎？」

就是這個時候。聽見這句話，就連辛魯瓦德都不禁睜大雙眼，眺望著那道背影。

「艾因，你……那是……」

雖然他喃喃自語的聲音傳不到艾因耳裡，但他確實感到驚訝。

艾因所說的話，對住在伊修塔利迦的人們來說，是絕對無法忘懷的話語。

他們兩人的一來一往——不，面對艾因所說的話，會場中的貴族均認真地傾聽。

「若是沒有異議，就能證明現在的我和以前的我已截然不同。」

如何？艾因用帶有霸氣的眼神，筆直地看向貴族。

「假如你要說縱使如此，我的努力和天賦仍然不足，那你可以隨時造訪王城。我平時從早上就致力於訓練，並且會在書庫待到隔天——沒有任何一絲值得羞愧的地方。」

只是一心一意地精進自我，不驕不躁地努力鍛鍊。這就是艾因話中含意。

面對沒有表達任何異議而感到困惑的貴族，他終於要論及其理由。

「因此現在，我認為能夠自信地報出我的名字。」

對於自己冠上伊修塔利迦的名號，他一點也不怯懦地開口：

「吾名為艾因——艾因．馮．伊修塔利迦。」

從艾因口中聽到這句話，會場中的貴族一同感到顫慄。

直到此刻為止，他都沒有說出自己的姓名。也就是說，前面光是他的言語就撼動了他們的心，並直到現在他們才有了這樣的自覺。

「什——！」

這之中，站在艾因面前的貴族是特別的。

被更加強烈的氣勢震懾，他無意識之間差點跪下。

「如果……若是認同我，希望你也能接納她。」

他的臉頰微動，彷彿輕輕露出苦笑，艾因安靜地轉頭看向庫洛涅。

她緊緊握著手放在胸前，艾因看了一眼這樣的她，隨後將視線移回貴族身上。

「所以，我現在再次詢問。這次也想詢問各位。」

連位於稍微有點距離的地方，奧莉薇亞以及克莉絲一行人都不禁屏息。

會場一片寂靜，艾因散發出今日最為強烈的霸氣。

「我究竟是否還很弱小？還有，我是否依然沒有價值——！」

這句話詢問的對象絕對不僅限於眼前的貴族，而是遍及整個會場所有的貴族。

有的貴族靜靜地看著艾因，有的貴族則被艾因的行動所震驚。

「若答案是否定的，那麼我想對閣下——不，對在這裡的所有人，以及伊修塔利迦做出承諾。」

那抑揚頓挫充滿威嚴的聲音，宣告著艾因的演說正接近尾聲。

原本只是想祖護庫洛涅才介入，不知不覺間演變成高談闊論的演說。

不過既然原因出自於他，這也莫可奈何。艾因說出最後的話語。

「作為王儲，並且作為憧憬某個偉大存在的人，我向大家承諾。」

艾因不禁感覺到心裡吹過一陣爽朗的風。

「伊修塔利迦的這份榮輝，將會永遠延續下去。」

接著一股疲憊感瞬間湧上。

這樣啊……我一定是已經感到滿足了吧。他不禁對來到這一步的這幾分鐘感到留戀。

——並且直到現在他才終於察覺。

會場中的貴族宛如死亡般保持寂靜。

「……原來如此啊。」

辛魯瓦德坐在特別顯眼的座位，從艾因的話語中感應到了什麼。

他嘴邊浮現笑容，並用了然於心的神情守望艾因。

站得有些距離的奧莉薇亞面露微笑，那寶石般的雙眼也隱約浮起淚光。

（等等得道歉才行。畢竟我擅自報出名字……）

原本不在預定上的正式發表，就因為他沒辦法對庫洛涅的事件坐視不管而自作主張。

等等不知道會被罵得多慘……雖然他一點也不想去想，但是完全沒辦法遏制自己這麼做。

就在這時候，發生了震驚艾因的事態。

「唔——！」

他小聲露出擔憂的聲音，卻沒有傳到任何人耳裡便消失在空氣中。

男性貴族充滿敬意地跪下，女性貴族則以恭敬的方式膝蓋著地。

「艾、艾因……大家都……！」

疑惑地轉頭看向庫洛涅，她也感到很訝異。

這麼突然是怎麼了——終於將視線轉向奧莉薇亞——

「連母親都……？」

不，別說是她，連羅伊德和沃廉也一樣。

唯一沒有跪下的，只有國王辛魯瓦德一人。

並且公主奧莉薇亞會低頭的對象，僅限於國王與王儲兩人。

這個瞬間，艾因才在真正的意義上，成為了伊修塔利迦的王儲吧。

「怎、怎麼辦……」

◇　◇　◇

結果最後負責善後的人是辛魯瓦德。

他十分突然地要求會場中的貴族起身，並給予陳述演講的艾因稱讚。

雖然他也給予被掌聲包圍的艾因忠告，仍稱讚他十分出色。

接下來過了不久，會場的話題完全轉到艾因身上。

「哎呀，還真是位勇猛的殿下啊。」

「嗯嗯，比我聽說的還要可靠萬分。沒有使用立場，而是談論自己的強韌這一點尤其出色。」

有些貴族們談論著艾因方才的演講。

「真是帥氣啊！竟然為了保護渡海而來的千金，像那樣挺身而出。」

「是啊，我彷彿看見古時童話的經典場面……那個光景就是如此美麗啊！」

貴族的夫人們看到艾因祖護庫洛涅的身影，不禁深受感動，一邊回想起方才的光景一邊高談闊論。

「不過話說回來，王儲殿下竟然完全不把魔石的魔力放在眼裡……哎呀，真令人吃驚。」

「肯定是位強大的殿下吧！看來我們伊修塔利迦的將來一片光明呢……！」

也能聽見別的貴族這般訝異的驚嘆。

「您說得沒錯。雖然不知道是什麼樣的力量，但那並非常人能做的事！」

即使事件發生的十分突然，不過對於艾因的感受都相當好。

在這之後，艾因和好幾位貴族進行交談，並維持了數十分鐘的微笑。

然而稍微平復下來之後，他便向走在附近的沃廉說聲：

「……那個，我好像身體有點過熱，可以去露台好好冷靜一下腦袋嗎？」

他的臉感到莫名躁熱。這恐怕是來自緊張和激動的副作用。

也因為一直交談到現在都沒能休息，因此艾因才會希望能夠暫時離席。

「沒有問題喔。那邊的露台只有我們相關人士能進入，姑且帶位護衛……」

他原本想讓克莉絲陪同，但艾因堅定拒絕。

「我想要自己一個人稍微好好思考，不可以嗎？」

露台位於辛魯瓦德座位的後方，是在場貴族看不見的地方。

「……我明白了。夜晚比較寒冷，請留意別讓身體受寒。」

「謝謝你。母親，我先暫時離席了。」

「嗯，路上小心。」

就這樣，艾因離開了奧莉薇亞一行人，走向會場旁的露台。

留下來的奧莉薇亞對觀望情況的庫洛涅招了招手。

「——庫洛涅小姐，是不是又再次迷上艾因了呢？」

「是啊……我到底要對他一見鍾情幾次，自己都找不到答案呢。」

上次在海姆他實現了她的憧憬，這次在會場則颯爽地現身，挺身相助。

而他演講的內容也英勇無比，直接擄獲了她的心。

她撫上自己和艾因以不同意思染紅的雙頰，以成熟的動作呼出一口氣。

「我十分困擾，不知道該怎麼跟他搭話……因為我或許沒有辦法保持正常。」

接著附近貴族的對話傳到了這樣的庫洛涅耳中。

「真是位傑出人物啊，那存在感實在太威武了。」

「您說得沒錯……哎呀哎呀！沒想到竟然能聽到宛如初代陛下再現的演說。」

接著她察覺到會場中的貴族當時為何會突然屈膝跪下。

「……奧莉薇亞殿下，是因為剛剛的艾因宛如初代陛下，大家才會下跪嗎？」

「呵呵……是啊，就是這樣喔。」

她終於理解了一切。也就是說，艾因並不只是王儲而已。

「初代陛下在出發討伐魔物時，將自己喜愛的白銀比喻成伊修塔利迦。當時為了鼓舞人民而說的話語，和剛才的演說簡直一模一樣。」

根據沃廉的說法，不只是因為言辭相似，也是因為艾因擁有的威壓和霸氣而致。

因此會場中的貴族才會接受那樣的意念，並且為之心動。

艾因真的很厲害呢。庫洛涅的心中被這樣的想法填滿，不禁靜靜凝望著露台，心想：「啊啊……真想快點和艾因說說話。」

「——庫洛涅小姐，妳可以過去喔。」

「奧莉薇亞殿下……？」

接著奧莉薇亞便笑著推了她一把。

「我也拜託妳。若是庫洛涅小姐，艾因殿下一定會感到開心的。」

沃廉語畢，克莉絲便為庫洛涅披上一條披肩。

「外面很冷，請披上這個吧。」

不知不覺間，她已經做好外出的打扮。

雖然她對如此周全的準備感到疑惑，不過比起這一點，她更想和艾因說話。

「謝……謝謝各位。那麼我就稍微失陪……！」

奧莉薇亞一行人，默默守望庫洛涅以急促腳步離去的背影。

「——她走了呢。」

「哎呀，父王。」

辛魯瓦德在庫洛涅離開後馬上走來。

「真是的，本來應該要針對剛才的事情做處罰……算了。勞登哈特家的調查和海結晶的事，也讓艾因受了不少苦，就以此抵消吧。」

之所以能以幾句責備就了事也是多虧於此，艾因總算是逃過了處罰。

他對沃廉露出不滿的表情，然而沃廉卻毫不在意地開口：

「既然陛下也在場那麼正好。關於庫洛涅小姐，有些事項要向您稟報。」

什麼事啊？奧莉薇亞與辛魯瓦德興趣滿滿地看著沃廉。

「明年庫洛涅小姐將會插班進入禮維女子學園。微臣為此還提出了相應的課題，她卻給出了出乎意料的好結果。」

「嗯……既然沃廉都這麼說了，那麼結果必定很棒吧。」

「微臣也增加了課題量，並訂定今後的教育方針。」

雖然唯有在課題增加時，她才一邊露出抽搐的笑容，一邊說著：「……十分感謝您。」和艾因一樣，她也需要十足的努力吧。

「所以你訂定了什麼樣的教育方針呢？」

「是的，第一種是像微臣這樣的……作為文官的教育方針。」

他舉起手指一一細數。

「第二種是像王妃殿下那樣，學習各式各樣的教養，並打造成無人能比的淑女。」

辛魯瓦德與奧莉薇亞安靜地聽著。

他們實在非常好奇，庫洛涅到底做了什麼樣的選擇。

「第三種是以成為像女王那般的存在為目標，培養能夠引領百姓的器量。」

「那麼庫洛涅選了哪一個？」

沃廉回想起來不禁莞爾，隔了幾秒之後才回答：

「要宛如女王般擁有快速的思考力與判斷力，也要能夠守護國王，並且要成為擁有良好教養的淑女……她是這麼說的。」

真是符合她的作風，有些任性又充滿堅強意志的選擇。

辛魯瓦德不禁對她的可靠露出喜悅，並望著露台的方向。

「……真是的。新的世代人才輩出，實在令人困擾啊。」

◇◇◇

沃廉說過，能來艾因所在露台的只有少部分人。

他站在這樣的露台，手肘靠著欄杆眺望城邊市區的夜景。

「……今天的景色也很壯觀呢。」

因為王城又大又高，這片夜景也是從高處俯瞰城邊市區才有的美景。

即將迎來冬季的這片天空，空氣澄澈，滿天的星輝擴散開來。

另一方面，視線往下就能看見彷彿打翻珠寶盒般的街景向外延伸。

「不過，好像開始變冷了。」

「——那麼，要不要一起披披肩呢？」

柔軟的布料突然蓋到艾因的肩上。

「咦、咦……庫洛涅？」

「是啊，是庫洛涅喔。」

她這麼回答，並站到艾因身邊。

大概是因為激動的餘韻，艾因不可思議地沒有感到緊張。

肩膀幾乎就要碰在一起，兩人的視線一同移向城邊市區。

「剛剛，那個……謝謝你。」

她壓抑跳得飛快的心跳，紅著臉說道。

「哈哈哈……畢竟是因為我才讓妳遇到那種事的，別在意。」

他這麼回應，然而她卻用力地握著艾因的手。

「我很開心你保護我。意思就是……我是真的很開心。」

她站得離自己如此近，紅著一張臉並握著他的手。

兩人靜靜地互相對視後，突然回過神來放開手，並看向城邊市區。

「話、話說回來——伊修塔利迦真的很寬闊呢……！」

「唔……嗯。我也老是被嚇到呢。」

兩人的比較對象是海姆。

艾因是港都，而庫洛涅是在都城出生，不過海姆看不到這樣的光景。

接著稍微找回從容的庫洛涅彷彿戲弄艾因般詢問：

「欸，你剛剛說的話……其實是之前就一直在想的嗎？」

「……如果我說是呢？」

聽到他這麼說，庫洛涅便歪著頭笑了。

「艾因很不會說謊呢，看你的臉馬上就知道了。」

她似乎只是問問，打從一開始就看穿了答案。

面對她的話語，他懊惱地托著腮幫子。

「這座大陸啊……還有幾個像港都瑪格納那樣的巨大都市。」

他沒有去過。然而這座大陸比海姆還要巨大且遼闊。

「我覺得很厲害。光是一個就已經夠厲害了，竟然還有好幾個呢。」

「艾因真是的，你從頭到尾……都只說了很厲害呢。」

「這個國家就是這麼厲害啊。」

而且不管看哪裡，都只讓人感覺到和海姆的不同之處。

說不定兩者的技術和文明差距，足足差了幾百年。

「異世界」一詞完全符合形容。

「不過，我懂你想說的。」

「那就太好了。」

一陣強風突然圍繞著兩人。

雖然僅僅一瞬間，庫洛涅的長髮被風吹飛起，一陣花香傳到艾因周遭。

……就在艾因差點沉迷於那香氣之中時。

伊修塔利迦都城彷彿在祝福艾因的演說般，改變了樣貌。

「——這是……」

庫洛涅不禁低喃。她用手整理好頭髮，便發現有東西落到放在欄杆的手上。

那宛如冰一般的寒冷，手一觸碰便馬上融化。

「好像下雪了呢。」

以飄落庫洛涅手上的一片雪花為界，雪開始降臨到都城之中。

飄落的雪有時會反射城鎮的燈光和城堡的輝煌而閃爍光亮。

星空中有少許雲朵飄來，縱使如此眼前的光景仍能說是滿天星辰。

向下俯瞰，有華麗的城邊市區風景，並與名為雪的嶄新光輝重疊。

「難道是在祝福王儲殿下嗎？」

「……也說不定是在歡迎庫洛涅的到來呢。」

兩人就這樣再度相視而笑。

「那就當兩邊都是……你不覺得這樣很美好嗎？」

「的確……經妳這麼一說，或許確實如此吧。」

聽了她的說法，艾因點頭。

接著庫洛涅眺望著城邊市區的風景開口：

「啊……仔細一看，也看得到水上列車在跑呢！而且都已經這麼晚了，還有好多人走在路上。」

雖然她來到都城的第一天就這麼想了，不過像這樣的地方也和海姆有所不同。

「我第一次在白玫瑰車站下車時心想，今天難道有舉辦什麼祭典嗎？」

不是的。是因為白玫瑰車站是座總是人山人海的巨大車站。

「還記得聽到沃廉大人說『不是』的時候，覺得非常震驚。」

她那令人舒適的聲音傳入一邊的耳朵，不禁讓艾因專心傾聽。

兩人吐著白色的氣息，同時享受與之相反的溫暖氛圍。

「欸，艾因。就連那也不過是這伊修塔利迦的一小部分，對吧？」

「——嗯。有更多、更多的人們住在這片大陸上。」

艾因眺望城邊市區的側臉，和在海姆時相比充滿了自信。

「……到底是誰狡猾啦，真是的。」

想起之前被他批評很狡猾，她反過來說出自己的不滿。

庫洛涅雖然感受到他的可靠，但是她不想想像自己會被丟下。

她深深地吸了一口氣……對著艾因的側臉說道：

「我啊，也有決定要努力的事情喔。啊，不過可不告訴你內容。」

她帶著調皮的眼神這麼告訴艾因。

那個表情簡直希望他回問。

「咦咦……妳都說到這裡了，卻不告訴我嗎……？」

庫洛涅和沃廉之間提過的一個決心。

她決定這件事還要先暫時藏在自己的心裡。

「呵呵，我可沒說過要告訴你啊？」

還真是小惡魔啊。艾因聳了聳肩。

接著，庫洛涅帶著輕盈的步伐離開他身邊。

走了幾步路後，她輕輕提起裙子回過頭來。

「——所謂的宴會啊，最後有件非做不可的事情喔。」

「非做不可的事？非做什麼不可啊？」

咚、咚。他發出腳步聲一邊追著她，一邊詢問。

「雖然沒有演奏，既然有這麼出色的舞台，那麼說到要做的事情就只有一個吧？」

「——原來是這樣啊，我知道妳的意思了。」

艾因清了清喉嚨，端正姿勢。

他走到她的面前。

「——庫洛涅。」

呼喚她的名字，又更靠近一步。

接著向等待邀請的她伸出了自己的手。

「妳願意陪我跳支舞嗎？」

庫洛涅安靜地把手放了上去。

她單手按著胸口，眼睛對上艾因的雙眼並開口。

庫洛涅的雙頰染上緋紅，任由艾因拉著手靠向他。

「不……別說是一支舞了，要跳幾支都行——」

後記

初次見面，我是作者結城涼。

非常感謝您購買《魔石傳記》第一集。

這部作品是在「成為小說家吧」上連載中的作品，這次非常感激能夠獲得書籍化的機會。

那麼，相信閱讀WEB版的讀者們已經發現，書中有許多新增的插曲或是更改內容的部分。

這本第一集為了讓購買實體書初次閱讀本作的讀者，以及閱讀WEB版的讀者們都能享受，才會改寫許多地方。

至於最終章則是完全新增的加筆內容。

關於今後的劇情，我想也同樣會更改許多內容。

今後的艾因將會前往學園，也還留有和海龍戰鬥這麼一個大事件要執行。

在學園裡會描寫與朋友的來往，以及與女主角們的互動。

並且還會出現第一集沒能來得及登場的人物，請務必好好享受。

未來的第一個災難正等待著成為王儲的艾因——他會如何使用至今為止獲得的力量？又是如何去迎戰災難呢——？

以及艾因身在海姆的弟弟和父親等等。
艾因的故事不會在伊修塔利迦結束。在未來還有許多困難以及旅程在等待著他。
隨著他漸漸長大，究竟會走上什麼樣的人生呢？
若是各位今後也能繼續觀賞他的故事，我會感到很欣慰。

最後，要向參與《魔石傳記》製作的所有人士致上謝意。
首先是將本作書籍化的ＫＡＤＯＫＡＷＡ。
還有責任編輯Ｋ、Ｏ，以及負責插畫部分的成瀨ちさと大人。
承蒙兩位責任編輯多次幫助，讓我學到了很多。
在看到成瀨大人繪製的充滿魅力的插圖，總是感到暖心。
彷彿令人難忘的祭典準備時光，在所有作業結束後，心底某處感到有些寂寞……這一點仍讓我記憶猶新。
之所以能夠獲得這如同寶藏般的回憶，都是因為有各位讀者的支持。
借此機會，由衷地感謝和各位共度的所有一切。

感謝各位閱讀至此。
從今以後，《魔石傳記》也請多多指教。

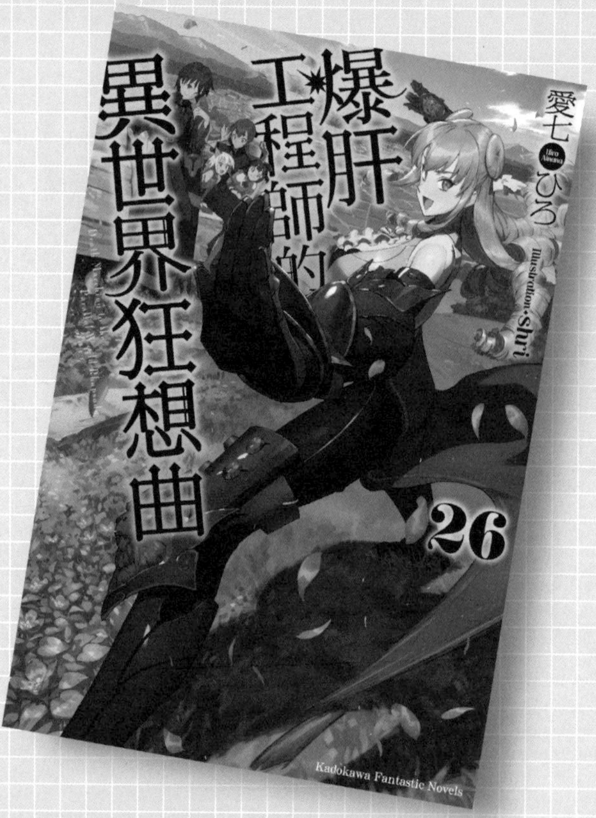

爆肝工程師的異世界狂想曲 1~26 待續

Kadokawa Fantastic Novels

作者：愛七ひろ　插畫：shri

魔王於內亂中出現，
佐藤一行人前往優沃克王國！

佐藤一行人回到穆諾伯爵領之後，各種事情接踵而來。這時琳格蘭蒂突然造訪，委託他們前去討伐在內亂不斷的優沃克王國出現的魔王。儘管與沙珈帝國新召喚的勇者合作打倒了魔王，這個魔王的出現似乎和內亂有某種關聯……？

各 **NT$220~280/HK$68~93**

賢者大叔的異世界生活日記 1~17 待續

Kadokawa Fantastic Novels

作者：寿 安清　插畫：ジョンディー

自我中心又任性的四神（偽神）面對梅提斯聖法神國的危機將採取行動！

由轉生者凱摩・布羅斯率領的獸人聯軍進攻梅提斯聖法神國的北方防衛重鎮卡馬爾要塞。並且趁勝追擊，攻下另一個防守重鎮安佛拉關隘⋯⋯！陪同的傑羅斯等人則是默默扮演助攻的角色。而神祕的龍也有了新的行動。甚至四神也跟著參戰⋯⋯

各 **NT$220~240/HK$73~80**

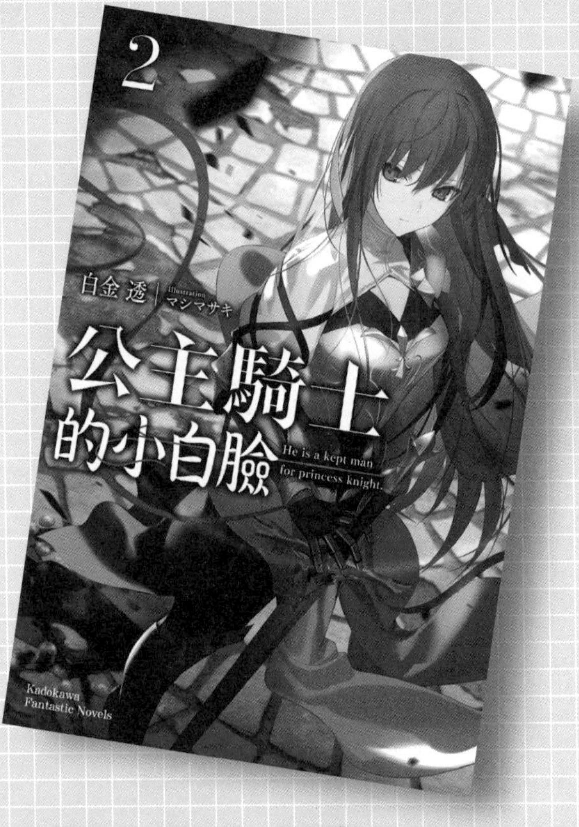

公主騎士的小白臉 1~2 待續

Kadokawa Fantastic Novels

作者：白金透　插畫：マシマサキ

描述一名「小白臉」與其飼主的生存之道，
充滿震撼力的黑暗系異世界故事第二集！

挑戰迷宮的進度停滯，身體症狀也沒好轉，艾爾玫因而感到焦慮。太陽神教暗中拓展勢力，馬修的煩惱沒完沒了。就在這時，近衛騎士文森特在調查妹妹離奇死亡的真相。馬修被當成嫌犯帶走，被迫離開感到不安的艾爾玫身邊……

各 **NT$260~280/HK$87~93**

黃金經驗值 1 待續

作者：原純　插畫：fixro2n

Kadokawa Fantastic Novels

降臨即蹂躪。
最強軍團誕生將令人類滅亡？

蕾亞專注培養精神力狀態，結果得到隱藏技能「使役」，能夠將自身眷屬角色獲得的經驗值全部集中到自己身上。她連副本頭目等級的怪物都能以精神魔法屈服，陸續增加手下眷屬，最終打造自己專屬的最強軍團，被判定為這個世界的「特定災害生物」……？

NT$280/HK$93

異世界漫步 1~3 待續

Kadokawa Fantastic Novels

作者：あるくひと　插畫：ゆーにっと

在新的城鎮也有許多嶄新的邂逅！
悠閒的異世界旅程第三集！

空一行人為了與在艾雷吉亞王國分離的冒險者盧莉卡和克莉絲會合，決定暫居於以魔法學園和地下城聞名的城鎮瑪喬利卡。為了想學習魔法的同伴們，他們在蕾拉的引薦下特別入學魔法學園！在探索地下城的課堂上，由「漫步」學會的技能也大放異彩……！

各NT$280/HK$93

國家圖書館出版品預行編目資料

魔石傳記：獲得魔物力量的我是最強的!/結城涼作；都雪譯. -- 初版. -- 臺北市：臺灣角川股份有限公司, 2024.01-

冊；　公分. -- (Kadokawa fantastic novels)

譯自：魔石グルメ 魔物の力を食べたオレは最強！

ISBN 978-626-378-415-4(第1冊：平裝)

861.57　　112019582

Kadokawa Fantastic Novels

魔石傳記 獲得魔物力量的我是最強的！ 1

（原著名：魔石グルメ 魔物の力を食べたオレは最強！）

2024年1月25日　初版第1刷發行

作　　者：結城涼
插　　畫：成瀨ちさと
譯　　者：都雪

發 行 人：台灣角川股份有限公司
總　　監：呂慧君
總 編 輯：蔡佩芬
主　　編：林秀儒
編　　輯：楊芫青
設計指導：陳晞叡
美術設計：周欣妮
印　　務：李明修（主任）、張加恩（主任）、張凱棋
發 行 所：台灣角川股份有限公司
地　　址：104台北市中山區松江路223號3樓
電　　話：（02）2515-3000
傳　　真：（02）2515-0033
網　　址：www.kadokawa.com.tw
劃撥帳戶：台灣角川股份有限公司
劃撥帳號：19487412
法律顧問：有澤法律事務所
製　　版：巨茂科技印刷有限公司
ＩＳＢＮ：978-626-378-415-4